残雪 著

沙漏与青铜

——残雪评论汇集

残雪

残雪，本名邓小华，1953 年生于长沙。1985 年 1 月残雪首次发表小说，至今已有 700 多万字作品。残雪是在国外被翻译出版最多作品的中国作家之一。并且残雪的小说成为美国哈佛、康奈尔、哥伦比亚等大学及日本东京中央大学、日本大学、日本国学院的文学教材，作品被美国和日本等国多次收入世界优秀小说选集。2008 年，残雪的七个中篇和短篇被收入日本大型丛书系列《世界文学全集》出版，残雪是唯一入选的中国作家。

2015 年，残雪的长篇小说《最后的情人》获得第八届美国最佳翻译图书奖（为中国作家获此奖第一人），她于同年 4 月入围英国《独立报》外国小说奖，残雪 2016 年入围美国纽斯塔特国际文学奖。2017 年、2018 年残雪的长篇小说《边疆》和《新世纪爱情故事》先后在美国出版后，残雪被称为世界文学中"最有创造力、最重要的作家"。此外，美国和日本文学界都称她为"小说家与文学评论家"。

高难度的实验文学之谜（总序）

—— 写在我的文学评论集全体亮相之际

残　雪

　　我从事实验文学的创作已经有三十多年，而从事这一类文学的文学批评也将近二十年了。现在，不论在国内或国际上，都已经公认残雪的创作为高难度的创作，独树一帜的创作。那么我是如何创造出这样一种独特的文学类别来的？我的创作的根源与动力又在哪里呢？我得到了一个很好的机会让我来说明这类问题，从而可以给读者提供在文学探索中深入思考的刺激。作家出版社将同时出版我历年写下的文学评论，它们一共有六本。其中四本是评论卡夫卡、但丁、博尔赫斯和卡尔维诺的作品的专集，另外两本中的一本是评论莎士比亚和歌德的作品，另一本则是收录了我历年来写下的对一些作家的作品的评论，这些作家有国内的，也有国外的。像这样全面地展示一位比较深奥的小说家在文学批评领域内所进行的实验，对于出版界和作家本人来说都是第一次。

　　我的文学评论同任何人都不同，国际上也已承认这一点。我所从事的小说创作和文学评论这两个门类就像兄妹一样在我的文学王国里共同生长着，它们相互渗透，相互刺激，相互领悟，它们气质不同而又互为倒影。可以说，要想进入高难度的实验文学（这不那么容易，但来者必定受到欢迎），阅读残雪写下的文学评论会是一个极好的契机。从我个人的阅读体验出发，我敢说，我的文学评论很有可能带给读者一种恍然大悟的感觉。它们所评论的完全不是经典小说的技巧，而是通过欣赏经典提供一种崭新的打开眼界的现代人的思想方法。在中国，就我读到的作品而言，这种新思想和新艺术观极为缺乏，陈腐的观念一直在阻碍着文学的发展。

很多年以前我就通过阅读发现了，在整个人类的思想界有一条地下的潜流，早年它一直在静静地流淌着，直到近代，由于多种支流的汇合，它才形成了一条河流。我所指的，就是西方顶极文学艺术这一思想资源，我认为它的深度和丰富度已经超越了经典哲学，但长期以来它对于人类思想界的重要性和它的发展前景一直被人们大大地忽视和严重地低估了。人们认为文学艺术是感性精神产品，过多的理性思维夹杂其间会破坏作品的精神纯度。而我多年的阅读鉴赏的经验告诉我，以上的看法是极大的谬误！文学艺术的确是从感性入手的，但它们是否具有高超的理性，也是那些一流作品能否成功的关键。一流文学作品中的理性的运用是一种神奇的技艺，也许同个人的天赋直接有关。它不是像哲学作品那样推理，而是让丰富的感性思维循着场外的模糊召唤挤压碰撞成某种人性的图型。那场外的召唤就是文学家的强大的理性，它不直接干预创作，但却间接地统领着整个局面。这类理性比西方经典哲学中的理性更为有力量，从古到今那些侧重于纯艺术性创造的文学作品中就充满了它。我将这种文学称为"物质的写作"，它是依仗想象力来画出理性图型的实验，也是文学与哲学合一的最高典范。我的这些评论中分析的作品都具有这一类的特征。也许有的作家只在年轻时有过这种能力，但最好的作家都能将这种能力保持下去。因为物质的写作描写的就是你的世界观，你的精神境界。而你的灵感冲动的大小同你的理想的纯度成正比。在我的评论中可以看出，理性不是"夹杂"在质料性的情感性的想象力中，而是本身就由想象力凝结而成，这是我的理论同西方理论的最大区别。所以不少中外读者认为残雪的美学观念独树一帜。

我想在此提醒一下读者，如果你读过一些残雪的小说，却从未尝试过残雪的文学评论，那么你对残雪的感受和理解很可能是不够全面的。比如国内有不少批评者认为残雪小说属于非理性写作，我在上面已经进行了反驳，那么读者你，有没有深入地思考过这个问题？残雪的评论中就充满了对这类思考的启示。那也是一位老艺术家多年来从艺术生活中获得的灵感。在我的实践中，物质就是精神，二者是一枚硬币的两个面；艺术就是思想，而且是最高级的思想。年轻的作者们，如果你不甘于做一位"本色"作家，而要扩大眼界，攀登纯艺术的高峰，我的评论也会带给你力量。因为在这些篇章中，你将读到，艺术性就是人性，也是大自然的自由本性。我们的传统文化不足以支持一种新写作，必须努力向西方学习，才有可能超越西方，这是我作为过来人的体验，也是我这些评论中透出来的信息。我们不是学得太多，而是根本没有学透，似懂非懂地就下了结论了。人们说中国的前卫文学夭折了。为什么会夭折？为什么我们，具有数千年文化底蕴、在西方人眼中深奥神秘的民族，就不能够拥有自己的前卫文学，不能产生出一小批真正的文学探险者？在当今文坛上，很少有人发出这样的自我追问。

在这些作品中，我主张一种创造性的阅读，这种阅读要比写作更为艰辛，当然相应地也会获得更高的快感。我认为这种阅读是每一位从事新写作的作者所必须进行的训练，缺了这种训练，你写下的作品难以上档次。新型阅读同通常所说的技巧无关，它所实践的是一种思维训练，它要通过一种理性遥控的机制让你的大脑的某一部分产生奇思异想，它要让美丽的黑暗的物质在魔杖的点击下变成纯净的精神，又让透明的精神转化为神奇斑斓的物质。我们的前辈艺术家大师，例如但丁、莎士比亚、歌德、卡夫卡等人，已经给我们演示过这种提升人性品格，展示自由精神的魔术了。他们的最好的作品最忌讳的就是被动的阅读。所以我认为，这类高精尖文学的阅读者，最好是自己也能写一点东西，不然你的阅读很难真正有所收获。因为这些大师的顶级作品确实是写给有作家诗人气质的读者看的。

高难度的阅读当然不是为了自寻烦恼，更不是为了炫技。大自然既然给予了我们这样复杂的身体和无限止的思维感觉能力，当然是期盼我们去尽力发挥它，从而通过我们展示她自身的本质——因为我们人类就是她的最高本质。每一位热爱生活追求自由的读者大概都有这样一种需要，这就是在日常生活之余要有一点时间让自己的身心升华一下，或处于奇思异想的冒险状态中去冲刺一下。在这个时候，残雪的文学评论也许最能给你带来这方面的机遇。我的这些作品虽然不是可以轻易就读懂的，但只要有足够的耐心把握了某些线索，你的内在的能动性就会被调动起来，你也会跃跃欲试地处在精神冒险的激情之中。我这样说并不是信口开河，而是多年里头经过了一些验证的。总之，高难度的阅读是为了提升我们的艺术格调，催生更多的精神产品，让我们的身心与大自然的律动保持一致，生气勃勃，每日常新。

最后我想再一次对那些有志进行新写作的作者们说，我认为我们不进行西方经典文学的阅读训练几乎就不可能写出有新意的作品。因为我们住在一个缺少思辨理性的文明古国里，我们散漫而不够有力，只有通过西方文化的输血我们才能建构起仅仅只属于我们自己的独特的文学。

目录

我读《圣经·旧约》

　　——关于《约伯记》的感想···001

审美与自然

　　——我读康德···011

新努斯的大自然

　　——我读黑格尔···018

三部经典之间的联系

　　——《神曲》《浮士德》和《城堡》···042

先王幽灵之谜

　　——《哈姆雷特》分析···045

评译布莱德福·莫罗的艺术寓言故事···053

超越国界的交流

　　——道格拉斯·梅斯理对话残雪···066

读布鲁诺·舒尔茨的《鳄鱼街》···080

《沙漏标志下的疗养院》

　　——读布鲁诺·舒尔茨···096

艺术家的春天的故事

　　——读布鲁诺·舒尔茨的《春天》···118

水晶般的境界

　　——《拇指P纪事》的启示···123

因何无缘经典

　　——和友人谈论《大师和玛格丽特》···134

将时间的屠刀变成永恒的歌

　　——读《沙漏标志下的疗养院》···139

（1995年—2012年）

我心目中的伟大作品···144

不朽的《野草》···148

艺术复仇

　　——读鲁迅的《铸剑》···156

灵魂疑案侦查

　　——读余华的小说《河边的错误》···163

可以生长的过去

　　——读余华的《往事与刑罚》···172

中国文学的等待

　　——读《等待》···177

什么样的战争？

　　——读薛忆沩的小说《首战告捷》···182

自由之旅

　　——张小波的《法院》体现的新型救赎观···187

追寻那失掉的魂

　　——评《重现之时》···209

杀死"旧我"的演习

　　——读《检查大员》···224

梁小斌的诗散文···231

附录

阳刚之气与文学评论的好时光

　　——在长篇小说《突围表演》讨论会上的发言···246

关于残雪···264

我读《圣经·旧约》

—— 关于《约伯记》的感想

在那黑暗混沌的远古时代，第一线理性之光于重封密锁中划破天际的瞬间，始终是后来的诗人们永恒的题材。因为神说了"要有光"，所以在漫长的岁月中，作为小神的人，从未放弃过对于光的追求，并在追求中不断塑造着自己近似于神的形象。又因为那光是嵌在黑暗的肉体内的不可分离之物，人类为了自身的完美，只好将自身分裂，在疼痛的煎熬中来体验神的恩惠。对于我来说，整个《旧约》里面那些简朴的、在今人的眼里显得晦涩的故事，所记录的全部是关于人类的精神从诞生、建立，到发展、成熟，直至壮大的过程。而《旧约》中的这篇诗歌《约伯记》，更是将人的精神如何在尘世中通过挣扎而求得新生，作了最为令人难忘的描绘。诗篇中的那位主人公，读来很像一位古老的异教徒，他对于神旨的领悟（自觉或不自觉），他的至死不渝的追求，不可遏制的冲动，则与艺术家十分相似。

神的仆人（信徒）约伯是一个非常富有理性的人，一贯持守着他的"纯正"的信念，从不放纵自己身上的恶。但是这一切还远远不够，"从地上走来走去，往返而来"而又难以揣测的魔鬼撒旦，决心挑唆公正的神对他的仆人进行那种堵死后路的、毁灭性的测试。神同意了撒旦的建议，将约伯交给撒旦任意处置，唯一的条件是留下他的性命（因为肉体一灭亡，精神就会无所附丽）。从此约伯的精神炼狱便开始了。首先是他的财产和儿女被夺去，他陷入无限悲痛之中。接着撒旦又使他本人病入膏肓，从头到脚长满毒疮，只能坐在炉灰中度日，欲生不可，欲死不能。

诗篇中的问答由坐在炉灰中的约伯、他的三个朋友、布西人以利户以及最后到来的耶和华的谈话构成。通过这一场极端化的、惊心动魄的灵魂测试，人性中那个最根本的问题一层一层地得到了展开。什么是信念？信念是一种向纵深突进的、立体的追求过程，而不是平面的、外在的依附；信念是从人性根源处所产生的力所呈现的超脱的形式，对她的解释也只能从生命出发，而不是从外在的事物出发。撒旦要促使约伯所做的，就是在一个纯精神的舞台上，表演戴着镣铐的残酷舞蹈，并从自发到自觉，让真实的自我凸现。约伯在诗篇中的语调是极为紧张的，抒情到了歇斯底里的地步。因为此处发出的声音，是不甘灭亡的生命要摆脱死神的挣扎，是长久在神面前沉默的人通过开天辟地第一次的"说"来获得自己的本质。而不论是约伯的三个朋友、布西人以利户，还是最后到来的耶和华，从他们的话语中都可以听出那种强烈的、生死攸关的，同时又不无暧昧的暗示与引导。

被可怕的病痛折磨得无法生活的约伯一开口便怒气冲冲，他诅咒自己的生日，诅咒那个日子里的白天、黑夜，诅咒自己从母胎出生的事实。他的语气是亵渎的、不顾一切的，大概因为他再也没有什么可丢失的了。他唯一拥有的生命并没有给他带来生的希望，只是在苟延中成了他的负担。所以他大声诘问神：

▶ 人的道路既然遮隐，神又把他四面围困，为
何有光赐给他呢？

这是一个具有强大生命力的个体面对掌握了一切的神的很自然的反弹，即使是在绝境中，他也仍然是主动出击，拼死叩问，想要将生存之谜弄个水落石出。

▶ 我所恐惧的临到我身；我所惧怕的迎我而来。

不能生，却又还未死；看不见道路，却又还有光（理性）赐给他，这就是约伯所恐惧的事。面对这种恐惧的人，除了用大声诘问来强调自身不是一股烟、一股气，而是实实在在拥有理性的、神的造物之外，还能怎样？约伯所说的，是出自本能的真心话，他要活，他不甘心这样不死不活，所以他将自己真实的心情向神袒露，埋怨神，与神作出的安排抗争。但反过来看，也许当初神造出他，把光带给他，正是为了他今天在绝境中的表演？神的意志至高无上，凡人又怎能把握得了呢？约伯的表演，他的诘难，他的争辩，正是他体会神的意志的过程。他越是极端，越是不顾一切地挣扎、愤激，那体验就越真切。人的本性是贪婪的，神也同样如此，他要让人穷尽最不可思议的体验，所以才蓄意安排了这场让人直接同他较劲的测试。这场测试到了这样可怕的地步：

▶ 他们切望死，却不得死；求死，胜于求隐藏
  的珍宝。他们寻见坟墓就快乐，极其欢喜。

约伯的炼狱就是神给他的恩惠。神就是看中了他那种稀有的骨子里的真诚，才让撒旦将这样一个舞台提供给他来演出的。

再看提幔人以利法对约伯那些亵渎的话语的回应。以利法用约伯自己从前的理性行为来反驳他现在的思想，他认为约伯的愤怒发泄是对神的信仰发生了动摇，是对自己的痛苦看得太重，忘记了神的无比强大和人的渺小。他的主张总的来说是要全盘否定人的作用。

▶ 至于我，我必仰望神，把我的事情托付他。

然后他要约伯一切从理性出发，压制自己当下的痛苦感受，把一

切希望寄托在神的身上，坚信神必定拯救自己。他的一番说教显然是约伯这样的血性男子所做不到的。如果按他所说的去做，对于约伯来说就等于是放弃生存。约伯的生存是他个人每时每刻的当下感受，而不是遥远的将来的某种许诺。所以当以利法说"这理我们已经考察，本是如此。你须要听，要知道是与自己有益"时，他根本不能说服约伯。约伯确实是个有理性的人，但更重要的是他时时活在自己的感觉里，这是他不能改变的本性。他永远也做不到作为一个旁观者来看待生活，用"对自己有益"为标准来选择生活方式。当然以利法在此的反驳也是很可疑的，谁知道作为"朋友"的他的本意是什么呢？这一点后面还要说到。

执着于亲身体验的约伯这样回答以利法：

▶ 惟愿我的烦恼称一称，我的一切灾祸放在天平里，现今都比海沙更重，所以我的言语急躁。因全能者的箭射入我身，其毒，我的灵喝尽了；神的惊吓摆阵攻击我。野驴有草岂能叫唤？牛有料岂能吼叫？物淡而无盐岂可吃吗？蛋清有什么滋味呢？看为可厌的食物，我心不肯挨近。

这就是约伯的活法与以利法的活法的本质区别。约伯敢爱敢恨，无所畏惧，但他对神的虔诚一点都不比以利法差。实际上，他的虔诚更接近神所要求的那种虔诚——对最高意志的痛苦的、主动的体会。所以以利法的打压只是激起了约伯更大的反弹。接下去他的言辞不但仍然激烈，而且简直有些威胁的意味了。似乎是，他要威胁，要力陈，他对他的神说，如果再对他无限止地惩罚下去，结果便是"你要殷勤地寻找我，我却不在了"。他从内心深处懂得，他同神是互为本质的，没有他的肉体的存在，神的意志也无法实现。他这种亵渎似的虔诚当然更是他的朋友要反对的，因为太违反常识，违反世人的信仰方式。在此处，他与以利法之间的问答就像理性和感性之间"道高一尺，魔高一丈"式的争斗。

约伯的另外一位朋友书亚人比勒达这样说：

▶ 请你考问前代，追念他们列祖所查究的……

他要约伯通过"寻根"（类似于我们今天的"寻根"运动）找出自己的罪孽，要他同神所创造的外部根基——人所生活的大地紧紧相连。这些话对约伯来说都不是什么新鲜道理。神无所不能、无所不知，人不能在一切事情（包括神秘的祖上那些再也无法追踪的事）上同神辩论，人唯一可做的，仅仅只是将自己对神的感觉说出来，人也仅仅只能在这一点上同神辩论。所以约伯继续诉委曲，委婉地指责神，同时又苦苦哀求神。他的这种方式当然是朋友比勒达等人要谴责的。

拿玛人琐法的人生观同另外那两位朋友也没有什么不同，他仍然是强调神的包罗一切，强调人除了盲目信仰之外实在是什么也做不了，但信仰给人带来幸福。他的观点是世俗中流行的常识，而常识，并不是当前处境中的约伯所需要的。他信仰神，可是一味盲目空想并不能激活他的生命，他需要生动的生命体验。所以他怒吼道：

▶ 你们以为可纪念的箴言，是炉灰的箴言；你们以为可靠的坚垒，是淤泥的坚垒。

当他这样愤怒之时，他的布满伤痛的躯体其实正在不自觉地感受信念的力量，只是他的方式同那几位朋友相反。他要说话，要为自己的行为辩白，申诉苦衷，要同神当面论理。最重要的是，他看重的是现世而不是来世，他与神争辩道：

▶ 你攻击人常常得胜，使他去世；你改变他的
容貌，叫他往而不回。他儿子得尊荣，他也
不知道；降为卑，他也不觉得，但知身上疼
痛心中悲哀。

　　只要还有一口气，他就只能将这些发自肺腑的辩解持续下去。
　　由于约伯的愚顽不化，在第二轮对话中，朋友们对他的谴责就升级了。以利法谈到了神的残酷无情的惩罚，想借此来唤起约伯的恐惧之心，使他中止对神的亵渎。但约伯已失掉了一切，所以也没什么可恐惧的了。他坚持认为自己的诉苦，甚至自己对神的埋怨全是"清洁的祈祷"，因为在他的内心，他"愿人得与神辩白，如同人与朋友辩白一样"。他出于直觉将神这个对象化的自我看作老朋友，他的指望在现世，他也不怕来世的惩罚。接着书亚人比勒达由于约伯说了大胆不虔敬的言辞，自己又反驳不了他，只好以神的名义举例，向约伯描述更可怕的酷刑。约伯听得又愤怒又厌烦，他回答朋友们说，他一点也不怕说出那些他们认为是亵渎神灵的话，他可以将他说过的"用铁笔镌刻，用铅灌在磐石上，直存到永远"。因为他清楚自己所说的全是真实，他向神发怨愤并不影响他的信念的纯洁性。拿玛人琐法听了约伯的违反常识的胡言乱语，心中十分急躁，于是又将惩罚和酷刑的老调重弹了一遍。约伯反唇相讥，将渎神的话说得更为刻薄。由此就进入了第三轮辩论。
　　在这一轮辩论中，以利法仍然强调被动生存为天经地义的事，要他以看不见的全能者的喜乐为自己的喜乐。他的话激发了约伯的灵感，约伯说他很想自己亲眼见到神，去向神当面申诉。他说现在神使

他恐惧，因为他看不到希望；不但在自己身上看不到，在人世间也看不到；而神的所作所为也常常善恶颠倒。比勒达回答约伯说，世人不能评判神，因为世人"如蛆"。约伯承认神的威力，也承认人没法洞察神意，但他仍要坚持用自身那种自发的运动来同不可沟通的神沟通，并且把这当作终生的理想，绝不放弃。正是在此处他就朗诵了题为"歌颂智慧"的诗。这首诗十分晦涩，细细体会，说的还是发生在人性深处的精神矛盾，以及人的智慧的来源。诗中所提到的幽暗的"极处"的金、银、铜、蓝宝石等，全是人的精神财富，人必须"凿开坚石"，"倾倒山根"，才会使它们显露。这个比喻暗示智慧存在于人性之根，同冲动直接相连。无价的智慧在那无人知晓的地方，在那潜意识的黑暗里闪光。只有无所不知的神才知道智慧的道路，"因他的鉴查直到地极"。所以人要获得智慧也只有同神沟通，而所谓同神沟通也就是约伯这种出自本能的拼死挣扎，诘难似的申诉，而不是以利法们的表面理性分析。

约伯在向朋友说出的最后申诉中以悲壮的语言发出了一个又一个恶毒的誓言，是自我拷问又是自我争辩；自己对自己以死相威胁，以此来检验自己对神的忠诚。这种申诉差不多等于是自己担任神职，代替神行使权力了。或许神之所以搞这个测试，也就是为了在约伯身上达到这个效果。即，激发他，强逼他，窒息他，使他拼死争辩，拼死反抗，以演出这场充满了自由精神的好戏。神的意志真是无人能知晓啊。看来神的不现身、不出场是最好的导演方式，只有这种方式才能让约伯挖尽身上的潜力，达到自由的极限，否则谁又能在活着的时候接近那种辉煌的瞬间呢？

布西人以利户的发言比约伯的三个朋友要雄辩一些。他要约伯不要放弃对神的信心，即使自己处在悲惨境地中也要相信神的惩罚是有高贵目的的。因为神创造了人，所做的一切均是为了人，不是为他自己。而恶人最终被消灭，善举得到张扬是神的不变的原则。"神借着困苦救拔困苦人,趁他们受欺压,开通他们的耳朵。"以利户的发言虽比那三个朋友有道理,并且他也认为神"并不藐视人",但他也不赞成约伯用言语埋怨神、轻慢神。他提倡的是一种理解性的方式,一种偏重理性的追求,而不是约伯那种"无法无天"的创造性的发挥,他希望通过他的条理清晰的说理转变约伯。

当辩论达到如此的高度之时,耶和华神终于从旋风中现身了。他一来就直接同约伯进行沟通:"你要如勇士束腰,我问你,你可以指示我。"仅此一句话就可以看出,同那几个人相比,神更符合约伯的想象。

神首先对自己的全能做了一番阐述,为的是将他的深不可测的意志的根基,他的扫荡一切的伟力,他的制造奇迹的本领,他的将天地万物统一于一身的博大,他的通晓宇宙间一切事物的规律的智慧,一一传达给约伯,以在气势上压倒约伯,使约伯在他面前保持谦虚。约伯是明理人,自然对神的万能五体投地。他有幸亲耳聆听了神的教导,于谦卑中隐含着热烈的期待。果然,神紧接着又敦促他不要停留在谦卑之中,而要同他一样:

▶ 你要以荣耀庄严为妆饰,以尊严威严为衣
  服;要发出你满溢的怒气,见一切骄傲的人,
  使他降卑;见一切骄傲的人,将他制服。把
  恶人践踏在本处,将他们一同隐藏在尘土
  中,把他们的脸蒙蔽在隐秘处;我就认你右
  手能以救自己。

他要约伯学习成为神,他也肯定了约伯在测试中的所有表现(似乎还鼓励他今后更加走极端,更加藐视世俗)。由此看来,神的意志仿佛是个矛盾。他既否认人可以认识神性,提出深奥的问题来难倒约

伯；同时他又教导约伯不要放弃认识神性的努力（因为只有通过这种努力人才可以获得作为人的尊严）。原来悖论是神的有力的武器。如果说神性就是人性，此处对神的意志的描述也就是对人本身的意志的描述，看了下文后这一点就更清楚了。

神接着打了一个最有力的比喻。神通过这个比喻告诉约伯整个这场测试的真正目的：他要约伯用这种残酷的修炼方法来获得真正的自我意识，上升到那种近似于神的、万能的自由境界。因为约伯身上具有那种罕见的灵性、生命力和理想精神。神以自己的造物河马和鳄鱼为例，隐喻地谈到了人的意志的力量，人的信仰的一往无前，人的理性与感性的浑然天成之美，人的品性的高贵，人的灵魂的强韧，人的创造力的伟大。总之，他在引导约伯成为像河马和鳄鱼这样的"完全人"，将自身的灵魂境界不断提升。

▶ 河水泛滥，它不发战，就是约旦河的水涨到
　它的口边，也是安然。

▶ 你能用鱼钩钓上鳄鱼吗？能用绳子压下它的
　舌头吗？你能用绳索穿它的鼻子吗？……

▶ 它使深渊开滚如锅，使海洋如锅中的膏油。
　它行的路随后发光，令人想深渊如同白发。

神的每一句话隐喻的都是人性深处那个不可战胜的自由之魂。

神交就是这样完成了，约伯在炉灰与尘土中看见了天堂。他彻底否定了自己这世俗的肉体，皈依于神的精神。当然这种否定只是暂时的，是肉体下一轮的挣扎与反抗的前奏，神的启示已深入他的内心：

▶ 求你听我，我要说话；我问你，求你指示我。

我从前风闻有你，现在亲眼看见你。因此我

厌恶自己，在尘土和炉灰中懊悔。

　　约伯的自发的本能冲动为什么会如此的符合神意呢？为什么约伯的三个朋友，甚至包括后来的以利户，他们那些智者的体会，都不是对神启的正确说明，神反而说他们误解了自己，"用无知的言语"使神的意志被遮蔽？神的意志与生命冲动之间是什么样的神秘关系呢？也许，这四名说客都是神派来的，他们是人的常识，人的已有的理性，他们之所以在约伯面前设障碍，是因为神交给了他们任务，要他们刺激约伯，使约伯突破框框常识，在创造中达到一种新的理性？这一切的答案都在激情的诗歌里。反复地体会，就会越来越深地感到，这里的耶和华神，实在是古代艺术家的人性之理念，这理念必须通过约伯这样的个体生命来不断得到丰富和发展。表演完这场刻骨铭心的精神舞蹈，约伯就获得了新生，神的理想也得到发扬光大。

　　浑身长满毒疮，坐在炉灰里挣扎的约伯的梦，正是我们人类做了几千年的那个痛苦的梦、诗意的梦。没有这个梦，我们将只能停留在野兽的阶段。

审美与自然

——我读康德

今年以来，我开始发奋阅读康德的"三大批判"，我发现这种阅读给我带来了很多有益的收获。康德的思维方式在那个时代给思想界带来了"哥白尼式的革命"，它第一次将自然变成了人的自然，确立了主体的能动作用。我预感到我们今天的文学艺术界、美学界和哲学界也需要另一场这样的变革，我已经看到了那种可能性。我的主要的精神营养来自西方的文学艺术。也许是因为我是一个理性（我所指的"理性"相当于自我意识）气质很浓的艺术家，而我又具有东方文化的底蕴，所以我在看待西方文学之际具有一种特殊的眼光，而这也许是某些国内外先辈文学家们所缺少的。我很想将我的认识告诉我的读者，让他们也能具有我这样的眼光，然后通过操练挣脱传统的束缚，抵达文学艺术的核心。

我认为康德的精神基本上同我这种文学创造是吻合的。他强调的是主观能动性和人作为人的反思性能力。像我的这种创造真是一刻也离不了这种精神。但晓芒和我也通过谈话达成了共识，那就是康德等人的审美观的某些方面已经不符合当今时代的需要了。文学艺术在不断发展，不断向时代提出新问题，并且文学艺术的理论和文学艺术本身，也应该作为一种精神现象同哲学合为一体，成为实践哲学中最为本质的那个部分。康德认为人是因为有道德而成为自然的目的的，我们认为人是因为有生命意识而成为人的。并且在生命意识的实践认识活动中，审美是当中最为本质的活动。这当然是一种高标准，但这也是自然赋予我们人类的认识使命。这种认识不是规定性的机械论认识，而是一种理性认识——即采用反思性的方法去重构经验，就像哥白尼当年所做过的那样。当今世界艺术的潮流，时代的精神，正是基于这种反思性。这种理性认识（也包括道德意识）的领域，既是我们人类的精神世界本身，也是整个自然的本质。而关于美的认识，则是这个本质的核心。

　　没有任何一种认识比对于美的认识更为能动，更为激发生命力的了。在这种认识活动中，关键词是表演和反思性深入，是冒险生存。生命的本质不就是这样的吗？所以审美是人的最高级的本能，她也是使人性得以向着至善发展的基础性活动。由于有了它，人和动物才被区分开来。我们可以说，它就是自我意识本身，它的规律就是服从理性统觉原理的、最高的规律。在康德那个时代，也许哲学家们还没充分意识到这一点。而今天许多一流的艺术家的反复实践已经将这个反思性认识的结构凸现出来了，它应该是当今我们人类对于我们自己，对于我们身处的自然的全新的、超越性的认识，也是我们时代的精神的显现。这就是，哲学认识与审美认识合成了同一个高级的理性认识论。这种理性实践认识是一种反向的认识，她是朝着我们心灵世界的突进。一般的看法是，内心的世界是小世界。但很少有人真正懂得，这个小世界有无限的层次，有纯精神的逻辑和规律，并且它通向一个比我们通常所认为的"外部"更为广阔的、随我们的认识而可以无限扩展的巨大世界。我感到当代精神的发展将会朝着这个方向突飞猛进。当我进行这种审美活动时，我脑海中常会出现某种莫名的、令自己深深感动的抽象境界。在我看来，那种境界就是终极的、美的理念。这个理念也许同哲学的理念有相似之处，但也许更带情感性。虽然她带有感性色彩，但她又不等于黑格尔所说的那种"理想"，而是实实在在的理念。因为她是排除了一切具体经验的、高度抽象的诗意的概念。她也就是我们艺术家所朝思暮想的"美"。也许只有这样的认识论，才能适应我们今天所面对的人性之谜和自然之谜，使我们有可能将已经破碎的世界重新整合起来，使生命的活动重新成为有目的的活动。

审美机制就是人性机制，也是人认识自我、认识自然的机制，它还是使人的生命体验中最根本的那个部分得以实现的机制。自然将这个机制事先在人的本体中形成——从客观目的论来讲，自然是为了通过人来实现自己的本质而将人塑造成具有此种认识能力的个体的——让它在人的生命活动中发挥作用。这个机制有一个特殊属性，这就是它是在交流当中启动，然后起作用的。所以它的启动和运作需要最高的主观能动性，也需要频繁的交流活动作为其动力。从这个意义上来讲，它是彻底地依仗于人的主观活动，以及人与人之间的互动交流的。

现代艺术的创造和欣赏都已经将人与人之间的交流经验内在化，深度反思化了。在审美活动中经验已不再是作为感性直观的运用，而是上升到了知性直观的运用。但毫无疑问，创造和欣赏仍然是间接地以这些交流经验为动力的。但新型的审美活动具有一种超越性质。在这种活动中，艺术家和鉴赏者以人与人之间的交流为基础，将交流升级为人与自然的交流，实现着自然的本质。审美一旦开始，主体中那个先验的矛盾机制就将已有的情感经验转化成深层自我，令其各个部分进行既分裂又统一的表演。这种对于经验的反思性的运用是高难度的、创造性的，它重构了"自我"这个小自然。它将自我陌生化，使自我的本质显露，让人性在矛盾运动中充分展示自由之美。并且在这种过程中，主体会强烈地感觉到自然的意志——那种客观性的、被置入到自己内部的意志。而这，就是人与自然的交流。人与自然的交流是由于人追求自由、追求终极之美而得以实现的。人要冲破肉体（感性直观）的限制，向自我的深层本质（通过知性直观来意识到的），也就是自然的本质突进，于是内部的那种机制就在这种不断重复进行的自由运动中被启动了。于创作，于欣赏都是如此。

只有人的交流才具有反思性。从一开始，原始人就有渴望从别人身上看到自己的倾向，这种倾向其实也就是渴望认识自然本质的倾向。在审美历史的发展中，这种倾向越来越强，潜伏的结构终于渐渐显露。到今天，在前人实践的基础之上，少数最敏感的人已经在审美活动中意识到了自己的精神的层次和自己同大自然的一体性，以及人的崇高认识使命。然而这种高级的交流的基础仍然是世俗交流活动，因为是世俗交流活动促使了精神层次的形成。有能力从事这种审美活动的人都是一些内心丰富复杂，能够洞悉人心，而又热爱生活的人。他们将日常的生活体验深藏于内心，反复体验，然后在机制的作用下使这些经验产生知性直观化的飞跃，以建构自我，展示自然的本质之美。由此我们甚至可以反推出自然的本质就是自由的。因为我们通过我们内部的那个小自然已经反复实验过了，而我们的作品，也充分体现出我们身处的大自然对内部的小自然的回应。我们在创作或欣赏时感到的那个机制的客观性，就是自然的客观性。它迫使我们的美感成形，并在作品中展示这样一幅终极追求的整体画面。当我们通过鉴赏分析将每个作品中的那个机制揭示出来时，我们就同大自然融为一体了——美就是通过人与人之间的互动交流来实现的人与自然的沟通。最为深奥之处就在于这是一种反思性的创造，感性直观在此不能直接发挥作用，一切从生活中获得的经验都须深化和再造，让其变成知性直观，用这种知性直观来建构理性之美、自由之美。所以从事艺术活动的人（包括鉴赏者）必须深深地介入世俗生活，但同时又具有将这种生活抽象化，深入到其本质的知性直观的能力。自然将这种能力赋予了个别对于精神事物极其敏感的个体，但操练和深入生活也是这种审美的先决条件。

　　对于现代艺术家来说，灵感是什么呢？它就是在创造或鉴赏中对知性直观的材料的辨认能力。我们通过内部机制的运用发现了我们的小自然中的这些经验材料的新用途，我们要用它们来做一个从未有过的新东西，这就是我们的灵感。也就是说，灵感的获取既需要丰富的多层次的情感经验，也需要强大的内省的心力，只有理性与情感二者都具备，审美才有可能发生。这种审美不是对自然的模仿，而是发现自然，创造和建构自然。所以艺术的产品（包括鉴赏产品）就是自然本身的产品。自然通过人创造和建构了它自身。这同科学规律的发现有一致性，二者都是运用反思性判断力对自然的创造与建构。知性直观中的灵感同感性直观中的灵感其作用方式是相反的，前者是将抽象化了的情感还原为异化的感觉以构成美的产品，后者则是将直接产生的情感聚拢，在浅层记忆中再现，来构成作品。但审美活动对于记忆的这种反思性运用绝对不是用心理学解释得了的，它属于人对于自身先验能力的创造性的开发，充满了精神运动的主动性，只能用纯精神自身的科学即美学或艺术哲学来解释。

那么反思性的审美实践的方法是如何具体实行的呢？核心关键词应该是"操练"。大自然赋予了我们人类这个能力，但她所规定的条件也是非常苛刻的。我们并不能轻而易举地运用它。只有那些天性敏感，对精神事物充满了好奇心和探索的热情的人，经过长年累月、千辛万苦的操练，才有可能获得知性直观的能力。这种能力使主体能够促使自然经验向她内部的机制生成，从而建构出具有终极之美的种种人性图案，也就是自然图案。一名艺术家在创作之际被他的日常情感经验所包围，但他在凝视这些经验的同时却又独立于这些经验。他那处在冥想中的目光看到的不是经验的表层意义，而是他内心的那个深层机制如何样在经验中活动。他要运用那个机制将杂乱的经验变成有序的本质之美的结构图案。他发力，他的叛逆的天性使他为所欲为，而这正是机制所要求于他的。因为要做的那个东西是从未有过的。他不是要体验过去，他是要创造未来，获取新的、超越性的情感经验。这种超越的冲动使他得以重返到人类的古老原始记忆（大自然）之中，从而再造了自然。而一名鉴赏者也会有类似的、反方向的体验。他面对一个艺术作品，他凝视，他在长久的凝视中看见了自己的"看"。这时艺术作品中的结构就会逐渐朝着他的审美的行动显现，这种显现完全是互动的结果。如果鉴赏者内心没有那个机制，或如果他不运用那个机制来发动自己的情感经验，美就不会在他同作品之间显现，而是被隐藏在云山雾海之中。所以你要鉴赏高级艺术，你就必须不断操练，不断强化你内部的那个机制，让它一次次启动，让它在启动中同作品中传达出来的自由信息结合。与此同时，你内心的那些经验也会加入到交流当中来，它们会一块建构属于你自己的自我或自然。这就是成功的鉴赏。成功的鉴赏一点都不比创作容易，甚至更难。这也是为什么无数古老的经典作品至今无人能解其深层含义的原因。

如何证实作品中具有同自然的交流？从艺术家这方面来说，只有将他的作品中的那个由先天机制造成的结构通过他人或他自己的审美活动揭示出来，才能够真正欣赏他的作品。而这种揭示是一种复杂的互动。但结构一旦呈现，就可以看到人的深层次生命活动的画面，而人的努力超越、同自然做纵向沟通的那些形象也会处处凸现。当然也可以体验到，这些都是以人与人之间的情感经验为底蕴的。由此可以看出现代艺术绝不是脱离人类的空想，它所需要的是心的定力和创造能力。我判断一个作品是不是深层次审美的作品，就是看它有没有那个结构，它是否对于情感经验进行了反思性的运用，知性直观在作品中是否有统一的显现。对于鉴赏者来说，他担负着双重义务——既要再现作者的自我和自然，也要将自己的自我转化成自然，用这个自然来重构作者的自然。所以成功的鉴赏是复合性的再造。有多少个鉴赏者，就有多少种再造的方式。但万变不离其宗，所有这些鉴赏产品都将表达着自由的理想，自然与人一体化的理想。

我还想强调一下，我认为我们讨论的这种审美活动具有一种终极意义上的客观性。人可以站在自然的立场上来看待审美，而不仅仅是人类。这既不同于康德，也不同于黑格尔的观点。康德将美看作纯主观的产物，否认审美有任何认识意义。黑格尔认为艺术具有主观的客观性，比康德进了一步。但是他所涉及的那个客观性没有层次，仍然是一种机械的、局限于人类社会性的划分，没有上升到真正的反思性创造和知性直观的方法，也就没能将自我同自然真正打通，以反映自然的本质。我认为高级审美活动是和哲学探讨处在同样层次的、同样性质的活动，在这种纯精神的创造活动中，人类最有可能达到和大自然的一体化。这种横向交流与纵向交流同时启动的机制，正是自然的神奇造化在人身上的实现。所以艺术和艺术理论同哲学一样也是一种终极探讨的精神实践活动。从人的角度说，艺术具有主观的客观性；从自然的角度说，艺术是客观的主观发挥。只有用这种超越的眼光才能评判那些高级艺术。

新努斯的大自然

——我读黑格尔

▶ 如果人这个愚蠢的小宇宙惯于把自己当作整
体，我便是部分的部分，那部分最初本是一
切，即黑暗的部分，它产生了光，而骄傲
的光却要同母亲黑夜争夺古老的品级，争夺
空间了。但它总没有成功，因为它再怎样努
力，总是紧紧附着在各种物体上面。(1)

——梅菲斯特

▶ 她沉入了地球那些渐渐浓缩的物质里头；她
正在这个星球的深处努力为自己开出一条路
来。她看上去就像一只金银蝴蝶，进入了那
个仍旧被照亮着的透明的区域，或者说，消
失在变得越来越宽广的阴影里面了。(2)

（一）新努斯的形成

在早期古希腊自然哲学中，哲学家们对于大自然的看法是一种
自发朴素的看法。那个时代，在他们的世界观里，精神和物质还没有
分家。这些自然之子将自然的本质看作"始基"——水、气、无定形
之物之类。始基其实就是精神与物质混合的一种象征物。到了赫拉克
利特的出现，一种天才的辩证思想产生了。赫拉克利特提出"火"为
自然万物的始基。在火的形象中，精神与物质第一次以既分离又统一

的象征形式展示自身，并且运动形式的动力源完全来自自身内部。至此，哲学家们才真正悟到了，精神是同物质不同的东西，它由自然中的纯运动转化而来，是自然的最高本质。于是苏格拉底和柏拉图，就将这一认识上升到了崇高的理念，而整个世界也就变成了以理念为本质的世界。但天才祖先赫拉克利特的朴素世界观同其后千年的理性哲学之间是有微妙的本质区别的。他的朴素的本体论既一分为二而又合二而一，并不是后来的理性哲学的纯粹的一元论。然而历史转折点却是从赫拉克利特开始的，自此人类走上了追求纯精神的一元论的道路，并且经过两千多年最后达到了以黑格尔为标志的顶点。在这个认识论的发展过程中虽有唯物主义来与唯心论抗争，但唯物主义哲学家往往缺少真正的辩证本体论和辩证方法论认识，所以并不能真正打垮黑格尔的坚固结构，只能提出一些改良的方法。新世纪是东西方文化大交融的世纪，历史的契机呈现在我们面前，对希腊人和黑格尔哲学中的努斯加以重新定义的时代已经到来了。愤怒的黑暗的自由之母已经在深渊中躁动了几千年，新世纪将是她的权威的世界。自由女神的威力将席卷所有的范畴，波及一切现象界，死去的和将死去的，已有的和即将诞生的，全都受到她的洗礼，无一能逃脱她的魔力。挣脱千年枷锁的她一旦苏醒，便意识到了自身得天独厚的力量，意识到，她就是原始之力本身。她的力量从哪里来？她是一个矛盾，她的本质的分离运动就是自然之力的源泉。新努斯的自由运动创造出天地万物，这种既挣脱又皈依的律动，奏出新宇宙的旋律。

多少年里头，人类执着于理解分析自身所拥有的精神之力，从大自然，从太空中，从假设的彼岸去寻找这种力量的源头。这是因为人类还没有真正成熟，还过于软弱，蕴藏于他内部的使命还未充分显露。但这一切弯路、一切痛苦和毁灭都是必要的，因为一种新型的本质图型正在黑暗中悄悄生长。这种新型精神的现身，以其从未有过的巨大活力，一下就刷新了以往有过的自然模式，从律动中开辟出无限的前景。

新宇宙中的一切都是生机勃勃的。交合的大自然的基质为努斯，努斯包含着她的本质——逻各斯。矛盾的二者进行着永恒的大自然的自分离运动。逻各斯使努斯的运动成形，努斯则不断打破逻各斯建构的图型。新努斯是精神化了的物质，新逻各斯则是物质化了的精神。交合的大自然只能是人的大自然，脱离了人这个大自然就没入黑暗中消失了。这种自然观同唯物主义和唯心主义二者的不同就在于：新努斯的大自然是由物质与精神的交合所构成的。新努斯不需要上帝，因为她自己满怀信心地取代了上帝。作为大自然的本质，她也是人类自身的本质。这个本质是自行分离的物质的自由运动，其统一的目的是为了分离，其限制的目的是为了突破。从认识论方面来说，她是努斯与逻各斯同体的、情感经验意识与思辨意识合一的矛盾运动。一切思辨之力的源头都在人的，也就是质料的内部，而一切"内部"也成了"外部"。人类不用再去盲目地寻找，因为内外的界限已经消失了，僵硬的划分不再有效。矛盾体要分裂，她在分离运动中自己赋予自己力量。这种事既不神秘也不抽象，它同人类的日常生活息息相关。一个人只要具有心的定力，执着于精神世界，就有可能意识到自我的本质运动。而我们的心血，既是运动本身，也是运动的力的源头。作为精神性的人，人必须体认物质性的大自然先于自身；作为质料性的人，人必须将精神看作一切大自然物质的本质。

亚里士多德将生命运动区分为"致动因"和"目的因"，也就是"实现"和"潜能"。这一对矛盾也是黑格尔从他那里采取的最重要、最核心的范畴。其实这就是逻各斯和努斯这个本体矛盾的体现。潜在的东西是比实现出来的东西更为基本和重要的。如果仅仅将潜在物看作观念，生命的起源就只能是神秘的安排。柏拉图的回忆说也是这同一个思路，导向神秘化的思路。但如果我们将潜能看作大自然先验潜在的逻辑规律，如果将对象设定成千变万化，不能一下子也不能一劳永逸地掌握的本质性质料，如果再将认识看作人的思辨力同这个对象的交合，即，正确的思辨结构就是对象的本质，这样的方法和本体意识必将排除一切神秘论。黑格尔的"拟人化"思辨哲学在当时是一个巨大的突破。只要人将自身看作自然，目的性就是自然的统一意志，分离性则是更为基本的、自然的自由意志，努斯意志。自然的规律则只有当思辨投入质料对象时才会形成，在交合中形成。什么是客观世界？客观世界就是思辨与对象正确地交合，并在对象中成为了本质，这样建立起来的世界。不可能有单方面的具体"客观"。如果说黑格尔的理性化就是"拟人"，那么说一切事物都有一个"拟人"的本质也没错。逻辑思维就是客观事物的结构和本质，质料对象不是被征服，而是同思辨交合，结构出新事物。但黑格尔的理性（或拟人）并未贯彻到底，他的理论脱离了最为基本的身体意识、努斯意识，所以追溯其起源只能有上帝的解释。实践其实也就是自然活动。黑格尔将思维、实践同自然割裂开来，认为逻辑上先有实践，先有概念，自然是对概念的符合，这种观点仍然不是辩证的。交合才是辩证论，即使从逻辑上说也应倒过来才解释得清楚。一种认识是否成功既要从思维方面，也要从对象方面检验，对象是更基本的思维。时间的不可逆既属于人类也属于自然，而人类也是自然。

黑格尔将精神对于自身的认识历史看作来自上帝王朝的"外化"行动。他的理论很好地说明了精神的绝对性和认识活动的辩证性，其中体现的辩证法直到今天都在指导着我们的认识。这是因为他的研究突进到了自然的最高本质，并以其慧眼看出了最高的自然之谜中关于精神的那一部分的谜底。如今身处新世纪的艺术家们则突进到了这个精神之谜的反面，发现这里有另一片未曾开垦的处女地，这就是质料意识的新宇宙。而这个从物质转化而来的自然的结构，正好就是黑格尔的上帝王座的本质。这难道是一件偶然的事吗？被黑格尔称作精神的自我"回忆"的那种东西，在我看来则是大自然的先验结构。也就是说，一切纯粹的精神运动，都是自然中的质料在展示自身的结构。这个观点是同黑格尔的结论——"太阳底下无新事"完全相反的。因为质料的可能性是无限的，它并非黑格尔设定的可以穷尽的、封闭的纯精神，反倒接近于作家卡尔维诺所设定的那种真正的新、永恒的新的事物。黑格尔的精神王座很容易导致满足与循环，我的自然结构带来的则是焦虑、不满与永恒的渴望。这种渴望是切切实实的，因为它就在每个追求者的身体里面，只要你善于静下心来体会。人的自我意识就是精神的实现，这种意识首先来自个体的莫名躁动，来自先验结构的身体暗示。自然这个活体以其脉搏的跳动决定着大脑思辨的走向，人类在时间的实践中也一直在印证着这个结构。大自然从来就是积极的、充满雄心的，并且是永远不满足的。人类因不满而痛苦，也因不满而奋起追求，只有这种追求本身才是幸福。只要你身处自然中，你每时每刻所遇到的就是新事，新体验，而你的实践也只能是新的。真正的自然意识不允许循环与倒退。所谓精神王朝，所谓回忆，既不是宗教境界也不是心理学记忆层次，它只能是自然的先验机制在启动中所产生的现实。这个启动权是人类的特权，也是人类的使命——一种无退路的无限止的奋进运动。

（二）以新努斯本体论为原则的努斯认识论

从哲学本体论来说，新努斯自然观是哲学领域里千年争论中产生的唯心论和唯物论的一个中和，它以东方元素的参与有力地将这两派包容于自身，重组出一个崭新的图型。它的本体论主张精神与物质的交合为自然；它的认识论主张质料意识与思辨意识合一，二者在对立中交替上升；它的立场是现代相对论的立场。这种哲学观、艺术观的底蕴也透出千年中国农耕文化的色彩。相对于西方人，只有中国农耕文化模式使人的思维具备了与大自然（即人的身体）进行纵向本质交流的巨大潜力，但这个潜力又只有依仗西方人的世界观才能认识到并开发出来。几千年的实践证明，单靠中国文化自身是产生不了高级的哲学和艺术理论的。当今的世界精神潮流已到了一个转折点，我预感到，中国人为世界精神的发展做出贡献的时机到来了，世界进程将要以中国元素为主要推动力。

大自然赋予人的使命就是实现她自己也实现人自己。这个同体的关系迫使人在自分离中自力更生地突破，以这种叛逆的方式去虔诚地领略自然的目的，将自然那开拓性的、日日常新的雄心壮志发挥到极致。凡不能创新的思想，都不是自然的意志。努斯母亲是涌动不息的泥石流；是永恒地更新着的生活常青树；是现代人那被内部灵魂矛盾憋得要喷发的火山；是哲学和艺术中的思辨运动的本质。其认识论的方法是，个体性、质料性的一方不断聚集、朝着对立面给它范导的方向不断挤压自身；而作为普遍性的思辨性的一方则为个体性在挤压中的爆发赋形。努斯是运动的内容，逻各斯是范导的形式，二者合一的律动形成了现代认识论的模式。这个模式体现在人类社会发展中，也体现在艺术审美活动中。努斯认识论的核心是强调质料（经验、表象意识）的主导作用，强调精神的物质本质，它是基于精神与物质交合的自然观的认识论。

与西方的主流哲学理论轻视认识论中的质料意识、独尊思辨相反，新努斯的认识论将质料看成思辨的本质，将其重要性和决定性提到了前所未有的地位上。但这种模式又不同于机械唯物论的模式，因为它不是将对象将自然看作僵化的"物"，而是看作内含精神的、精神与物质互为本质的活体。以这种立场来观察社会活动、审美活动和科学活动，自然就成了我的自然，我也就成了自然的我。这个我所拥有的认识论中的质料元素是由自然中的物质转化而成的，它在认识运动中具有最为活跃的表现，它又是认识活动中的力的源泉。它将间接的自然原始力传递到思辨意识中，使得思辨意识可以自由地为质料赋形，二者共同创造出千变万化却又万变不离其宗的认识图型。

黑格尔哲学本体论中关于思辨构成自然本质部分的精深论述直到今天都在不断被验证是正确的。马克思对他的本体论批判虽然在感性实践方面击中了他的要害，但在思辨构成自然本质这个观点上，马克思（还有列宁）作出的分析并没有达到黑格尔的精神层次。黑格尔的思辨至上的自然观有一半是正确的。因为大自然的本质确实就是思辨意识与质料意识，否则能是什么呢？马克思将黑格尔的思辨降低为他个人的主观意识，这是十分偏颇的。当然，黑格尔轻视实践（尤其是感性实践）的原因在于他不愿意用实践去证实思辨，在他看来，思辨是至上的、属于上帝的，而实践则牵涉到他所看不起的质料意识（即他称之为对象的东西）。即使是高级的理性实践，也牵涉到间接质料意识。作为对思辨意识本身论述的大框架方面，黑格尔是独特而创新的。他的盲点在于意识的构成方面。他的关于意识的定义："意识是把自己跟某物区别开来同时又与它关联着"[3]是有片面性的。同某物区别而又关联的是思辨而不是整个意识，因为意识里面还有质料意识，质料意识就是那个某物。质料意识是从感觉开始一直上升到理性直观的意识，而马克思在批判黑格尔时从唯物论立场出发将大自然定义为感性自然，没能看到黑格尔的客观思辨就是大自然。大自然作为身体是有思辨的身体。但黑格尔却独断地说，自然仅仅是精神，一切物质都是非本质的虚幻物。他用物质世界的本质——精神取代了整个大自然。质料与思辨是一个东西又不是一个东西，它们是自我意识的形式和内容，只有既区分又统一的立场才是辩证的立场。大自然作为头脑意识是由血肉情感养育着的头脑意识，但头脑意识并不等于感性意识，大脑也不等于身体。马克思却说，大自然仅仅是感性的，黑格尔的理性自然是主观幻觉。这也是以偏概全。只有将黑格尔的理性自然和马克思的感性自然结合起来，又将感性和理性看作互为本质的，才能建构起完整的大自然。

新努斯认识论并不停留在感性领域。它同西方的概念认识论相反，以直观来同思辨的概念抗衡。这种新型的直观在认识运动中形成一个上升的体系——从感性直观，知性直观，一直攀升到理性直观，自然因而在理性直观中成了生生不息的生命万象图，而不是黑格尔那种在以太中旋转的封闭光圈。新努斯自然观的优势在于它的巨大活力与开放性。因为其动力源不是上帝而是自然本身，人类一旦认识到自身的力量，就会破除那些人为的障碍勇往直前。又由于这是一个不封顶的、内外界限不断转化的模式，其灵活性远超黑格尔的封闭光圈，它便给人类和个人的认识的发展提供了更为深广的前景。在这个方面，生命万象图充满了平民性的民主意识。

从希腊哲学到黑格尔，对于努斯和逻各斯之间的关系的区分一直比较模糊。就黑格尔来说也是摇摆不定的。他有时将努斯看作生命的、原始的意识，有时又将逻各斯和努斯看作一个东西。他的唯心主义的立场使得他只能有这种模糊的解释。我认为，努斯是认识运动中更为基本的、黑暗原始的、质料性的意识，逻各斯是努斯母亲的儿子，是思辨意识，是区分赋形的能力。人作为人的明显标志是逻各斯，是理性；但逻各斯又是从带有兽性色彩的努斯里面产生的，努斯意识是逻各斯的身体。身体没有大脑则无方位，大脑没有身体则无力量。认识论就是二者之间的纠缠扭斗，不断否定又不断肯定，不断毁灭又不断产生的运动。主体的这种辩证的律动既要倾听逻各斯的召唤，又要分辨努斯深藏的微妙意图，双方的对立其实又是紧密的合作。关于这个方面黑格尔在精神现象学中作了很多描述，这些描述都很精彩。但由于黑格尔的上帝创世论的、独尊精神的立场，没能对努斯在认识论中的作用加以进一步的深入探讨。所以他的描述显得是一种单边的认识论，只有一个逻各斯在那里忙来忙去，一切经验性的质料都被作为非本质的东西被逻各斯所否定、征服和吞没了。他所追求的是透明的概念世界，他的认识论是思辨至上的。这样的认识论，如果上帝不赋予个体以神秘的力量的话，个体就会缺少认识的冲动。新努斯认识论则正好在这方面处于优势，因为认识的力量来自内部的质料元素。运动越活跃，质料本身就产生越大的能量，思辨也变得越敏锐。这是一种自己激发自己的运动，也是自然的先验机制得到启动后的自由运动。

由于纯一元化的自然观，黑格尔的自然模式是以太中的封闭光圈。这个光圈在以太中"时而扩大，时而缩小"，展示着它那轻灵而单调的美。他由此得出结论："太阳底下无新事。"黑格尔已经通过他的哲学将光圈造好了，后人只要遵循光圈的律动就是实现了上帝的意志。很显然，当今的社会历史以及审美活动并没有遵循他设计的这个模式发展。如果我们要找出他的根本缺陷，就要追溯到自然本体论上面去。西方思想中的纯一元论在当今的社会政治、文化和经济的发展中日益显出力不从心的颓势。抛弃空洞的"正义"、"道德"之类口号，将属于生活的归生活，重新检验以往指导思想的正确性的呼声越来越高。但更重要的则在于要清理西方主流思想中的传统认识论观点。在黑格尔的纯一元化认识论体系中，思辨力是万能的。实际上，他的思辨就是上帝的化身。在他的否定之否定认识论中，思辨是一切，一切环节都是由思辨转化而来。诚然，思辨自身由于自身的单调和苦闷，也造出了一个"他者"来作为内部的对立面。但这个质料性质的对立面，思辨用不着认真地将它当本质，因为它是为思辨存在，迟早要被思辨吞噬的。它虽然以其实体性显示着思辨的本质，但毕竟当不得真，是一种假象的存在。因为凡质料皆为假象，只有纯思维才是真。黑格尔的书斋型认识论偏执到了不看事实，一味沉溺在推理的快感中的程度。说到底，他既不尊重大自然也不尊重自然的高级产物——天才。他的认识论是窒息扼杀创造性的。因为大自然的丰富性是体现在人的质料意识中的，质料意识就是经验意识（包括情感经验）。这个质料意识同思辨意识互为本质，是思辨意识的力的源头，努斯的化身。

它也是哲学和艺术的根。撇开质料谈认识，就是撇开微妙的变化无穷的身体，撇开生生不息的自然的空泛谈论。这样的认识论所作出的判断也必定是片面的，无根的，经不起时间考验的。

（三）新努斯认识论是以反叛来达到皈依的认识论

新努斯的认识论还是一种以质料的反叛，思辨的镇压来拓展主体自我意识的新型认识运动的理论。认识是一种自由运动，现代人的自由需要最为严厉的自我制裁来促使其成为高级的律动。但是作为自由元素的质料，自始至终都是作为反叛的角色在运动中呈现的，这也是作为思辨的逻各斯对它的要求。因为精神要拓展，别无他法，只有这种反叛性的创新突围是唯一的方法，任何服从、任何因循都不属于精神。奇怪的是这种反叛又是本质的皈依，越反叛，越皈依，逻各斯的理想在新努斯的匪夷所思的行动中得到了建设性的实现。由此进入新一轮的认识。这新的一轮又是反叛和制裁的拉锯，绝无半点缓解与懈怠。现代人的神经已强大到能够经受这样的折磨，这是一种净化心灵的自觉的道德折磨，这种折磨给人带来延宕的安宁和对愉快的期待。将这种模式运用于社会生活，则会促使我们眼光变得更敏锐，在作出判断时内心的权衡变得更为复杂，更贴近身心的自由律动。这是一种矛盾的认识论，因为时代在发展，自然的环境和人心的现状已经变得远比过去复杂，人在进行认识运动时必须有身心的共同投入，单边的思辨判断已经远远不够了。人要实行道德的生活，就得具备更为高超的判断力，更为深切的同情心和与自然、与人沟通的能力。有时候，一次认识运动往往成为内心一场惨烈的战争。但无论何时，人都应该将自己看作自然之子，在自己身上实现大自然的意志。

在社会生活和审美活动中，人与人之间的交流属于普遍性的横向交流。新努斯认识论强调的则是与其对应的一种纵向交流。这种交流在冥想中进行，是大脑与身体之间的深层本质的交流，也是人对大自然的一种特殊终极叩问，一种答案（或认识图型）就在叩问之中的新型实践。纵向交流当然也是由横向交流所触发的，但它是绝对个性化的。在这种交流中个性必须突破共性的钳制，才能抵达那黑暗中沉默的努斯母亲。所以纵向交流的境界往往是朦胧的，实践中的思辨往往是退居到幕后起作用的。因为人不可能用规定性的判断来把握尚未显露的深层本质，本质一旦显露，就不再是深层本质，而成了普遍现象了。只有反思性的实践是抵达自我深层本质的唯一方法，此种通过表层经验意识的重组向深层突进的反思性运动（也就是终极叩问）的过程本身毫无例外地会呈现出本质图型。也许中国传统的农耕文化的姿态更接近于这种身体交流。农夫在田野间孤独地劳作的身影，不就是他对作为自己身体的大自然的不间断的叩问吗？这种自相矛盾、不断突进的律动，在当今世界艺术领域内作为原动力，再现着大自然的纯创造的画面。孤独的中国人在长期缺乏与人交流的环境中培养了自己进行另一种交流的潜力。但潜力仅仅是潜力，如果不向西方经典哲学艺术学习，你的潜力就等于无，一个不能产生出"有"的、废弃了的无。于是，保持对身体的好奇心，将自然事物当作一个谜来解，让冥想中的认识律动体现自然的自由意志，是本世纪我们的重大任务。而开掘个人的冥想能力，则是完成这一任务的前提。

在新努斯的认识运动中，逻各斯和努斯依然保持着本体论中的同体关系，与此同时却又是尖锐地对立着的。二者在运动中的表现，均来自它们各自从本体论带来的必然性。质料意识的特点是充满了变化无穷、难以把握的偶然性，它以其在深渊中涌动着的无限可能性既拒绝着思辨意识的表层规范，又诱惑着它向内深入，去捕捉那真正的本质，为其赋形。这样的努斯，在认识活动中开辟出一片从未有过的新天地。质料绝不是被动、非本质的、等待着思辨意识来将其纳入自身的对象，而是不断地有精彩的表演，有深层控制力的能动的本质元素。正是因为有了它，思辨意识才获得了原动力，有了目的性。因为是它的自分离的本能在导致着认识的深化。作为逻各斯这一方来说，努斯的原始欲望一旦为它所意识到，它就立刻变得高瞻远瞩，充满了突进的雄心。它要将努斯的原始力给予极致的压抑，迫使努斯在严酷的氛围里奋力一搏而突围，这个突围的姿态就是它所暗中谋划的特殊的赋形。这是天然和谐、互为本质的律动，是在世纪生活中渐渐显露的大自然图型。在新世纪的人类社会活动中，新努斯的认识论将启发人，使人变得更为关注自己的身体（即社会环境，自然环境，个人气质修养），更加善于运用换位思维，在矛盾冲突中站在对方的立场来考虑问题。而不是像冷战思维那样，双方凭着某种空洞的理念横扫世界。大自然是无比深邃，有无穷无尽的能动性和可能性的。但如果我们不尊重她，自以为是地凌驾于她之上，她就向我们关闭。其后果是毁灭性的。因为她给予过了，我们没能领悟。只有大脑与身体互动的思维运动，才有可能抵达母亲的内心生活。旧中国式的孤独生活的时代也已经一去不复返了，人类社会生活应该既多样化，充满创新，又相互依存，充满和谐互补，为实现一个共同的价值观而努力。这才是自然母亲赋予人的使命。

新努斯思维中的主观性与客观性不同于黑格尔的划分。在认识运动中思辨为直接的客观性，质料为间接的客观性。因为思辨意识直接就是自然中的精神，质料意识则是自然中的物质通过意识进入认识进程中产生的转化物。从另一方面看，思辨又是间接主观性，质料才是直接主观性。二者性质不同，功能也不同。思辨意识更为客观清醒，范导着大方向和本质规律；质料意识则更有主观能动性和灵活性，不断涌出新的可能性以供思辨来塑形。黑格尔将质料说成是被动元素是一种武断，哲学和艺术认识运动中的质料并非心理学中的质料，它就是思辨的本质。它是想象力，是生命的源头，也是推动思辨发展的原动力。质料思维是反思性的理性思维，即，打乱经验意识来进行重组的高层次认识论思维。它将质料意识和思辨意识用强力区分开，相互对抗，在对抗中统一。这种投入性的自我意识运动中的对立元素之间的关系变得非常复杂，你中有我，我中有你；你是我的镜子，我是你的镜子；马甲后面还有马甲，镜子后面还有镜子。反思性实践活动是哲学、艺术和科学等领域中的最高创造活动——一种发自根源的纯创造，真正的自由运动，也是大自然将自己的本质结构通过人类来展示的方式。

（四）作为自由意志的新努斯

新努斯认识论绝不是提倡非理性的认识论，虽然它是对于在西方统治了几千年的主流哲学的颠覆。新努斯是逻各斯之母，是思辨的根基。质料意识并不是非理性的，而是实质上倾向于理性，要同理性合谋的认识论中的元素。人们观察到了质料意识的叛逆性和反规定性，便误认为经验和想象力是反理性的。这是缺乏辩证意识的、目光短浅的观点。揭示出努斯与逻各斯同体的奥秘，便是对这种后现代观点的最好反驳。凡属哲学和艺术上的认识，都不可能是纯粹非理性的。努斯呈现出来的"非理性"，正如道德意识中的"恶"一样是一个假象，它在认识运动中所发挥出来的原始冲力是同逻各斯的共同合谋。没有逻各斯，努斯也就不成其为努斯。那种非理性的、倒退到兽性中去的努斯只不过是一种幼稚的幻想罢了，因为人作为人的标志就是理性，就是自我意识。无论努斯的反叛多么决绝、彻底，那也是逻各斯的意志，因为二者是互为本质的。如果从二者对立的角度来说努斯是非理性，那也是理性中的非理性，即理性对自身的否定，超越。当然作为艺术家我们今天强调努斯的决定性作用是有针对性的，时代精神要求我们这样做。西方千年的主流哲学中只有一个强大的逻各斯，母亲的身影一直被遮蔽着，只有偶尔模糊的显现，而就连那种显现也是被曲解的。强调努斯的根源性力量就是强调自由意志。大自然的自由意志首先不是来自逻各斯的规定力，而是来自努斯母亲的原始爆发力。但这种原始爆发力不等于猛兽嗜血的非理性之力,努斯的爆发力是有倾向性的,因为它的本质是逻各斯,它自身因这本质而高贵。努斯将自由的任意的原始力向着逻各斯爆发,并将这力传递给逻各斯,使得逻各斯能够在同一瞬间为这伟大的力量赋形,双方在这个运动中既制约,反制约,又合谋。这两股力的扭斗造成的律动就是我们今天的道德认识和审美认识。在我们当今的社会中,保护原始创造力、保护儿童天性中萌发的自由意识已成为当务之急,但我反对将自由贬低为非理性,时代要求我们对此加以厘清。

黑格尔的思辨认识论以"有"作为开端,以否定和否定之否定作为方法和规律形式。尽管这个抽象的"有"要经历质料性对象化的否定发展诸阶段而返回自身,一个事实却很明显,"有"的概念是纯精神性的上帝的产物。这个纯思的"有"以否定运动为其本质存在,发展出庞大的自我意识体系,上达客观绝对精神(上帝),下至日常道德,在百年的历史风云中主导了哲学思维的方向。与此相对,新努斯认识论的"有"则是物质性的,这个物质性"有"内含作为对立面的精神,因而它具有自分离本质,以分离运动为其存在——物质与精神这一矛盾只能在分离中存在。所以同黑格尔的否定方法论相反,新努斯认识论是以肯定性的思冲动(即思辨从质料中冲出的分离运动)为开端。努斯的肯定性冲动立刻凝结成否定的图型——逻各斯的图型,于是认识有了否定性的肯定结果。这是实践性的方法。在冲动发生时主体无所谓肯定或否定什么,只有自分离冲动。但冲动本身带有肯定性,即原来没有,现在"有"了,所以是一种肯定的否定运动。说它是肯定的否定运动,是因为反思就在冲动之中,每一次冲动都是一次反思。就此而言,新努斯认识运动并非像黑格尔所说的那样是质料的"痛苦",或质料意识等待思辨来解放自身的过程。思冲动其实是努斯解放思辨的冲动,却又往往同时是逻各斯强力压制下爆发的大欢乐的运动。这种无前提(既不肯定也不否定)的冲动比自否定或否定之否定的运动更富于原始创造性，有种一不做二不休地创造世界的气魄。同时也更能体现大自然的自由本性——作为矛盾存在的大自然只能存在于自分离运动中，不能不分离。是这种绝对的分离意志在给主体的认识源源不断地注入力量。为什么是物质性的"有"？因为自然的本质是努斯；为什么是自分离运动？因为努斯的本质又是逻各斯，这个本质要在分离中实现。努斯的一分为二是自然的本质图型，思冲动仍然是岩浆喷发的质料运动。

在建立一种主体性的自由概念方面，黑格尔的创新的主体概念论使得古典自由观走上了现代化的发展道路。但时代在发展，新的问题又出现在我们面前：即，自由到底是什么？除了说它是上帝的意志之外，是否需要一种更有说服力的解释？很显然，当今即便是在西方，将自由说成上帝的意志或逻各斯的冲动也不那么有说服力了。新努斯的自由观是一种追根溯源的自由观。也就是说，要追溯到逻各斯背后的努斯根源，才能揭出自由运动的原始真相。这个真相就是努斯自分离的最高意志，就是它成为了大自然的事物的必然性。它在我们每个人的心中，我们是可以自由的。

关于这个概念，黑格尔强调的是逻各斯的超越性和规定性作用，也就是形式。但我认为就自由本身来说，内容才是更为基本的、我们今天要强调的东西。认识冲动爆发前的质料是有倾向性的，它是一种有思辨在内的模糊意愿，黑格尔所说的任性的自由就是它。诚然，认识一旦实现出来成为行动，就成了有规范的了。但我们不能因此就说，潜的可能性里只有一种倾向——规范倾向。应该说反规范的倾向与规范的倾向同在，爆发力是反规范的，掌控力是规范的。自由的行动就是在二者的矛盾运动中展开的。事实上，凡是充分意识到的行动就不再有创造性也不自由了，人不能先想好了再冲动。虽然是在逻各斯的间接范导下，行动却应具有"做了再说"的气魄。思冲动既是肯定义是否定，它不需要意识到，反而让自身处于"任意"的自由，以便更好地凸现内部的质料倾向。它也用不着担心规范的事，因为这种运动是具有内部机制的必然性运动。基于自然分离本质的思冲动越野性越自由，逻各斯的规范只会促使它更野性，以便向更高级的自由攀升。黑格尔论及的自由还只是初级的自由。又由于他的自由概念里缺少质料的力量，所以没能将这个结构分析得很清楚。说"不"是自由意志有可能产生的表达，创造性却往往体现在那些"做了再说"的胆大包天的行动中。当然有行动的人必然会常常说"不"，但仅仅说"不"还不够，不能体现不得不做的生命本能。质料的冲出应是第一性的。从逻辑上说，先是有物，然后才是有形。按黑格尔的区分，意识由外部的规定转向自己规定自己，便是转向自由。那么认识动力就来自逻各斯的"规定"。这个动力源头还是很成问题的。更本原的动力应该是生命要分裂的躁动，质料要冲出的意愿。逻各斯的超越性是依仗努斯的原动力的。努斯内部有多大原动力，逻各斯就依此来如何赋形。

黑格尔关于世界进程和世界历史的描述，以及他从思辨逻辑推出历史本质的创新方法，都是非常精彩、前所未有的。我认为他的弱点并非是如马克思等人说的从抽象逻辑推出历史本质（这正好是反思性的卓越创造），而是他的认识论的结构本身有问题。由于他的逻各斯凌驾于生命意识的努斯之上，所以他的自由意识虽然比前人跨进了一大步（从无规定到有规定），但仍然受到了压抑，未能得到真正的辩证理解与发挥。以逻各斯为中心的自由观不仅不能很好地解释历史，而且也贬低了人类的使命。人的自由意志不是仅仅靠倾听上帝就能实现的，只有逆反性的主动发挥（而不是"客观"地静观）才是真正的自由意志。所谓静观其实是本质在分裂中自己观察自己，而作为"恶"的努斯其实是更基本的一方。深入地看，这种静观其实是投入，是在反叛中赋形。总之，"一"的认识论是片面的，自我必须分裂为二，才会有真正的自由的历史观、主体的历史观。人不是上帝实现自己的工具，人的头脑是大自然的善于创造的智慧的头脑，努斯的原始冲力便是由人的与大自然连体的身体和这个智慧的头脑所共同发动的。当然马克思强调历史的感性作用还是正确的。

（五）矛盾辩证的认识论

黑格尔在将辩证法运用到认识论方面可说是博大精深，充满了天才的创造力。可是他仍然有他的盲区，这个盲区是由他所继承的文化所决定的。当他将他的辩证思想或概念追溯到本体中去时，他便产生了某种类似宗教的神秘感，他将这种超越性的情感称为"爱"。他的这种逻各斯之爱同基督之爱是非常接近的，都是出自人类的"类"意识，一种博大的统一情感。他用他的思辨哲学证明着这种爱的超越性，也证明着上帝的存在。但在我看来，他对于爱（以及对于善）的这种单边解释未能将他自己的辩证法贯彻到底。人要将现实的真爱付诸实施，光有类意识是远远不够的。因为爱，不论是从现实生活中的情感还是从精神上的追求来看，都是要依仗个体欲望的推动的。而个体的欲望意识往往并不是类意识，反而具有反人类的倾向。爱是一个矛盾，它由类意识的逻各斯和"恶"意识的努斯相互推动而发展。从表面形式来看，爱是逻各斯；从深层的根据、从内容来看，爱又是努斯。要抵达真爱，就得发动个体欲望，而"恶"的欲望一经发动，立刻就变为了善，因为反思性就在欲望内部，努斯里面有一个逻各斯的本质。所以就爱本身来说，个体欲望是第一性的，首先要有欲望，并保护这欲望冲动，才能产生类意识。个别欲望是根基，类意识是上层建筑。像黑格尔与康德那样单单强调逻各斯，或像基督教那样灭人欲，爱的动力也就无以为继。黑格尔虽然也意识到了原始生命冲动的可贵，但因为他的宗教背景和纯精神的本体论观点，他只能将这种冲动的根源归之于神秘论。既然已归之于神秘论，所以也就没必要深入探讨了。但他自己是有矛盾的，在《精神现象学》中关于世界进程的讨论里，他将努斯在历史中那种"恶"的作用叙述得十分精彩，那种世界精神的全景图一点都不神秘，一切爱恨都来自于人的欲望，也就是来自于大自然的自由本性。人类用不着害怕自己的本性，尽力发挥本性，将本性一一实现出来才是人的使命。要坚定地相信，我们的欲望是有内在制约的。新努斯认识论对于爱的解释是符合辩证精神的，那就如同以上对于自由的解释一样，要一直追溯到人性的根基，也就是大自然的根基中去，将那个矛盾的起源揭示出来，将矛盾的发展机制加以分析。只有这样，人才能爱得深切、爱得永恒。

黑格尔的时代是辩证认识论刚刚诞生的时代，在他那个时代里，"精神的普遍性已经大大地加强，个别性已理所当然地变得无关紧要"[4]。我们当今的时代正好走向了那个时代的反面，我们的时代应该是一个强调个性和多样化、强调创造性的时代。国际关系和人与人之间的关系都应以尊重个性为基本原则。因为没有个性就没有自由，用空洞原则来统一世界是行不通的，只有普世价值才是共性与个性的统一。精神的个性首先体现为认识论中丰富的质料意识，因为黑格尔的认识论中将质料意识贬低为非本质之物，所以他才得出"个别性已理所当然地变得无关紧要"的结论。在当今我们的社会生活和精神生活中，个别性不是无关紧要，而是生死攸关。只有参透了质料意识对于认识论和世界观的决定性的意义，人类的自我意识和精神才能攀升，人类才能处理好他们相互之间的关系，以及同作为人的身体的大自然的关系。质料意识是千变万化的，最不容易把握的，就如同风云变幻的民族与民族的关系，也如社会生活中的人与人的关系以及家庭生活中成员之间的关系。如果我们按黑格尔的思辨征服论来处理这种种的关系，必将一败涂地。质料意识是人作为人，作为自由人的根源性意识。由于撇开这个意识，人类已经走了过多的弯路，受到了血的教训和打击。我们的思维已经到了停止表面扩张，向内凝聚的时刻了。只有深刻的反省，只有从爱出发的换位思维，人类才有可能获得真正的自由。否则就是作茧自缚，寸步难行。新努斯认识论提倡的是对手之间的竞争，双赢（国际关系）；人的创新精神（社会生活与精神生活），独立不可侵犯的人权，理智与情感的交战，内心的考问（个人道德生活）。这些主张并无什么特别新的东西，只是对于自然的本质加深了一层认识而已，有认识总比盲目行事好。

新努斯自然观运用到艺术创造和哲学艺术理论的创新方面也是当务之急。我提倡的审美实践和学术上的新，是从根源性而来的创新。这种新不是社会风气或风格流派的某个时段的新，而是从本质出发、具有永恒价值的那种新。也就是说，创新是一种无止境的运动，这种运动的机制就是大自然的，也是我们体内的机制。我们意识到了这个机制，我们在创新活动中就可以有意识（逻各斯）地进行那种无意识（努斯）的爆发。在这种爆发中，个人将自己全部的生命体验投入到认识运动中，同思辨力联手发动灵魂内的革命，将经验表象重组，不断地向深层本质突进，建立起创新的图型。这种类似于哥白尼所进行的创新运动的难度是很高的，但绝对是应该提倡的。人类不应在思维的惰性中沉沦，沉沦与守旧违反了大自然和人自己的本性。长久以来，新努斯认识论以其生气勃勃的质料意识活跃在文学艺术的领域里，正是它的这种积极作用使得文学艺术在千年的漫长时光里不断有所突破，那就仿佛是在为某种新的理论的诞生，为哲学与艺术在历史上的第一次真正的联姻做准备。相形之下，西方经典哲学反而显出山穷水尽的颓势。当今世界精神的图像，正是大自然深藏的自由意志露峥嵘的图像。在思维的颓势的混乱中，自然有话要说，但她是不能开口的，她只能以身体的痛苦或欢乐感染人类，促使人类领悟她的意志。艺术家是报春鸟，世纪之春就在他们的作品中。一个多世纪以来，思维的春之声在艺术作品尤其是在文学作品中已渐渐形成了完整的旋律。一些文学上的先驱者在哲学家停止思考的地方起步，拿自己的灵魂做实验，以灵魂生命和血肉之躯奋力挣脱惯性思维的镣铐，在陌生之地插上了创新的标杆，也为今天的哲学和艺术理论的突破瓶颈留下了宝贵的借鉴模式。实际上，艺术上的这种出自根源的创新几千年以来就不断地在暗中进行着，每一个历史时期都有这种哲学化的伟大艺术产生，只是没有为人类所充分意识到它们的意义而已。也许直到今天，才是一种新的哲学——艺术哲学出现的成熟时机，我愿为这个历史的契机贡献自己的力量。

黑格尔是主张认识论中不应有任何物质思维（或表象思维）的，他的认识运动是由一个纯思辨去自设对象（质料的化身），然后从对象返回纯思辨。他在将认识论提升到理性方面在那个时代是最大的功绩，但这种一元化的思辨认识论还是比较粗糙片面的，需要我们现代人来对其加以充实和翻新。物质思维或表象思维同思辨一样，是认识论中的本质性元素。认识之所以需要对象化，是因为单单一个思辨是无法反映，也建立不起自然界的。所以黑格尔的自然是以太中的光圈，没有物质的纯思维。新努斯认识论所建立的则是物质与精神交合的活体，生生不息的自然万象图。哲学艺术的认识，因为有了质料意识，有了表象思维，想象力便变得空前活跃。因为想象力就是从质料意识中生出来的。努斯的机制一启动，抽象的自然便裂开口子，将那本质的秘密向人类显露。如果人类将大自然本质的另一面长久弃置一旁，精神就将因营养不良而枯萎，认识也将停滞不前。努斯机制是如何启动，如何运动的？质料意识起了主导作用。因为质料意识本身就是努斯的化身，而逻各斯则是努斯的异体和对立面。在黑格尔以前的时代，人类在两千多年里头其主流认识论一直是独尊思辨精神的。哲学家们致力于将纯精神从混沌的自然物质中提取，使之独立存在。这个巨大而艰辛的工程到黑格尔时代才基本竣工。黑格尔精神其实是西方古典精神的王座。仔细反省一下，这个精神王朝在当今的颓势也是必然的，因为物质世界是不可能长久地被压抑、被贬到地狱中的。人类要意识到自身的根源性力量，这是大自然的安排。这个安排里面有理性的狡计，所以人类为领略自然的意志而吃尽了苦头。但是曙光不是已经初现了吗？一切都还不晚。新努斯的自然观是反思性的自然观，它并不是要返回到古希腊的混沌的自然，朴素的认识论，而是在经历了两千多年的"分"的历史之后，在更高层次上进行的"合"的创新，一次历史的否定之否定。在新努斯的认识论中，思辨意识第一次发现了自己的根源性的力量，建立起从未有过的基于现实的自信。它同质料意识之间的天然和谐将在所有认识领域中，尤其是在实践认识领域中显示出巨大的威力。这种极富挑战性的、激发个人或民族创造力的认识运动将开创世界精神的新蓝图。我不相信"太阳底下无新事"的老套断言，我认为"日日常新"是我们的生活信条，因为我们生活在属于我们自己的真实的大自然中。

黑格尔的否定之否定认识论是将纯思辨概念作为运动的本质，然后本质展开，自己异化，又从异体回归到自己这样一个过程。由于思辨意识在这个矛盾运动中具有始终不变的决定性作用，认识就成了单边征服（即征服质料意识），而整个运动过程则成了一种"回复"，一种后退的反观。这种图型是比较片面而保守的。纯思辨是认识运动的本质没错，但这个思辨后面还有一个本质——质料意识。质料意识比思辨意识更能主宰认识运动。它不但不是被动的，反而是永远突进着的。所以我的图型不是后退的反观（理论型），而是不断突进，其反思就在突进之中（实践型）。只有这样的反思才是本质性的反思，停下来或后退的反思是消极的、反思不到真正的本质的。本质认识只能是超越逻各斯的努斯运动，每一次否定性的超越都是一次肯定性的反思，不超越就不能反思。统一绝不是单单由思辨来决定的、对于质料来说是被动的行动，而是质料主动突破中的统一，不突破就无统一。新努斯认识论揭示了逻各斯后面的运动真相。这正如卡夫卡的那个城堡的象征。城堡的本质是镇压，这个镇压却是由 K 身上的反抗性的生命力来决定：越反抗，越镇压；不反抗，城堡就消失。如果 K 像黑格尔描述的那么被动，城堡机制就完全没必要存在，世界也就变得乏味至极。正因为 K 才是城堡的本质，所以整个世界才成了创造者的世界，才会沸腾着野性的活力。否则这世界上便只有善于推理的衰老的守成者。逻各斯如何赋形？要看努斯如何表演反叛。城堡的形象就是卡夫卡笔下那个活力四射而又诡计多端的 K 的形象，而从表面上去观察，城堡却又不动声色，毫无表情。城堡在人的心中，人不断用自己的心力（努斯之力）来同它较量，使得这条通往城堡之路谱写成了属于艺术的努斯颂歌。

在黑格尔时代，人们长久以来为认识的尺度问题而苦恼。是黑格尔的辩证法在历史上第一次将认识运动变成辩证运动，将认识的尺度变成以自我意识为形式的能动的尺度，从而将人类的哲学认识论向前推进了一大步。从交合论自然观而来的新努斯的认识论则比黑格尔的认识论更进了一步，因为它提倡一种质料意识与思辨意识互为尺度的相对认识论。在这种相对运动的视野中，人可以直观到意识如何样重构的真实图型。这种相对的、能动的尺度较之黑格尔的思辨尺度也更为灵活。思辨与质料在交合认识运动中不是固定地由谁来充当真理的尺度，而是交替衡量，你是我的尺度，我是你的尺度。这种衡量也是激发，是否定运动的肯定，它使得事物在差异对比中递进地向前突进。每一次突进都是一次图型重构，一次自我翻新。在新努斯矛盾认识论的指导下进行认识，人必须沉入黑暗的质料当中，调动自己的冥想能力，使纷乱的质料运动起来，使思辨力和质料不断进行组合的尝试，直到最后构成图型。要拥有此种高超技巧，不但需要能动的思辨尺度，还需要多维的表象尺度；不但需要强大的逻辑推理之力，还需要深度的努斯反思之力。后者总是决定着前者的，当然前者也对后者有反作用力。二元辩证认识论是将自我分裂为二，又将二者看作自我的统一本质的认识论。表象能力、感悟能力和想象力本来就是属于自我意识的，黑格尔将它们扫除出去，独尊思辨概念，使得他的认识论成了缺乏根基的干巴巴的东西。如果世界只是一个一元论的否定的结果，那将会单调得令人恐惧和绝望。

在认识论中，实践认识是比理论认识更高的。实践认识又包括思维中进行的实践，即道德实践、审美实践和科学理论的实践等。任何思维实践采用的都是理性反思性的方法，所以都是对于本质的认识。实践认识都更偏向于物质思维，即，都是思辨一头沉入经验意识的深渊，然后从深渊中上升，作为一个交合物显现出本质的图型。这种高级认识更依仗于人的野性原始力（即想象力）和运用这种原始力的熟练程度。发展这种纯自然力的唯一的方法就是操练，就是去质料的大海中游泳。这种认识没有什么固定的规则可以遵循，所有的规则都要由你自己感悟出来，并不断用新的图型来取代旧的图型。在图型的透视中，人会直观到，本质竟然有无穷无尽的层次，而人的努斯精神并非柏拉图的坠落的小鸟，毋宁说它像没入云霄的宇宙山峰，只能存在于想象中的现实的终极之美。在思维的实践认识中，只要意识产生，就会有对于那个意识的意识出现。前者凝结为质料性的对象，后者分离为本质性纯思辨；纯思为质料内容赋形，质料使纯思实现出来。这个运动不是康德的那种一次性的形式主义，而是同黑格尔有更多共同点，是同一个主体对于自身本质的无限深入，每一次再深入都凝结出一个质料图型，一个新自我。但实践认识同理论认识的区别就在于质料起作用的方法，这个方法就是黑格尔所轻视的"物质思维"的方法，亦即质料的自分离，它同思辨的纠缠和统一的方法。在实践认识中，人不是思辨先行，反而是经验意识先行，在质料的运动中去寻求自我的形式。

重返经验意识，重返物质思维的时代已经到来了。人类不应再像经典哲学认识论那样，将大自然的质料看作无生命的、机械排列的东西，仿佛它们同人无关，在黑暗中沉睡，而是要由人类来赋予它们生命与活力；仿佛人类同它们的关系只能是征服与被征服的关系。这样的认识论在近代曾给人类、给地球带来过巨大的危害和灾难，并且也将在未来成为人类发展的致命障碍。作为个人，人必须认识自己的身体；作为人类，我们必须倾听努斯母亲的脉动。我们必须给予自己这样的教化和训练，因为自然已在黑暗深处期待了人类几千年了，毁灭还是新生，这个选择已经提到了表面的日常生活中。我们的重返，应是新世纪自由意志的体现，它将以辩证的反思的精神刷新我们对于自己的身体的自我意识，将地狱的大门砸开，放出被囚禁了千年的精灵，让它们参与到这场世界精神的大变革之中。也许当老黑格尔看到这种奇异的景象，看到他的天上的王朝已转化为地上的世俗的花园，他也会感到欢欣鼓舞？因为我们的物质思维，实际上也是更为深层次的精神思维。它是精神化了的物质思维，也是物质化了的精神思维。

注：

（1）《歌德文集第一卷　浮士德》绿原译，人民文学出版社 1999 年版，第 41 页。
（2）《宇宙连环图》卡尔维诺著，美国 Harcourt Brace 出版公司 1968 年英文版，William Weaver 译，残雪转译，第 3 页。
（3）《精神现象学（上）》黑格尔著，贺麟、王玖兴译，商务印书馆 2010 年版，第 65 页。
（4）同上。

三部经典之间的联系

——《神曲》《浮士德》和《城堡》

　　将这三部经典从时间上连接起来便可以看出人类艺术精神发展的轨迹。我们今天称之为现代主义文学的东西实际上早在《圣经》故事里头就有了，这条地下的文学的河流随着外部世界的变迁或强或弱，但从未消失过。每隔一段时间，就有一些文学的巨人将黑暗中的河水激起波涛，推动其向永恒和无限流动。关于纯文学的前途我是充满信心的，一种几千年都从未消失过的东西，当然不会在今天衰绝。我想，艺术即人的本性，人作为人的前提。每一个人，只要他不自甘退化，他就是一个在某种程度上具有艺术化可能性的人。这三部作品的共同宗旨就是向世人展示：人如何样将自身艺术化，如何样从肉体之中榨出纯精神，从而使其灵魂永恒不朽。

　　《神曲》通过人迫使自己进入自己心灵的地狱、炼狱，然后从炼狱升入天堂的故事，描述了艺术家是如何样拯救自身灵魂的过程。"我"主动地闯入地狱，断掉自己的后路，然后在理性精神（浮吉尔）的帮助下，遵循美的理念（俾德丽采）的召唤，用燃烧的生命的幻想力，去做灵魂的探险，去创造一个又一个的美的奇迹。这奇迹不是别的，正是"我"同浮吉尔，同众鬼魂、魔王，再加上俾德丽采联手创造的自由精神的好戏。在这一幕又一幕的表演中，那些神秘的鬼魂不断为我设置障碍，逼我进行分裂自身的死亡表演，其目的是为了让"我"尽快去掉肉体，向天堂飞升。史诗中的每一幕，每个人物，既构成灵魂的各个层次，又构成灵魂矛盾冲突的各个方面，同时，它们也是创造过程内部机制的展示。西方人将《神曲》看作基督教的实践，我更愿意将其看作作者艺术理想的描绘。艺术冲动已使得诗人超越了宗教，或者说，他将艺术本身当作了他的宗教。不这样看的话，地狱中的表演就得不到更为深层的解释。例如描写乌哥利诺在塔楼中饿死那一节，将世俗中对仇人刻骨的恨化为地狱中逼真的艺术表演，让仇恨在表演中转化，让仇人变为主体自身的一部分。这一节令人想起博尔赫斯的《爱玛·宗兹》那个短篇，主人公用艺术的方式将父亲的痛苦转化为自身的痛。鲁迅先生的《铸剑》也是继承了这个伟大的表演传统。再比如用邪恶的盗贼与蛇的交媾变形来展示精神的底蕴，并由衷地赞赏生命的卑贱、顽强和再生的能力等等。总之，整个地狱的刻画都有亵渎之嫌，但这种不自觉的亵渎其实又可以看作同宗教殊道同归，因最后都是达到精神的升华。

《浮士德》是但丁精神的另一种全新版本。诗篇通过主人公与魔鬼结为伙伴，走进自己的心灵，然后在上帝（理念）和魔鬼（艺术自我、原始之力）的帮助下，将自己体内的潜力一轮又一轮地挤压出来，使精神不断得到提升的故事，向读者提供了一幅幅波澜壮阔的艺术生存的画面。读《浮士德》时会感到，不但诗篇中叙述的故事是奇迹，写作过程本身也是奇迹。具有拼命精神的执笔者绝不给自己留下半点后路，永远是向着那空无所有的极境冲击。同《神曲》相比，《浮士德》中的艺术精神更为自觉，而且更少宗教的钳制。在表面的古典外衣之下，主人公以自己雄强喷发的生命力，冲破了世俗常规的重重限制，成为一位同自身命运（或肉体）血战到底、负罪生存的英雄。同《神曲》一样，《浮士德》也是假借描写世俗来描写灵魂的内面景象（粗心或不爱动脑筋的读者也许看不到这个"戏中戏"），只是这种描写更为狂放与随意，完全遵循潜意识的驱使，一张一弛都显现着那个最古老的矛盾运动。诗中的魔鬼梅菲斯特，也比《神曲》中的魔鬼琉西斐更为丰富、有层次，他是一位在自我矛盾上走钢丝的高超演员。然而只要深入而认真地探讨，就会发现这两个伟大灵魂的基本结构是相同的。实际上，一切纯艺术的结构都是一个，因为它就是人性本身的结构，是人的精神与人的肉体那种相持不下的永恒的扭斗。每一位作家，通过对于自我的特殊追求，从中演绎出迥异的版本。

《城堡》是更为复杂的、现代人精神生存的诗篇。在这部新型史诗中，生命的幽默本质被演示到了极致。通往天堂的路上，跋涉者在暗夜的积雪上所留下的"之"字形的脚印，闪烁着永恒的灵光。如同鬼使神差一般，艺术家的人生在这里变成了每时每刻同自己过不去，处心积虑为自己设置障碍，目的是促使自己进行那致命的一跃，然后体验那同死亡接轨的恐怖自由。在这个错综复杂的迷宫故事里头，其实也有着同以上两部经典相同的结构。这个结构就是：K——村民（弗丽达、奥尔伽一家人、老板娘、村长等等）——克拉姆。K是一股冲力，是艺术家的肉体；克拉姆是艺术家内在的理性精神；村民们则是兼有二者的知情者。他们既帮助K抵达城堡——这个世俗中的天堂，又帮助克拉姆进入世俗——这个永恒边缘的集散地。换句话说，整出好戏仍然是表演着原始之力与理性精神之间的冲突。只不过作为现代人，内心的这种冲突是更为暧昧、更难以捉摸了，那种恶魔般的幽默带给读者的痛快与震撼，更是超越了任何一个时代的文学。自觉地生活在刀锋上的诗人，代表全人类揭示着人的真实处境，其高贵的感知风度久久地感动着读者的心，激励着他们在暗夜里孤身启程。

先王幽灵之谜

——《哈姆雷特》分析

　　当人沉入那无边的冥府之际，就会有如先王的幽灵这样的鬼魂来同他相遇，这令人恐怖的幽灵，自身却处在深重的痛苦之中，地狱之火煎熬着他，未尽的尘缘仍在作反叛的妄想。他看上去信念坚定，目的明确，内面却包含着隐隐的无所适从。幽灵失去了肉体，他必须借助人的肉体来实现他的事业，幽灵要做的，就是对人的启蒙。然而人与幽灵相遇的可怕场面，现在是发生在大白天，发生在阴沉的丹麦城堡的平台之上了。追求人格完美的丹麦王子哈姆雷特，在一个特殊的时刻，当他的精神支柱濒临崩溃之际，走到了他的命运的转折点上，这就是所谓的灵魂出窍。先王的幽灵给这位忧郁的王子指出的那条路，是报仇雪耻，让正义战胜邪恶，可是这桩事业却有着深不可测的底蕴。那是一条危机四伏、陷阱遍布的路，一条走不下去、只能凭蛮力拼死突破的绝路。先王的幽灵究竟是谁？他对哈姆雷特的启蒙又是如何完成的？这就要追溯哈姆雷特精神成长的历史了。

　　毫无疑问，哈姆雷特具有一种异常严厉的性格，他容忍不了自己和他人的丝毫虚伪。他从小给自己树立的典范便是他那高贵的父亲——一位地上的天神。当人在青年时代崇拜某位偶像般的个人时，他已经在按照偶像的模式塑造自身的灵魂。王子凭着青春的热血与冲动越追求，便越会感到那种模式高不可攀，而自己罪恶的肉体，简直就是在日日亵渎自己要达到的模式。那样一位独一无二的天神般的父亲，显然只能存在于哈姆雷特的精神世界里，他是哈姆雷特自身人格的对象化，是人要作为真正的"人"存在于这个世界的不懈的努力之象征。然而哈姆雷特人格的发展终于遇到了致命的矛盾：当他用理想中的标准来看待自己、看待他的同胞时，他发现他已无法在这个世界存身，也失去了存身的理由。黑暗的丹麦王国是一个灵魂的大监狱，他早已被浸泡在淫欲的污泥浊水之中，洁身自好的梦已化为泡影，所有青年时代的努力与奋斗都像尘埃一样毫无意义。可是在这个关键时刻，先王的幽灵却要他去做那做不到的事，即活下去，报仇雪耻，伸张正义。现在已很明显，先王的幽灵正是王子那颗出窍的灵魂，王子用彻底的理想主义塑造了多年的最高理念的化身。幽灵来到人间，为的是提醒人不要忘记理想依然存在，也为告诉人，险恶的前途是人的命运，因为今后的生涯只能在分裂的人格中度过，"发疯"是活下去的唯一的方式。幽灵没有将这些潜台词说出来，只是用咄咄逼人的气势逼迫王子去亲身体验将要到来的一切。启蒙从王子一生下来便开始了，也就是说王子的精神世界一开始就在幽灵的笼罩之下，此次的现身或相遇则是启蒙的最后完成，人和幽灵从此分隔在两个世界，遥遥相望，却不可分割。这样的境界是一般人承受不了的。所以王子的好友说：

▶ 想想看，无论谁到了这种惊险的地方／看千仞底下那一片海水的汹涌／听海水在底下咆哮，都会无端地／起种种极端的怪念哪。

王子迈出了第一步，从此便只能走下去了，这腐烂的世界以及他自己腐烂的肉体对他已没有任何意义，可他还不想死。他开始了另一种虽短暂却辉煌的"发疯"的生活。在这种特殊的活法里，所有内部和外部的矛盾都激化到了最后阶段，处在千钧一发的关头，但结局一直被"延误"。似乎有种种外部的原因来解释哈姆雷特的犹豫和拖延，深入地体会一下，就可以看出那只是肉体冲动在遇到障碍时的表现方式，障碍来自内部，灵魂满载着深重的忧虑，难以决断，只能等待肉体的冲力为其获得自然的释放。这一点在先王的幽灵身上就已充分表现：

▶ 我是你父亲的灵魂／判定有一个时期要夜游人世／白天就只能空肚子受火焰燃烧／直到我生前所犯的一切罪孽／完全烧尽了才罢。我不能犯禁／不能泄露我狱中的任何秘密／要不然我可以讲讲，轻轻的一句话／就会直穿你灵府，冻结你热血／使你的眼睛，像流星，跳出了眶子／使你纠结的发鬈鬈鬈分开／使你每一根发丝丝丝直立／就像发怒的豪猪身上的毛刺／可是这种永劫的神秘绝不可／透露给血肉的耳朵。听啊，听我说／如果你曾经爱过你亲爱的父亲／你就替他报惨遭谋杀的冤仇。

　　已经消灭了肉体的幽灵仍然难忘自己在尘世的罪孽，他受到地狱硫磺烈火的惩罚，痛苦不堪，但即使是如此，他也仍不收心，要敦促哈姆雷特去继续犯罪。他深知王子的本性（"我看出你是积极的"），因为他的本性就是自己的本性。潜伏在幽灵身上的矛盾是那样尖锐，但他自身已无法再获得肉体，他只能将这个绝望的处境向哈姆雷特描述。他要他懂得尘世的腐败是无可救药的，他要他打消一切获救的希望；而同时，他却又要他沉溺于世俗的恩仇，在臭水河中再搅起一场漫天大潮。幽灵知道他给哈姆雷特出的难题有多难，他也知道哈姆雷特一定会行动，并且会在行动时为致命的虚无感所折磨，以至时常将目的暂时撇在一边，因为王子的内心有势不两立的两股力量在扭斗。而幽灵自己的话语，就是这两股力的展示。他刚向哈姆雷特描绘了自己罪孽的深重，惩罚的恐怖，接着马上又要他去干杀人的勾当；他在说话时将天上的语言和尘世的俗语混为一谈。只有幽灵才会这样说话，也只是幽灵才具有这样巨大的张力。而当人要在世俗中实施这一切的时候，人就只能变得有几分像幽灵，却还不如幽灵理直气壮。幽灵不为王子担心，他知道他是"积极的"，至于怎样达到目的并不重要，重要的是活的意境，那种可以用"诗的极致"来形容的意境。此意境是他给爱子哈姆雷特的最大的馈赠，所有的高贵之美全在这种意境中重现。当然，高贵之美同下贱之丑恶是分不开的，正因为如此，已无法实现这种美的幽灵才寄希望于陷在尘世泥淖之中的王子。总之，王子在听完他的讲述之后眼前的出路就渐渐清楚了：只有疯，只有下贱，只有残缺，是他唯一的路（他自己倒不一定意识到那是达到完美的路），否则就只好不活。"疯"的意境充分体现出追求完美的凄惨努力，人既唾弃自己的肉体和肉体所生存的世界，又割舍不了尘缘，那种情形同地狱的硫磺烈火的烤炙相差无几。对地狱的存在持怀疑态度的哈姆雷特的"发疯"，正是他执着于人生、不甘心在精神上灭亡的表演，这样的经典表演在四个世纪之后来看仍然是艺术的顶峰。

这样看来，哈姆雷特所处的酷烈的生存环境与其说是由于外部历史的偶然，不如说主要是由他特殊的个性所致。也就是说，具备了此种特殊气质的个人，总会有这样那样的"偶然性"来促成其个性向极端发展。请看这一段反复为几个世纪的读者引用的自白：

▶ ……有些人品性上有一点小小的瑕疵／或者
是天生的（那也怪不得他们／因为天性并不
能自己做主）／或者是由于某一种特殊的气
质／过分发展到超出了理性的范围／或者是

由于养成了一种习惯／过分要一举一动都讨
人喜欢／这些人就带了一种缺点的烙印／
（天然的符号或者是命运的标记）／使他们
另外的品质（尽管圣洁／尽管多到一个人担
当不了）／也就不免在一般的非议中沾染
了／这个缺点的溃烂症。一点点毛病／往往
就抵消了一切高贵的品质／害得人声名狼藉。

　　一个人追求完美可以到这样的程度，这个人就等于是失去了任何
自我保护的能力，赤身裸体在长满荆棘的社会上行走，因而时刻有可
能遇到致命的伤害。人之所以能够生存，就因为他拥有自欺的法宝作
为自我保护的武器，这种前提在社会中成为强大的惯性，让人能够忘
却，能够沉溺于尘世短暂的欢乐。但任何时代总有少数的个人，他们
不满甚至痛恨自身的现实，企图摒弃自欺，奋起追寻那永远追不到的
真实，这样的人便成为人类灵魂的代表。灵魂向肉体复仇的模式就是
这样在这些精英身上不断重演的。哈姆雷特最后死在爱他的兄弟的毒
剑之下，而不是被仇人所杀，这种天才的剧情安排内涵深邃。凡灵魂
上的创伤，往往来自所爱的人。在结局到来之前，哈姆雷特就有两次
受到致命的伤害。一次是由他的爱人莪菲丽亚给予的，另一次是由他
的皇后母亲给予的，两次伤害都以他心如死灰告终。

　　莪菲丽亚的美丽、纯真，对爱情的专一，以及她梦幻一般的青春
少女的气质，是戏剧史中的千古绝唱，她的悲惨的结局让多少人伤心
落泪。然而莪菲丽亚并不是仙女，她也是一名社会的成员，她身上打
着这个社会的烙印，她的眼前蒙着那块欺骗的布。所以当在幽灵的启
发之下换了脑筋的王子再次同爱人相遇时，她的言语、她在骗局中所
扮演的角色，或者说她的"社会身份"便深深地刺伤了王子的心。他
看到理想中的爱人一下子变得那般虚伪、造作、俗不可耐，于是理想

破灭了，就像眼前一黑，光消失了一样。爱转化为无比的愤怒和恶意的挖苦。莪菲丽亚错在哪里呢？她并没有错，她仍然深爱哈姆雷特，"错"的是哈姆雷特自己。他用天上的标准来衡量地上的凡人，他要破除人活着的必要前提。他没有向爱人作解释就在内心悲哀地承认了失败，他在失败的结果面前只好忍痛同自己的世俗欲望告别，这欲望就是前面提到的"小小的瑕疵"的根源。同样的标准也用来衡量他自己：

▶ 我非常骄傲，有仇必报，野心勃勃；随时
   都在转大逆不道的念头，多得叫我的头脑
   都装它们不下，叫我的想象力都想不尽它
   们的形形色色，叫我找不到时间来把它们
   一一实行哩。像我这种家伙，乱爬在天地之
   间，有什么事好做呢？我们都是十足的流
   氓；一个也不要相信我们。

但他还是不顾一切地要坚持十全十美的、以先王幽灵为象征的标准，于是世俗的活法成为不可能，他只好在失败中独饮幻灭的苦酒。这样一种自觉的承担与选择当然是深思熟虑的。在莪菲丽亚结束生命以前，哈姆雷特已经死了，告别了世俗欲望的他已不再是完整的人，是他用他的理想杀死了爱人，也杀死了自己，这样的死是为了追求美的极致。

皇后是一位平凡的女人，她爱哈姆雷特，也爱当今的皇上。她身上的"弱点"是人人都会有的，即肉欲和虚荣。也许她真的不知道真相，也许她不愿意承认真相，更可能的是她处在模棱两可的知与不知之间，这种含糊的状态就是人的处境，她的形象的塑造妙就妙在这种未作交代的不明确性上头。但正是母亲的这种生存方式（像动物一

样只顾眼前的方式），将哈姆雷特的心撕成了两半，如不是先王幽灵给予他理智，他在盛怒之下差点杀害了母亲。在哈姆雷特的火眼金睛里，母亲是"把日子／就过在油腻的床上淋漓的臭汗里／泡在肮脏的烂污里，熬出来肉麻话／守着猪圈来调情——"如此的严厉是针对母亲也是针对他自己的，真相是每个人都没有活下去的理由和资格……那幽灵逼得他好苦啊！他奋力突围，但突不出去，这所阴沉的大监狱真是把人变成鬼的地方，当然只是对觉醒的人而言。觉醒的人就是处在人和鬼之间的人，他可以随意在两界来来往往。所以哈姆雷特随时可以同先王的幽灵对话，母亲则只看见一片空白。母亲只能在逼迫下拿掉遮在眼前的那块布，短暂地注视自己的灵魂，不可能按哈姆雷特给她指出的路去生活，那条路对她来说意味着死或变成僵尸。撇开她自身的本能欲望不说，难道她还能对那位多疑而残忍的当今皇上不忠吗？她也不可能具有王子的勇气，那种在祷告以外的时间随时凝视真实的超人勇气。所以在这个宫廷的牢笼里，人只能苟且偷生。哪里有沸腾的生命力，哪里就有令人发指的罪恶，要彻底杜绝罪恶的王子也只好牺牲。王子的牺牲当然不是消极的，而是在矛盾的心情下同罪恶作决死的一搏。他终于用生命作代价突出了重围，用超脱的眼光来看也可说是以恶抗恶，或者说是让生命之力在爆发中毁灭。没有比这更符合他的理想的结局了。

最后，哈姆雷特为什么一再犹豫，以致差点延误了报仇大业的原因全清楚了。一切根源都在那善于自相矛盾的幽灵身上。幽灵给王子指引的生活，实在是一种比死还难过的生活。人世间的地狱迅速地抽空了他活下去的意义，鬼魂则逼着他用想象出来的意义（即鬼魂授予他的天机）来获取精神上的生存。这样的事业难就难在人并没有完全变成鬼魂，人也不再是完整的人，因而人的每一步既为虚无感所折磨，又为实在感而痛苦。两股强烈的情绪在灵魂上轮流拉锯，造成了他行动上的再三犹豫。那就像是先王幽灵将自身隐藏的矛盾传给了哈姆雷特，通过他将这人性永恒的矛盾在尘世的大舞台上激化到顶点，让生命的壮烈和艺术的张力留下不朽的篇章。复仇之路就是内心的一场拉锯战，激情内耗在自省的推理之中，留下"之"字形的痕迹，那种生命律动的痕迹。文明人的复仇是何等的艰难啊！但生命的冲动和精神的发展毕竟是不可抵挡的，四百年前发生过的奇迹在后来的时代里又不断得到了延续。丹麦的宫廷是一所监狱，也是一个舞台，台上表演的是人类文明的精华，扭曲的人性从重重阴谋的镇压之下凸现出来，以其纯净的光芒照亮着人心。那宫廷，不就是莎士比亚那阴沉又热烈的内心吗？

评译布莱德福·莫罗的艺术寓言故事

残雪点评

我和布莱德福·莫罗是多年的好朋友了。他是个热情而随和的人，一头茂盛的、向四周张开的棕色卷发，棕色眼睛闪烁着智慧的光芒。他也是一位相当有名的、多产的美国小说家。他写了多部长篇，一些短篇，获得过各式各样的文学奖。我曾翻译过他的获得欧·亨利奖的短篇。布莱德福·莫罗的小说风格沉郁、黑暗、恐怖而优美，他曾将这种风格的小说称为"哥特式的小说"。这类小说的背景往往令人想起中世纪的教堂，窒息和颓败的气息弥漫在空中。我经常想，布莱德福这个人有着金子般的好心肠，从不忍心伤害任何人，所以在日常生活中，他待周围的人是那么的热忱。这样一个人，一旦静下来独处，他就被黑暗笼罩了，于是他在纯文学这个领域里尽力宣泄内心的恶魔般的奇思异想。我不清楚这位作家的个性产生的根源，但我的确感到了，他同我一样，是性格极为复杂、反差大到难以为人所理解的那种类型，这种类型的作家在美国是很少的。在我看来，过分推崇民族传统的美国同中国一样，大批作家趋向平庸、浅薄，他们中间的很多人目光都是"入木三厘"，根本进入不了深邃的精神世界。但在莫罗的作品中，最最缺少的就是平庸和白日梦似的自我陶醉。他对自我的反省凌厉而严酷，那种紧攥不放的文风充满了现代意识，但又透出古典启蒙精神的底色。不过我在这里要介绍的，并不是他的主流小说。我带给读者的是他的寓言小说，他谦虚地称之为"床头小故事"的那种。这四篇小故事都写得很美，其特点都是将最复杂、最深奥的事物单纯化、抽象化，然后再返回具象，使其变得像童话一样抒情，朗朗上口。仿佛是出自纯粹虚构，却又有最古老的、人类诞生之初的风景的渊源。在作者的高超技艺的引导之下，受过一定现代艺术熏陶的读者将会身临其境地进入这个透明的、单单由根源性幻想力建构起来的奇幻世界。在这里，我们就像真正回到了家园一样，心灵深处的那些柔软部分都被充分唤醒，升起一种久违了的奇异感动，甚至喜悦。

在他的主流小说中，莫罗是描写悲哀的高手，然而他在他的寓言小说中显示出了另外一副面孔。读这些寓言时，我眼前出现的是一个历经沧桑，脸上的皱纹如刀刻，却依然和颜悦色，满腹都是古老的、奇诡的故事的布莱德福·莫罗，令人联想到卡尔维诺提到过的那位穴居的故事老人。我隐约记得他似乎有意大利血统？我得去问问他。

莫罗的艺术寓言小说面向很多层次的读者，只要是爱好文学者恐怕都可以多少进入这个世界里头去冥想，去领略那种清新的单纯。从这个意义上来讲，的确可以将它们称为"床头小故事"，因为它们将人带入古老瑰丽的梦境，使阅读者的身心变得朴素而平和。但在最深的意义上，他的所有的故事均描述着他朝思暮想的艺术——这个不变的爱和崇拜的对象，这，是这个世界上的某类艺术家的特征，他们每个人都很独特，但在这一点上是永不改变的。在这类作家的作品中，也许并不是每个读者都能看得出这一重意义，但我相信，读者之所以喜欢这类作品，正是由于作家的情感深度带给作品的多义性和挑战性。

在我这样的写作者看来，布莱德福·莫罗的艺术寓言故事描述着探索历程中的种种风景，以及探索者内心那不可解的矛盾，那绝不妥协的对立面。当然，也有不时到来的短暂的欣慰。不论那风景是什么样的，讲述人那忧郁的声音总像出自某个不为人所知的山顶洞穴。这样的故事是探索者的足迹，也是探索者竭尽全力向"中心"皈依的表演。

阿曼德和他的耳朵（残雪译）

一位聪明人曾经说过，每一种邪恶都是从一个最好的意愿开始的。那么，我们是否同样应当相信，所有的好事情都是以某种方式从坏的意愿而来的呢？

我，阿曼德，本来绝不会相信这种说法。然而，除非通过某种神秘的干预，我每天作为负担来享用的这些好东西都被拿走，我的例子总是印证着这种说法的。我希望它们被拿走，这样我的生活就能从外表上恢复正常，我就不会被我的巨大的好运气毁掉，并且可以返回到从前那种生活——那时我由于完全不想事，而能够享受愚蠢的快乐的清静的生活。

您也许要认为我，阿曼德，脑子出毛病了，居然希望自己做一个不想事的疏忽大意的人。但在您轻率地下判断之前，听听我的故事吧。等一等，读者，不要嘲笑我，要知道我渴望得到答案的问题，正是别人要逃避的问题。请您听了我的故事再笑，那时您可以笑个够，假如那能使您快乐的话。

我并不是生来就这么富裕，这么显要的。我既没有想到，也没有盼望过我会拥有这些东西：我在法国南部的山顶度假村，一座以阿曼德命名的小城，城里住着虔诚的市民，有吃不完的食品和酒类。我也从未盼望过自己在希腊拥有一个岛屿——阿曼德岛，岛上的柏树是如此的芳香，当我有一次旅游到那里时，我几乎醉倒在沁人心脾的香气里。还有我在尼泊尔和加拿大拥有的、这些命名为阿曼德的山脉；我的占了巴塔哥尼亚的最肥沃的土地的牧场；我的位于北非的阿曼德沙漠。说起沙漠，便想起我在加勒比海群岛拥有的那些朴素的圣·阿曼德海滩。我要这些东西干什么呢？我该如何处置麦里布山坡上那座梦幻般的城堡呢？那地方我从未去过也不打算去！我的管家杰米·杰海恩告诉我说，这些热气球队和喷气式飞机机组，还有仿古轿车，特制的自行车等收藏全都是我的了。可是我拿它们有什么用呢？钱啊，钱啊，我从来不想要这种东西。而我小的时候，从来也没有钱。

我，阿曼德，是在赤贫里头长大的。我什么苦都吃过了，这方面没人比得上我。我的母亲死于分娩，医生对我父亲说，是我杀死了她。可是我从来没有过那个念头。我还未满一岁，我父亲就把我丢给了奶妈，然后他自己走了。他同一个荡妇跑掉了，她住的茅房在马路对面，和我们的茅房同样破旧。可怜的格内琴，我的忠实的看护人，在我少年时代就去世了。在杰米·杰海恩进入我的生活之前，她是唯一的给了我一点仁慈的人。我想，这是因为她一味盲目溺爱，不去注意她的小阿曼德的肉体残疾吧。我还时常会想到，如果她还在，目睹了我的发财和我的惭愧，她又会如何对待我呢？

现在是告诉您真相的时候了——我这个人有些奇特。是的，我完全愿意承认这一点。我相信，如果您打算欣赏我的故事，那么，暴露我的残疾，以及我为什么要写这篇故事的时刻到了。

事情的起因是由于我的一只耳朵。您瞧，我的左耳比我的右耳要大，大得多，大得太多太多。

它的听觉十分好，好得不得了。

故事就从这里产生。没有什么事，我再强调一下，没有任何事是我所听不到的——不论在什么地点，什么时候。然而，假如您冷静下来考虑考虑，您就会认识到，这个特异器官虽然给我带来好处，但它也会给我带来坏处。

在我上学的年头里，我成了别人不停地嘲笑的对象。我受到了残酷的对待，只有孩子们才会因某个人身上有他们弄不懂的异常之处，对他进行那种惩罚。那段时间我的左耳还在加速度生长的早期，它刚刚长得高出我的头，而耳垂则落在我的肩膀上。它并不碍事。我特意将我的头发留得很长，然后将它向上梳成一个莫霍克式的发式，遮住耳轮，再让卷发垂下去盖住外耳壳和多肉的耳郭，这样看上去就很不错了。

但是我的伪装根本骗不了学校里的那些恶霸，那些下流的男孩和女孩，他们迫使我忍受了多少他们发明出来的、让人丢脸的恶作剧，我不愿在这里详细描述了。您只要设想一下，我是如何地因为窘迫而脸红，我的耳朵又是如何样发烧，就会想出我当时的样子了。

然而我成了个优秀的学生。我很快发现自己几乎不需要上课，我能够舒舒服服待在家中听老师讲课，虽然那个家只是城里贫民窟中一间摇摇欲坠的陋屋。这太好了，您想想看，这一来我就不用害怕去学校受侵害了。我的考勤表上的记录不太好，但我出色地通过了每一项考试，我比我的折磨者们提前一年毕业，成绩优秀。

大约就是那个时候，我遇到了杰米·杰海恩。也许我该说，他遇到了我。直到今天，我还是一点都弄不清他是如何出现在我的门口的。当时他提着一口小箱子，拿着一只食品袋。"你饿了。"他说，微微一鞠躬，然后从我身边擦过去，径直走向简陋的厨房。他在他的锅里搅拌，端出配了小虾的面条，我心里对他充满了感激，我也十分感激他来陪伴我。后来，我总是带着狂喜和好奇，敞开我的平房的门迎接他。

杰米·杰海恩总是很忙，除了在晚上讲故事的时间，他允许自己短暂地躺一会儿之外，我从来没见过他坐下来。他让我吃过他做的饭，并宣布他愿做我的仆人之后，所做的第一件事就是装一部电话。我以前从来没看见过电话，我也从来不需要电话，因为只要我想偷听什么谈话，就可以听得到。我向杰米·杰海恩保证说，这部电话完全没有必要。但他坚持要装，并解释说，他装这个东西主要是为了自己娱乐，他愿意不时地同外界进行交流。我想，他没有向我提过其他要求，而现在，如果我非要将他和他的快乐分开的话，那是既不真诚也不明智的。电话嘛是一部红的，他用得很多。

与此同时，我的左耳又长大了许多。如果不是好杰米亲手为我做了这个支架的话，耳轮早就耷拉到耳壳下面来了，这是毫无疑问的。我的耳垂已经变成了一面很大的多肉的毯状物。吃过晚饭后，杰米·杰海恩就会放松地将自己的头部伸到那上面，给我读一个入睡前的催眠故事。这样，我就会忘掉我白天里听到的所有那些事，那些悲惨的、愚蠢的、恐怖的事，再一次相信，人的尊严是可能的。只有在那个时候，我，阿曼德，才能休息，才能入睡，才用不着倾听从各方面向我压下来的、没完没了的疯话。

我的耳朵现在已经停止生长了，我将这（至少一部分）归功于杰米·杰海恩。每天晚上我入睡前，他都在我耳边用柔和的声音讲述那些仙女的故事和寓言。有时候，我知道我不应当告诉杰米一切，那些外界的秘密啦，谣言啦，我所熟悉内情的事件啦等等，它们是我在长长的白天里无可奈何地倾听到的。还有密室或董事会议室里头的买卖啦，钱和权力开始世俗旅程之前的流向啦等等。但是他似乎那么喜欢听这些事，所以我觉得，我有义务将我知道的每件事都告诉他，即使（您可能已经猜到了）我看穿了他的把戏也如此。我现在比以往任何时候都听到更多的电话铃声了。我这里有红电话机啦，黑电话机啦，蓝电话机啦等等。我听到他往纽约、东京和伦敦打电话，听到他威胁国王和那些讨好的总统，听到证券的买卖，黑钱的流动，说不定我也听到过他正在同您，读者，达成某桩肮脏的买卖协议呢，谁知道呢？

所以我，阿曼德，我承认我知道，我们为什么拥有我们所拥有的东西。然而我还是要说，在面对杰米·杰海恩的需要时，我是毫无办法的。

我又能做什么呢？我渴望能让我睡觉的催眠故事，那至少能给我带来一点点寂静，我至少还可以梦想：某一天我和他的事业的进展会卡壳。我又能有什么办法呢？我只能希望，那位聪明人所说的、关于邪恶也有善根的话，被他们自己反转过来，变成：好事情是从邪恶中产生的。

残雪点评

　　阿曼德是谁呢？这个具有特异功能，多愁善感，由于每时每刻都不停息的自省和自我分析而夜不能寐，必须靠仙女的故事来获取短暂的睡眠；这个对世界心存善意，但又每时每刻不停地作恶，作完恶之后，又因愧疚而痛不欲生，但为了生存仍要继续作恶，怀抱渺小虚幻的希望的人，他究竟是谁呢？相信很多读者已经看出来了。当然，他也是我们每一个人的可能性——每一个渴望过一种艺术生活的读者，只要他想，他就可以在某种程度上成为阿曼德。这种生活并不具有通俗意义上的幸福，但她可以使我们战胜自身的庸俗和浅陋，进入一个广阔的认识领域，使我们的目光变得深沉，也使痛苦变得可以忍受。其实每一个人原先都是具有特异功能的，只因为我们太爱物质享受，太喜欢为一点点蝇头小利而沾沾自喜，我们的特异功能就渐渐退化了。现在我们还在退，退回到兽的状态中去。这篇故事就如一声警钟。如果不像阿曼德那样挣扎，如果连挣扎的本能都丧失了，就不配再被称为人！"原罪"并不能成为我们开脱的借口，不论我们在做坏事的时候有多么充足的辩护理由，坏事也仍旧是坏事，我们必须为此忏悔。

　　这样就清楚了，阿曼德是一名具有现代性的艺术家，他的工作是进行自我的认识。当他为了灵魂的存活而过着天堂与地狱的二重生活之际，他的认识就在这当中不断深化。他的痛苦、焦虑和悔恨都为我们，这些向往精神生活的读者做出了榜样。也许在某些人看来，那是一种失败的生活，地狱的煎熬暗无天日。让他们去那样认为吧，我们选定了这种生活，因为人一旦觉醒，就不可能再回到无知的、兽的状态中去了。我们将要在与自己的兽性的相持中挺立，一边哭泣一边微笑，将天堂与地狱之间的奥秘探索下去。

　　读者，你的心里有杰米·杰海恩吗？你认出了他那贪婪的面貌，他那忙碌的身影吗？是啊，艺术家同这个人和平共处，并不等于他不厌恶他、不时时刻刻在心里批判他的行为，还有为他所制约的自己的行为。然而厌恶与需要往往是同样强烈的，不可抗拒的。于是就这样磕磕绊绊地，艺术家同这个恶人相携着走过漫长的人生历程——那只是为了从他口中倾听那些纯美的、净化心灵的、使人奋发向上的仙女故事啊。

善恶本是同根，这是人类的不幸，也是那至高无上的幸福的前提。

当我们的艺术家走过了认识的阶段之后，便面临着创造。纯文学的创造究竟是怎么回事呢？她同我们的世俗生活之间的关系又是怎样的呢？请看下面的这一篇。

浴缸里的故事（残雪译）

浪涛一个又一个地冲向我们，首先将我们的快艇送上浪尖，然后，在第二个浪涛到来之前，又让我们下到水槽里头，随即我们那条窄窄的小船又升了起来，踌躇着，蹒跚着，然后下沉。而我们，在黑暗中紧紧地伏在快艇的边沿。天上没有星星，于是海湾啦、小船啦、天空啦全都连成了一片。要是可以的话，我们倒想祷告呢。当然我不是有信仰的那种类型，我相信，笨狗彼尔·博伊也不是，我亲爱的朋友小象帕亚麦更不是。然而我们都知道，我们没法游到岸边去寻求帮助，因为我们都从未学过游泳。此外，哪怕是最好的游泳选手，要对付这样恶劣的、越来越猛的暴风雨，也会有一番艰苦的挣扎。我们唯一能够做的，就是相互紧紧地靠在一起。我抱着帕亚麦的身子，彼尔·博伊握着我的尾巴（我以前总为我的尾巴感到害羞，而现在，也许它救了我的命）。那浪涛，一个接一个地砸在我们的船上。

那么您一定要问了，我和彼尔·博伊，还有帕亚麦是如何样闹到这步田地的？对这种问题，我也只能说，到底怎么搞的嘛，到底怎么搞的嘛！这事好像不公平，我们只不过是出去进行一次愉快的航海旅行,这是我们今年唯一的一个假期。我们租了这条小船,价钱很便宜,因为我和帕亚麦,还有彼尔·博伊,我们都没有多少钱过狂欢节(当然这是另一个话题了)。也就是说,我们只不过是要去航海,同海豚玩耍,同剑鱼比武,骑一骑海马,驯一下海狮——那些海狮最爱肚皮朝天,在它们的胸脯上将鲍鱼壳砸开——不过我还是取得了一些进展。

要知道,我以前从来没想过去海里,彼尔·博伊也没想过,这是帕亚麦的主意。帕亚麦是我们当中的冒险家。此刻我对他有些不满,我敢打赌说彼尔·博伊也是。但既然,我们只不过是一个故事里头的傻乎乎的人物,我知道我们最后都会走出困境。所以我不会过分地对帕亚麦生气。他是得到许可的呀,他是得到许可的!

就在这时,我们身上越来越湿了,事实上,情况看来不那么妙。比如说,这些围着我们绕圈子的锋利的鳍是什么东西呢?这不是那些声名狼藉的鲨鱼的鳍吗?这些鲨鱼包围着我、彼尔和帕亚麦这几个一筹莫展,快要淹死的水手呢。不,这些绕着我们转的蓝灰色的鳍的模样,我不喜欢他们。我也不喜欢这件事:我们的快艇开始进水了——真的,进水了!这么多的浪涛涌进来,我们不得不承认,小船已经从我们身子下面溜走了,它被抛入了混浊的海水里,沉入了最黑暗的深处;我们不得不承认,现在我们三个正在漂浮,我们漂浮着,迷了路,为活命而在水中扑打着;我们不得不承认,先前我们希望的,只是温和的海洋劳动号子里头的一个小小风暴,可它却原来是一场飓风,哪怕最顽强的水手也只能对着它哭泣。现在我们失去了一切,接下来我们还会失去一切。啊,接下来的确还会失去一切!但是我们知道一件事,那就是:帕亚麦先生,可怜的老彼尔·博伊,还有我,我们不存在。对于一只饥饿的鲨鱼,我们做不了它的美餐,对于海洋中的大风暴,我们也做不了真正的牺牲者。此刻我们漂浮着,我们的目光穿过瓢泼的大雨和冰冷的浪峰,我们看见海岸更近了。这时候,如果我们真的存在的话，我们就不会像现在这么自信了。为着这个最短暂的瞬间，我们努力运用我们的智力，一道说出了我们的祷告词——上天保佑你们这些的确存在的人们，保佑你们这些面临着危险、受着苦、丧失了心爱之物的人们。

我们，只不过是卡通，我们赞美你们的力量和美德。

此刻我们到达了这个想象的海岸，我们被拯救了，经历了这么大的冒险，还有奇迹般的拯救之后，今夜我们就可以回到朋友中间去过狂欢节了！即使如此，我们——我，彼尔·博伊和帕亚麦——我们必须承认，我们真的松了一口气，为我们不必成为你们而松了一口气。因为我们确实感到怀疑：如果处在我们的境地中的话，你们能否安全到达海岸呢？然而，换个角度来说，如果是你们，从一开始，你们也许就不会那么傻里傻气地去租那条快艇，对吗？

残雪点评

这种以真作"假"的表演就是一切纯文学创作的基本模式。表演者在大悲大喜中沉浮，他知道发生的一切是虚构，是编造，但他更知道，他正在投入一场本质的演出，他所身处的风景都是从心的深处自动涌出来的，因而也是最最真实的，要以最大的严肃来对待的。然而创造者又如何能马上弄懂从那个黑洞里涌出来的风暴呢？他只能经历，只能记述，创造始终是在暧昧的半明半暗中进行的，正如浪头一个接一个地打来，而角色永远是既蒙昧又清醒。不管怎样，角色必须行动，他们在朦胧的光线里辨认、辨认，直到一场演出结束。通过演出，我们的卡通角色们认出了什么呢？

"为着这个最短暂的瞬间，我们努力运用我们的智力，一道说出了我们的祷告词——上天保佑你们这些的确存在的人们，保佑你们这些面临着危险、受着苦、丧失了心爱之物的人们。"

卡通们作为精神的产物——一种"虚"的东西认出了他们的本体。

这个本体就是人类，而他们自己，正是人的最高属性。他们为人们所经受的苦难而赞美他们，反过来，他们也借自己的表演告诉人们，这种操练是多么的必要，因为它使人永远不忘自己的本性。

桥之歌（残雪译）

我们尽心尽力地照料这座桥——我和我的好朋友小侏儒。

夏天的夜里，我们睡在长长的大桥下面。当太阳从山坡上冒出来，将光芒射进峡谷时，我们就起床了。我们喝一杯冰冷的河水使自己清醒。然后我们到桥上去工作。我们油漆桥的铁架和大梁，清扫桥的人行道，照料长着黄色郁金香和蓝色鸢尾花的花坛——我们为了给过桥的行人带来欢乐，将花儿栽种在两岸。

秋天来了，落叶飘到我们的小小的世界，我们那么乐意地耙那些叶子。在长长的一天的劳动结束后，我们到河里洗干净双手，将耙子收好。晚上，我们从篝火的灰烬中拨出焙好的土豆，世上还有什么东西比它们更好吃呢？

当然，冬天是很冷的。但我们头顶的大桥坚强地站立着，给我们遮风避雨。夜里，我和我亲爱的小侏儒并排睡在暖和的毯子下，整夜都相互搂着。有时候，我们凝视天空里眨着眼的、水晶般透亮的星星。我们对大桥提供的庇护永远充满了感激。

春天到来时，鸟儿飞回来了。这时，我们也许是所有人当中最快乐的了。我们在两岸撒下草籽，到时这里就会变成丰满的绿油油的草地；我们修理大桥被冰雪弄出了裂缝的桥墩；我们把网撒进河里，去为我们的晚餐增加一条河鲈。

不论白天和夜晚，我和我的小侏儒的心境总是那么平和，我们从来不需要更多。我和他都明白，如果不是因为我们亲爱的大桥（虽然有这么多过桥的人根本不注意它），我们生活中的所有的美好和意义都会失去。当我们发现我们的桥的那一天，我们就知道了，大桥两头那蜿蜒的小路，对于我们不再有任何诱惑力，峡谷那边的村子，也不再是我们的归宿。当我们第一眼看见她时，我们就懂得了，我们已经找到了自己的家。

残雪点评

这首《桥之歌》几乎三岁以上的儿童都可以阅读，类似于那些经典童话。艺术家的眼光往往就是幼童的眼光。儿童在清晨张开双眼迎接世界里的阳光。但也如古老的童话，《桥之歌》里头有最古老的智慧，这个智慧仍然指向艺术本身。

探索者类似那些行吟诗人，他们的家园不是生来便有的，而是在旅途中找到的。或者说，是由于寻找而出现在他们眼前的。读者，你也在寻找吗？如果你也在找的话，总有一天，你的桥也会出现在你面前。站在桥上，你将会看到那边有同我们的世俗世界相对称的另外一个世界，一个属于你的世界。那时，你会感到自己的生活是如此的充实，于是，你在最枯燥的劳动中也会变得浮想联翩。

写作不断拓展着艺术探索者的眼界，使这个夜不能寐者变得心境平和，因为他能不断收获像孩子所体会到的那种单纯的快乐。那种水晶般的风景，就是人类起源的风景。

牛仔（残雪译）

我们带上手枪、矛，还有护身的腰带，我们骑上我们的马。作为牛仔当中的一员真不错！

原野是如此的宽广，我们在其间飞驰，仙人掌和响尾蛇从我们眼前闪过。我是一名牛仔，只要我举起枪，我绝对不会惧怕任何蛇类。

我骑在我的矮种马上面，跑啊，跑啊。马背上垫着鞍垫，刀子上套着鞘，手枪放在皮套里，我穿着鹿皮马裤。

我遇到了麻烦，因为旷野里总是有麻烦。

我不开枪，因为我是一名好心肠的牛仔。但我要告诉你，要是依我的脾气，本来我会将我的矛刺过去的。

我所看见的事令人恶心。

因为太令人恶心，我没法对你讲述。

我宁愿向你描述，我的鞍垫织得多么精美，我带着它一直走到过墨西哥；我的印花大手帕啊，红得那么恰到好处；我的床垫是多么温暖；我的早餐有熏猪肉、玉米面包和咖啡，它们的味道真他妈好得没法说；我的腰带上有一只银扣！

我的套马索那么长，只因为我就是这样一名牛仔！

残雪点评

这个骑在马背上自由飞驰的精灵，这个自满自足，却又心怀仁慈、疾恶如仇的人，他是作者的影子，也是我们这些向往艺术的读者的影子。生活中充满了感恩，写作和阅读使人变得高尚。我们写作，我们阅读，我们心中的矛盾得到了转化。

超越国界的交流

——道格拉斯·梅斯理对话残雪

残雪: 我是很喜欢诗歌的,可以说,我早期那些短小的作品都是另一种类型的诗。2005 年我从遥远的美国获得了我所需要的养心的营养,我的美国朋友道格拉斯给我寄来了他的略为晦涩的、美丽而充满了力量的诗歌集。当我读着这些诗篇的时候,脑海里便出现这位生着金色大胡子的男人所给我的矛盾印象。他天性极其忧郁却又热情似火;他的感觉无比细腻、精致,但他却是个豪爽、诙谐的人。道格拉斯深受欧洲文化传统的影响,这也是我喜爱他的作品的原因之一。他能够用感觉的画面再现深奥的哲理,其方法是潜入人性之根的所在地,从那里将奇异的风景带回人间。我认为,他对人性的解剖和我的创作是异道同归的。但是要将这些充满了隐喻、俚语和双关语的小诗翻译成顺口的、看得懂的汉语是多么的困难,甚至不可能啊。如果不是出自内心的热爱,我早就放弃了。

幸运的是,现代通讯设备给我们提供了方便,我们可以通过 E-mail 反复进行交流,这给我的翻译工作带来了莫大的促进。这些现代诗歌对于语言的运用是十分奇特的,从表面看去,就仿佛是完全无视法则,但我感觉得到,作者在最深的层次上还是坚守着那种经典的精神。那种东西是什么呢?我想,她是在我们当今已经稀有的、对于本质生活的固执的关注,以及将陈腐的词语转化成对于终极之美的隐喻的高超表演,她也是在强大内力驱动之下的,无限升华的认知风度。我越进入道格拉斯的隐喻世界,越对他那种转化事物的力量和才能感到震惊。在他的笔下,创造物和创造的过程可以互为观照,如同镜子里头的镜子；他所全力以赴探索的，是那种看不见的、我们称之为"虚无"的境界里的东西，他并且只关心这个；他对于语言的功能具有奇特的敏感，他的小诗能够直抵混沌的起源，将未来的桥梁架于其上；他天生一双慧眼，能穿透一切生灵的世俗外壳，看见内部的透明结构。共同的关注使得我们一开口就知道对方要说的是什么，并且有可能就最抽象的事物进行讨论，这也是这些诗歌能通过我在中国问世的根本原因。

　　我将道格拉斯的这本诗歌集里头的诗分为四大类：一、创造过程的再现；二、灵界的叩问和探索；三、文学形式的探讨；四、渴望终极之美的抒情。当然这种分类只是出于我个人的感觉，因为他的诗歌是丰富而多义的，每个人的感受都可能不同。请看这两首：

▶ 漂泊的荷兰人
　　——两首半十四行诗

海轮进入
巨大的寂静与光亮之中。
人们一动不动
温暖的梦
于这些骚动的心
是何等的逼真。
无声的讲述。

停留在事件中的虚空
向上升起
进入
缺乏具象的化身：

雾霭，浪花，
灰尘，最后是光
沉重得如同船身后面
展示的尾波。

罗盘锁定了目标，
带领他们穿过隐喻
进入
到达之日的囚禁：
那时，由于意念的热力
有东西正要在汗水中爆发
在那东西下面
人们躺着不动。

船只很快
按年轻水手们的心愿
摇晃，
他们忍受着，
这些心怀仇恨的勇士。

在床上，入睡或
梦见爱情
都已太迟。最后
他们睁开眼
看清了前方的画面：
死人们在掌舵。

▶ 七月底的流火

他的胸膛沙化后，长出
仙人掌，一种蛇伤的
麻痹，这是城市
为使他更具魅力
而提供的
礼物。

事出有因：
诗人不满于仿效的
陈腐，不满于劳动的
重复，爱默生说：
"我是我所不同意之和"，
于是他
成了杂质的混合。

今日天赐良机
将棕榈和
哭泣的马唐草
移进门廊，
用海水浇灭
它们上面那些
模仿海涛的火焰。

魔鬼热衷于观看
男人如何样舔着

海滩上沙子间的

裂缝，怪兽

在此地树起

桅杆，醉风被火舌

檫响，风儿坚持向

诗人冒烟的遗骨说：

"我来作证。"

残雪：在我读来，这两首诗都是描绘了诗人创造的过程。前一首将重点放在诗人是如何样向死亡体验突进上，后一首写的是诗人在语言的沉渣下面挣扎，将自身虚无化后脱颖而出。

道格拉斯：那艘荷兰船是瓦格纳的歌剧中描绘的传奇中的船。船到达目的地时，上面没有船长也没有水手——我想他们都死了。因为乘客注定了要在到达时死去，所以是一种囚禁。

　　那是我的一些高度抽象的感觉。

残雪：你能说说《七月底的流火》吗？

道格拉斯：我不喜欢七月，因为持续的高温令我难受，特别是洛杉矶的七月还受到火灾的折磨。我在这里运用了病态的隐喻，我的胸膛干涸了等，沙漠的双关语，暗示留下了仙人掌，仙人掌也被美国读者看作沙漠象征，胸膛里的疼痛像蛇咬的伤口，我嘲弄地将其说成洛杉矶的魅力。

　　然后我转而谈到诗人在这种热病般的风景中扮演的角色。他厌恶模仿——也就是重复。然而，他就是他所反感的，他感到他无法写出"真实"。在第二段，诗人用海水浇灭了火焰，甚至火焰也是对海涛的模仿。说出痛苦是对在热病中燃烧"作证"的一部分。

残雪：你在这里展示了纯文学的根源性问题——零度写作的痛苦煎熬的画面——在重复中反抗重复，用词语反抗词语，当然也是在更高的层次上重复以往的作品。

再看看下面几首叩问、描绘人性矛盾的诗歌：

▶ **细小的痛苦滞留不去**

狗儿们呜咽
在这股螺旋的风里头
排泄，怎能不满心郁闷？
即使将眼睛置于
星星之上
让蚊虫嗡响在
垂死的喉头
腐烂的记载
依然显现。

离大路不远的花园里
秋海棠与蜜蜂对峙
一株棕榈
摔打着叶子，
甚至野草
也从上空怒视着
甲虫的小径。
一丛茅草之中

旷野的空气在低回
只要你用力吸气
心便会刺痛。

黄昏里头
朦胧混乱的情欲消失，
伤痛栖息在
触觉的锋口。
琴师的双手在疯狂
弹奏。

▶ 伊卡洛斯

生活啊
有时候，有时候
你向前流动
你的沉默是
静止不动
是对
拥挤在斜坡上的人们
的无声要求。

男孩生着白骨
于亵渎之间
他独自顺从阵痛
从那悬崖上"生"下
一首歌。妇女们

分娩；他从天使翅膀上
吃盐。

▶ 古代的建筑，奴隶

古代的建筑，奴隶
那些晃荡的
剑——
孩子们跃过所有这些墙——
少女啊少女
她的睫毛，
她将离去
于是
时间中的沉默
突然变为
黑暗中闪亮的恐惧。

残雪：《细小的痛苦滞留不去》这首诗我有强烈的共鸣。诗人的感觉真
是无比的精细，分析其感觉的机制更是令人惊叹。也许，我读到的是
一颗可以无限止地忍受痛感的心。在末尾，由感觉痛苦转化为追寻、
加强痛苦。

道格拉斯：这首的最后一段我力图描绘出黄昏中那种混乱的欲望，那
是事物的轮廓渐渐消失时的画面，它们深深地沉入阴影中。我们甚至
都认不出它们了。人会感到眩晕和混乱。

残雪：于是只有"痛"是滞留不去的。诗人为了抓住这唯一的存在而

疯狂弹奏。

《伊卡洛斯》这一首比较晦涩，我很喜欢里面那种有力量的抒情。我想，这里出现的是诗人的生存姿态吧——既有脱离世俗、孤注一掷的决绝，又通过自身的牺牲提升了世俗。一种升华的回归。

道格拉斯：那里面的"生活"几乎是佛教意义上的生活。生活即使在每日的重复中（词语在诗中也被重复）有时也向前流动。没有交流时生活就"沉默"，但即使是沉默也仍然对拥挤在这个世上的人们有要求。因为人类要发展就必须生殖，抚养小孩——哪怕斜坡上已经拥挤不堪。伊卡洛斯爱上了他的父亲，他是没法生孩子的，但作为一名艺术家，他"生"下了一首歌。他的创造行为导致了多种事物的诞生，人们恢复了活力，而他，因为飞得离太阳太近而掉下去了，变成了盐柱一类的东西。（此处引用了圣经中的故事来形容伊卡洛斯的两难处境。）

残雪：你说伊卡洛斯发展的是人类的精神，这是绝对正确的。《古代的建筑，奴隶》这一首描绘的是诗人灵魂深处那种矛盾紧张对峙的、严酷的图像。

下面再看关于文学形式的两首：

▶ **小说**

请看小说开端的形式：
本将被严厉的喉咙
吞咽的声音，
突然发出
成了故事

释放的途径。
魔鬼唆使你不要
穿越荒谬，进入
坚实的物质。
我想要在湖面行走
正如主题自身显现
然后如同我的诗那样
转向，去探索
超出界限的每一种开端。
那些罪犯已给了我们
同样的鞋穿。

这是关于艺术的故事
它的功能是拯救
污水阀，此水阀又一次
弄湿了地面，撒出了
一些排泄物，并伸出
它的舌头，那上面
满是脏东西，乌鸦
将其吞咽
寻找者跃过去取出它，
将它变为个人的癖好物。

▶ 沉默

热病般的沉默
如拒绝回答的词语。

汗水忘记了爆发
将黏糊糊的液体
涂于隐藏物的表面
以伪装平静。
一种假寐——
死亡中的密谋。

残雪：先说《小说》这一首。比喻妙极了，只有创造中的人，才会如此熟悉创造的形式。因为他老是重复那类动作，"熟能生巧"。所谓开端，便是发动本能冲破桎梏，不由自主地说出第一个词。那个词属于彼岸，是在界限的那一边。请你解释一下"罪犯"和"鞋"的含义。

道格拉斯：罪犯已打破了界限。但正是因为有犯罪的行动我们才有行为的界限。我们的鞋在界限以内，安全而舒适，但我们也有穿上罪犯的鞋的可能性——暗示我们有可能达到一种异质体验。正是界限迫使我们懂得犯罪的行为。

残雪：所谓将污水阀变为癖好就是将本能艺术化吧？

道格拉斯：一个人固定在某种性活动方式或行为举止上，我指的是这类癖好——人不由自主无法改变也不想改变。

残雪：所以艺术既出自本能又违反常规。

《沉默》这首诗形象而又高度抽象。凡是对文学的本质进行过深入思考的读者相信都能体会到。对等的比喻在中国文学中也可以找到，如鲁迅描绘的"死火"。这是生活在尖端的前沿文学工作者的体会，每一个词都透出极地的寒意。

最后来看这几首抒情诗：

▶ 克莉奥佩特拉的宝藏

面对玉米地
忠诚成了深奥的主题。
我宁要
喘息的重压
两手放在心窝
让整个埃及在那里停留。

淫荡的颤栗
来自温暖狂暴的丰饶里。
啊，那是遗忘本身
遗忘在大地深处的东西：
黑得如同一只白色的兽
放开身心进入那
浪涛的寂静的香味，
它是如此的淫荡
它只能在目光
所淹没的东西之上
投下黑影。

▶ 种子

不可能的思想之犁
犁向收割过的田野

惊人的期待：
让蓝色的牵牛花覆盖
这个障碍物。
种子被吹进洞穴，
那风绕棺木而来
月光将它吸收。

于悲痛之中
我们努力地掩埋
我们播下的东西。

▶ 八月

夏天里，那亲爱的车厢
当它静静地减速，减速
溶入终点之时
类似的瞬间画面
构成了疾驰。

未来从岔口借走麻烦
每一条岔路都出自推撞的摇晃，
如何忍受眼前夏天
那空虚的白光
它们在多思的草丛里
聚焦，草儿因枯干
而噼啪作响
下午堆积在

将要消失的东西之上。
白云从
鸟儿的翅膀间离去，
手指渴望掐掉的东西
开始骚动：想念，
等待，那并不总发生在
绝对的阴影之中。

残雪：埃及女王克莉奥佩特拉是许多人歌颂的偶像，诗人在这首诗里描绘的是她的爱情力量的根源——古老肥沃的土地，神秘的文化。这种狂热的爱所向披靡，将文明的旗帜踩在脚下。

　　《种子》这首诗传达出诗人的某种悲痛情感。我们在人生的途中总是会遇到我们所越不过去的情感障碍的，在那个极点我们同死亡相遇，我们的情感得不到宣泄而变成种子，被我们悲痛地掩埋。在日后，这些种子将开出蓝色的牵牛花。障碍仍然无法逾越，但那上面的花朵遮蔽着人的视线。

道格拉斯：你想去犁田，但田已经被犁过了，被钩好了垄，在想象这件工作被完成的过程中，行动已经结束了。我将犁过的田野想象成海洋，人可以在那里头划船。田野被犁成一行一行的正如波涛。

残雪：是啊，人的痛苦就这样升华了。

　　《八月》这首诗写得十分亲切，是我们很多人都有过的那种愁思，诗人的才华在于，无论是痛苦还是幸福，在他笔下均充满了精妙的空灵的美丽。句子里的哲理不是来自于思考，而是来自于一颗善感的心。

读布鲁诺·舒尔茨的《鳄鱼街》

八月——欲望的真相

美丽的欲望之街。阳光所催生的色彩。阳光对市场街的那栋房子所玩的魔术——光与色彩的音乐。阳光唤起路人的欲望。揭示老屋的真面目。心灵的广场在曝晒下无比空虚，只有一些流浪汉在角落里用硬币和扣子占卜。我与母亲在光与色里面游走，最后来到郊区地带。郊区的房子在它们的花园里的繁茂的花草植被中下沉。这些植物为欲望之梦所困，得不到解脱。

同阳光形成对照的是人类的阴气，黑暗贪婪的无理性的繁茂，阴阳不调和的畸形发展，徒劳无果的欲望，软弱无力的、同精神无缘的、被动的遐想。这就是郊区姑姑家中的生活的真相。

巡视

市场街的那栋大黑屋里住着我们——影子一般稀薄的家人。房子的内部近乎虚无，只有年代悠久的壁纸上的阿拉伯图案里潜藏着看不见的欲望。父亲这位老艺术家就住在这里。他白天是个病入膏肓的人，衰弱，暴躁，无用，要靠时间水罐里的毒汁来维持精神。到了夜里他就变得精神抖擞，不但同壁纸里的欲望搏斗，也不屈不挠地同上帝讨价还价，在自我矛盾的煎熬中伸张自身存在的理由。

父亲终日搜索，终于将人格分裂，逐渐进入了另一个时间王国。他有时在我们当中有时失踪，但他已经是另外一个世界的人了。

鸟儿

终于，在死寂的冬天，在老屋里，父亲开始了他那异想天开的创造——他要让生命开出奇花。他用他的艺术来同他的生活对抗，但他又不可能不活。于是从一开始，他的这种暧昧的活动就注定了夭折的结局。他能够将他的人格一分为二，但他不能够合二而一，两个部分永远不相通。要艺术，就得放弃生活；而放弃了艺术，生命也渐渐萎缩。作者似乎是无可奈何地描述了这个生命萎缩的过程。在他看来，艺术只能是失败，因为艺术同庸常生活是水火不相容的，只能在鬼鬼祟祟的场合进行。他的歌是悲歌，没有任何出路的宿命论。当然也很美。一种凄凉之美。

裁缝的假人

两个裁缝姑娘扛着一个木头和帆布制成的假人来到这个窒息的家中。她俩用青春的活力激活了父亲的想象。只有父亲的慧眼才能看出：她们缝制的不是戏装，而是真人！她们长年使用的道具就是凝聚着情感与血肉的真人。父亲并不是借题发挥，而是进行了一场活生生的现场艺术表演。

他首先毫无保留地赞美了裁缝姑娘的身体结构，认为这是大自然的杰作，无人能超越的完美，最高级的艺术形式。他对美的敏感和他那超出凡人的欣赏力甚至感动了讲究实际、头脑清醒的女仆艾德拉。发挥了他的"自然美"的理论之后，他就要进入艺术之美的本体论的论述了。

关于裁缝的假人的论述之一

很显然，父亲将艺术的创造放在自然的创造之下。他认为美是客观的、先验的。在这个前提之下，父亲将艺术家的活动看作是去寻找物质内部隐藏的"美"或"生命"。他认为为要达到这个目的，艺术家最好是使用那些简单原始的素材来制作艺术品。这样，物质内部的美就更容易被感觉到，审美的成效也更大。既然自然已经把最美、最高等级的艺术品都制造出来了，那么，艺术家要创新就得使用类似巫术的"非法手段"，而且他们的作品也只能是以片断来反映全体，以瞬间来反映历史。父亲的观点显然是作者的观点。这个观点虽然过于古典化，有很大的局限，但确实也说出了现代主义审美的某些特点。

父亲的观点终究难以自圆其说。作者并没有掩盖这一点，而是让父亲处于尴尬之中，以此来披露作者在审美意识方面的悲观矛盾心理。小说中是这样描述的：当父亲在演讲时宣称，他希望以裁缝的假人的形式再一次创造人时，思维敏捷的艾德拉将她那条美丽的腿伸到了父亲的眼前。而父亲，立刻就在自然之物的完美面前垂下了头。他感到自然之美无可匹敌，某种沮丧、某种徒劳感油然而生。

关于裁缝的假人的论述之二

父亲的第二次讲演是关于艺术形式和形式感的。形式的形成就是艺术家自身情感的赋形，这种赋形也决定着作品的感染力。所谓历史事件、人物、传奇等等，只不过是道具，只有形式所铸成的情感才是决定性的。艺术家将自己那复杂艰深而又矛盾的情感投入到物质内部，使之对象化，从而有可能传递给观众和读者。这个艺术化了的物质的形式就是艺术形式。作者在此处的发挥已经很接近于现代审美，只要再前进一步就成功了。但他的虚无主义的世界观阻碍了他——他始终认为人的艺术是第二等级的，人对于自然的控制是无能为力的。当然他也不会认识到所谓艺术形式其实是自我意识同想象力交战的方式，是二者的相互作用产生了它。

关于裁缝的假人的论述之三

由于父亲对于自然和物质的崇拜，所以他将艺术类比成人工合成物，而将产生艺术的土壤限定在那些承载了无数人类活动记忆的"物质"中。老屋、墙纸、旧家具等等是故事的主要背景。这种艺术是在人类生活之外，因而充满了虚幻之美——转瞬即逝，难以捕捉。而这种美恰恰因其短命便显得尤其珍贵。父亲既崇拜自然之美也偏爱这种有别于自然的"无根"的美，只是在欣赏这种"无根"之美时怀着深深的忧伤。此处作者的局限在于西方观念中将物质与精神割裂的二分法。但因其对精神事物的执着追求，作品仍有极大的感染力。

父亲最后论述的是艺术审美中的情感对象化的问题。他谈到古老部落的习俗，那些用亲人或爱人的遗骸制作成的艺术品所具有的动人的力量。也就是说，艺术的关键是情感的真实注入，只有注入了真实情感的对象，才能打动他人。一个对象，无论多么"丑陋"，令人恐惧，只要它里头注入了情感，就能让人产生共鸣。这种共鸣就是美。正如变成了一堆橡皮管的父亲的兄弟的故事深深打动了裁缝姑娘一样。

肉桂商店

这是一次回到过去（突入未来）的旅行。我的父亲给了我这次自由表演的机会，它也是一次对创作规律的探讨。

夜里，在电影院，父亲将他的钱夹忘在家中了，那里头有最重要的文件，必须随身携带。于是这项紧急任务落到了我头上。

▶ 这种冬夜的诱惑通常是以一个天真的愿望开
始的，即抄近路，走一条不那么熟悉但能更
快到达的路。(1)

在夜里，人进入创造的状态，而抄近路的愿望就正是这种状态。夜怂恿着我。

▶ 那天夜里，天空在它的许多部分裸露出内部
的结构，那就像准解剖图，展示出光的螺旋
和涡流，黑暗本身的淡绿色的固体，空间的
髓浆，梦的组织。[2]

是抄近路的辨别性的、规划性的愿望将我带到最具诱惑力的肉桂商店附近——我打算看过商店之后马上抄近路赶回去。

▶ 根据我的计算，我应当拐进一条狭窄的小巷，
经过两三条侧街，最后到达夜间商店的那条街。
这样走的话就离我家里更远了，但只要从盐业
街穿过去，我就可以节省好多时间。[3]

然而在由夜主导的创造中，逻辑和计算总是错的，只有"意外"才是正确的。于是我就遵循夜的规律迷路了。方位感完全丧失，到处都是似曾相识却又陌生的建筑。然而我认出了我从前就读的中学（只是认出，我身处的地方是我先前读书时从未来过的）。我仍然在想着抄近路的事。当我想着抄近路时，记忆突然就回到了过去。那是多么美好的记忆啊，它使我确信在那个时候我是到达过自由的境界的。

美术教授的课总是在夜里、当我们将醒未醒的时刻进行的。教授是一个谜一样的人，他那阴暗的书房里堆满了希腊诸神的石膏像，我们只能在他开门时短暂地瞥一眼。可是那一眼给我们带来多少遐想！那些石膏像——我们人类存在过的象征，他们正在教授的实验室里渐

渐枯萎！

▶ 我的一些同学睡着了。插在瓶子里的蜡烛快
　 烧完了。教授钻进一个很深的书架里头。那
　 里面尽是古老的对开本，老式的雕刻，木版
　 画，图片等等。他向我们打着神秘的手势，
　 让我们看他的古老的夜景版画。那些月光下
　 的树丛；冬天公园里的小道在白色的月光背
　 景下被用黑色勾出来。⁽⁴⁾

　 没有任何过渡，突然我们就走在回家的路上了。这时已是很深的
夜，周围是牛奶色的雪景，黑暗将树枝和空气变得毛茸茸的。眼前的
景色正在复制着教授的版画。

▶ 在公园里黑色的矮树丛中，在毛茸茸的灌木
　 里，在大团的长着硬皮的细枝里头，隐藏着
　 最深的蓬松的黑暗里的那些凹角啦，巢啦，
　 壁龛啦什么的。那里头混乱不堪，尽量秘密
　 的手势和默许的表情。当然啦，那里头也是
　 温暖和安静的。我们穿着厚厚的外套坐在柔
　 软的雪地里，砸着榛子——在那个温暖如春
　 的冬天，到处都是榛子。⁽⁵⁾

　 很显然，这样的叙述并不是回忆，而是欲望向深处沉入、企图
突破的尝试。人要创造就得迷路，就得沉入那半明半暗的毛茸茸的世
界，只有在那种地方，我们才能挣脱身上的镣铐，单凭着一腔勇气迈
步前行。

但是此处作者没有指出，是什么样的力量使得我进入到这种境界里头去的，又是什么样的好奇心使得我滞留在那里头。仅仅一个"抄近路"的念头似乎缺乏说服力，归结于父亲的料事如神也太被动，偶然性太大。难道我就没有一种扼制不住的一定要迷路的冲动吗？肉桂商店固然充满诱惑力，但在那种对形式美的迷恋之外应该还有更深、更有力、更内在的欲望将我推动。一切都笼罩在混沌里面，这篇作品的美是童年之美。我凭着内心的执着终于走出了迷宫，来到广场上。接着我就坐上了欲望的马车。这是一辆没有马夫的马车，那匹马是值得信赖的老手，我出于本能将自己交给了它。而它，我的忠诚的朋友，拼着性命的危险奋力拉车飞奔。

▶ 我永远都不会忘记那个最明亮的冬夜的闪光
　的历程。天空膨胀成巨大的穹窿，那里面分
　布着彩色天体图……空气那么清新，像银
　色的纱罗一样发光，你能够闻到紫罗兰的花
　香。从羔羊皮一样的白雪下面，银莲花颤抖
　着出现了，每一朵雅致的花杯里都有一小点
　月光……我看见这些欢乐的山坡上行走着一群
　一群的漫游者，他们在苔藓和灌木丛当中收
　集落下的星星，雪花将这些星星弄湿了。[6]

创造遵循夜的规则，原始之力（马）拼力发挥，于是我体验到了自由。天亮了，我完成了自由之旅，身心得到了解放。

但是夜的规则究竟是什么样的规则？由于尚未精通审美的机制，这一篇显得有点稚拙，有点像美丽的儿童画。

大风

此篇描述的是摆脱了一切限制的人类原始欲望，也就是那种动物性的欲望。作者的态度是否定性的。大风渗透到每个角落，将黑暗中的一切都煽动起来，然后将它们摧毁。面对这种雄强的力量，人是无能为力的。所以父亲，唯一的有理性的人，在大风期间自始至终没有出现。以下描述的是人们对于欲望的态度：

▶ 他们语无伦次地谈到可怕的黑暗，谈到大
　风。他们的毛皮外套吸满了风，散发着室外
　空气的气味。他们在光线里眨着眼睛，他们
　的眼睛依旧充满了夜气，眼皮的每一下颤抖都
　溅出一些黑暗。他们说，他们没能到达商店；
　他们迷路了，差点回不来了；城市变得认不
　出来了，所有的街道都好像改变了位置。[7]

▶ 我们的大门隔一会儿又被来访者打开，他们
　都用斗篷和披肩紧紧地裹着自己，喘不过气
　来的邻居或朋友总是慢慢地脱下他们的裹身
　体的外皮，吐出那些混乱的不连贯的词语，
　极力地夸大着夜的危险性。[8]

这类描述接近于经典现实主义，这里的所谓"人们"还是指的艺术家以外的人，人们期待欲望又怕欲望，因为他们缺少那种高级的理性来驾驭欲望，所以欲望在此处是徒劳的，只会具有毁坏性。

帕瑞莎姑姑的表演就揭示了人类生活的内部真相。小公鸡在火中被活活烧死；人的生活中充满了这类野蛮杀戮，而且荒谬已极；无人

能抵挡欲望的袭击。又气又怕的帕瑞莎姑姑用柴火棍做了个高跷，幻想自己脱离了这肮脏卑鄙的地面，在那高跷上走来走去，最后变成灰消失了。

作者的局限在于没能辩证地来看待欲望。一些东欧作家由于其自身的宗教感都有这个弱点，这就是不敢深入探讨欲望，有过多的"洁癖"（哪怕他们描写了肮脏）。欲望不仅能摧毁，也能建立形成。只要引入理性，欲望就能成就事业。

发烧季节之夜

此篇再一次描述了欲望。同"大风"篇不同的是，这一篇描述的是艺术家（父亲）同原始欲望的对抗过程，以及宿命的失败的结局。

▶ 他倾听着，在内心上涨的焦虑中听到了远方涌过来的人潮。他害怕地回过头打量空空的商店，用目光寻找他的助手。不幸的是皮肤黝黑的、红头发的管理商店的安琪儿已经跑开了。父亲独自一人在店里。他害怕那群人，这群吵吵闹闹的家伙很快要打破店里的宁静。他们会抢劫店子，瓜分财物，将整个秋天的丰富的产品拿去拍卖。那是他多年的收藏，他一直将它们储藏在他那大大的隐秘的地下仓库里。[9]

▶ 父亲的脸因愤怒而变成了紫色，他跳上了柜台，这时人群向他的堡垒发起进攻，这吵吵闹闹的一大群进了他的店子。父亲用力一跃，跳到了纺织品的架子上。他高高地悬在

人群之上，开始拼全力吹那支大大的羊角
号，发出警报。但天花板上面并没有响起
来搭救他的天使的翅膀的沙沙声。相反，
羊角号的每一声抗议得到的回答是人群的
响亮的、嘲笑的大合唱。^{（10）}

发烧的秋天里的浅层次欲望很快就表演完了，父亲同人群的搏斗
既没有胜利也没有失败，他们自己就溃散了，消失了。欲望转入深层
的展示。关于深层欲望是如何启动的描述有点神秘化。那似乎是某个
超级议会的大人物们商量的结果。他们住在远方荒凉的高原上，头上
悬着昏暗沉重的、满是云朵的天空。父亲的情绪发生了转折，他的视
野变得深远起来。此处这样描写道：

▶ 他看到人们在遥远的湖中捕鱼，每两个渔夫
乘一只小小的贝壳似的船，他们将鱼网浸到
水中。在岸上，男孩们将篮子挂在脖子上，
篮子里装满了扑腾着的银色的鱼。^{（11）}

父亲注意到远方的那些大人物正在将脸抬起来望着天空。就在这
个时候奇异的鸟群出现在天上。父亲认出了他的孙子们——这些残疾
的、畸形的鸟儿，被艾德拉赶走的幽灵们的后代。

▶ 那一窝畸形的无用的残疾鸟儿正在归来，它
们已经退化或发育过了。身体大得毫无意
义，发育得很愚蠢。它们的躯体里面是空空
的，没有生命。它们的全部活力都到了羽毛
上面，成形为一些外部的装饰。说穿了它们

就如同博物馆那个鸟王国堆房里收藏的消失
物种的陈列品。(12)

▶ 但是这些纸制的盲鸟认不出我的父亲。他用
从前的习惯语徒劳地呼唤它们，那是鸟儿们
已经忘记了的语言。而它们，既听不见他，
也看不见他。(13)

　　接下去鸟儿们就被下面的人们射杀了。高原的岩石上布满了尸体。

▶ 它们只是一些很大的羽毛束，里面的腐尸
是随随便便塞进去的。其中有许多只你无
法辨别它们的头在哪里，因为它们身体上
的那个畸形的部分没有让灵魂的存在来给
它们做出标志。(14)

　　以上的描述展露出作者内心的焦虑。很显然，他认为精神与欲望
是无法统一的，这种宿命论的分裂关系是人类的悲剧。人无法真正认
识至高无上的自然，所以人注定了不能赋予自己的创造物以生命，哪
怕父亲这样的天才也如此。实际上，他认为天才就是一种受神秘事
物操纵的悲剧性格，而艺术的伟大就在于对于这种悲剧的英雄主义
的揭示。
　　他爱这些毛色绚烂的"准生命"。即便它们没有灵动的血肉，即
使它们充满了病态，他也要为它们的忠诚、它们的英雄主义唱赞歌。
　　将艺术看作人类的病态，看作畸形的"第十三个月"，这是作者
的局限。正因为这个局限，他作品里的天才（艺术家的化身）总是在
万人之上，却又不能同万人沟通，甚至也不能同自己沟通（"而它们，

既听不见他，也看不见他"）。为什么不能同自己沟通？因为他将自己的深层本质归结为神秘的无法理解的谜。他为此而痛苦，他的作品也因此在某种程度上显得消极而苍白。例如，总是那同一个人在万人之上说教，而不是像卡夫卡的 K 那样，用身体撞开自然之谜、自我之谜，且走且看，看看自己到底能造出什么奇迹来。我们人类最需要的不是挽歌，而是探索的赞歌。我们需要 K 那样的健康的、生机勃勃的小人物，因为承认自身卑贱而天不怕地不怕的小人物。小说中的这位父亲对于我们的时代来说，还是过于高雅了。就因为这种高雅，他的鸟儿们才被艾德拉用乱棍驱走。他没能将自己体内的生命真正注入到它们身上，使得它们成了徒有其表的腐尸。

作者对于"自然"的那种宗教般的敬畏使得他不能无拘无束地发挥想象力。阅读这篇挽歌时总会产生美中不足的遗憾，贯穿在作品中的那同一个观念太强烈了，使得阅读的期待值和冒险值都降低了。这类现代主义的文学作品如果不能对人性本身做长驱直入的深入，如果作者的个性不够强硬，没有一股蛮力，是很难维持一种高品位的格调的。这位父亲的弱点在于他的"谦虚"，他没有像卡夫卡的 K 或歌德的魔鬼那样将自己看作可以代表自然的自然之子或小上帝，所以他不能尽情表演。在这个意义上来说，他的痛苦在很大程度上是消极造成的。艺术的法则是这样的：你行动，你就存在；你谦让，你就灭亡。故事中父亲的创造物就这样可悲地灭亡了。

彗星——欲望的象征

艺术家的创造中的核心问题是欲望的发挥的问题，此篇就是这样一篇以欲望为核心的创造画面。作者以天马行空的手法，详细地描述了艺术诞生时的精神结构，以及他的以悲观为底色的世界观（美是客观的，人不可能认识自然的本质，只能认识到一些表面现象。人改变不了宇宙，无法直接与宇宙相通等等）。

作者对宇宙和科学，以及艺术的看法基本上遵循"自然神"的观点。他将艺术的实践同科学等同，认为既然科学把握不了自然的本质，那么艺术也不能真正同自然相通。然而努力同自然沟通的艺术活动又是艺术家的终生宿命。作者的思考始终处在这个无法解决的矛盾中。他对流行于他那个时代的现实主义个性决定论深深地不满，决心要以自己的艺术实践否定那种张扬人类个性的理论，但是他自己的要追求一种纯粹文学的思想又不足以与那种理论抗衡，所以他陷入巨大的虚无感之中而不能自拔。他将人在创造时必然伴随的死亡意识和虚无感看作创造者必须忍受的痛苦，而这种忍受是出自文学的使命。你要创造，你就要忍受虚无的折磨；哪里有欲望，哪里就有死亡意识。

悲壮的骑车人在茫茫的宇宙中行走，始终接近不了他的终极目的，甚至连目标在哪里都不知道，只是一味地努力前进。最后，"骑"这个行动本身成了最纯粹的目的，而他本人，变成了宇宙里的一个符号，一个新增的星座。骑车人的命运是悲惨的，这种命运是由他的创造的性质决定的——在世俗中，他由于先天不足（作者认为所有的艺术家都先天不足，患有疾病）而被人嘲笑；进入宇宙太空，他彻底孤独，并且看不到自己追求的目标。他只能发自本能地奋力向前。但是这种追求是一种英勇的追求。这种英勇便是作者要向读者传达的美感。这种消极的审美意识令作品整个笼罩着黑暗的色彩，但在现实主义写作至上的时代，有它积极的意义。

父亲的最高审美实践是在爱德华叔叔身上完成的。这也是艺术家自己对自己的实验。他要通过实践来认清自己同自然的真实关系，将巨大的艺术之谜解开。其程序是这样的：父亲首先用心理分析法解除了爱德华叔叔的"个性"，将他置于一种纯粹的精神原则的控制之下。然后，父亲将他变为一个"自然人"。其方法是让他全身通电，激活他的生命力，让那些僵死的社会规定和个性规定通通见鬼去，以便同自然沟通。

▶ 以他的个性的复杂性（以前他艰难地保持着
  这种个性）作为代价，现在他获得了一种单
  纯的、摆脱了疑问的永恒性。那么他快乐
  吗？向他问这种问题是徒劳的。这种问题只
  对面前摆着丰富的选择的可能性的那类人有
  意义。因为对于他们来说，实际的真实能够
  与部分真实的可能性作对比，并在可能性里
  面反映出自己。但爱德华叔叔没有选择余
  地，"幸福，不幸"的二分法对于他来说不
  存在，因为他已经被彻底一体化了。[15]

　　同自然的一体化是艺术家的宿命。你可以去创造，去发挥，但在
自然面前你得做个顺民。无论你身上有多么可怕的矛盾，你的躁动有
多么大，你都得用强力抑制住它，直到生命的最后一刻。作者对于自
然与人性的这种机械划分使得艺术家成了准宗教人士，而艺术也成了
纯粹的苦行，排除了任何享受，只有暗无天日的煎熬。"一体化"实践
的谜底是什么呢？谜底是艺术家必须献出自己的生命，沟通才会在他
死后实现。作者认为只要人还活着，就无法真正同自然一体化。当然
挣扎和反抗也是人的本性，不过这种反抗没有用罢了。当然也有用，
就是让沟通早日实现（即实验者失去生命）。

▶ 那是爱德华叔叔发出的警报，他割掉了身
  上的那些电线，将无条件的规则踩在脚
  下，逃脱高级道德的僵直钳制，发出了警
  报。有人想用一根长棍来使他住嘴；还有人
  想用厨房的抹布来中止这种爆炸似的声音。

但是即使被塞住了嘴，他还是一点都没停
止挣扎。他发疯地叫着，一刻也不停，根
本不管他的生命正在这持续的哮吼声中流
走，也不顾他正在每个人的视野里流光他
的血，这致命的发作正在使他完蛋。⁽¹⁶⁾

　　爱德华叔叔感受到了令他窒息的死亡意识（世界末日的传言）的
包围。而最后的最绝望的沟通努力也到了关键时刻。只有拼死突围是
唯一的出路了。于是他就用鲜血写下了艺术的悲歌。他因矛盾爆炸而
死，终于变成了"自然人"。描述者说，直到这时他才踏上了永恒的
最高的阶梯。他的灵魂升天了。

　　但是世界末日并没有到来。为什么呢？据说自然对于人性的设计
中置入了一种类似虚荣的抱负，人们称它为"时尚"，就是这种东西
制约了欲望，它使欲望每次高涨到一定的时刻就被废弃而闲置。"时
尚"使得人类不至于死于无限止的欲望，也使得人类历史变成了纯粹
的循环。人类的欲望由于先天不足，总是无法同他们的抱负相称，正
因为如此，所以本应壮观的死亡场面最后转化成了滑稽戏。

　　在创造的欲望高涨之际，人就会遭遇到虚无感和死亡意识的袭
击。"世界末日"事件就是这样到来的。精神近乎崩溃的人们散布在茫
茫宇宙间，完全被虚无所包围，但这也是他们所愿意的、多年追求的
氛围，他们为此而激动。象征欲望的彗星就是出现在末日氛围里。这
就像一幅艺术家创作的蓝图。无边的宇宙中，所有的事物都是由一种
神秘的力量控制的。彗星是发育不良的有病的人类的胚胎，但毕竟，
它在天空里发出过耀眼的光芒。人只能有这种创造力，艺术和历史只
能一轮一轮地循环。父亲知道这个秘密。他虽充满热情地体验死亡，
但也深深地懂得欲望的规律。

▶ 在黑暗的公寓里只有我父亲一人还醒着。他
穿过那些充满了睡眠的单调演奏声的房间默
默地漫游。他有时打开烟道的门，笑嘻嘻地
望着那黑暗的深渊，那里头有一个微笑的侏
儒在灿烂的睡眠里长睡不醒。他被封在玻璃
囊里头，沐浴着荧光。他已经被裁决过了，
被抹掉了，被锉平了。他成了巨大的空中档
案库里面的又一张卡片。⁽¹⁷⁾

掉下的彗星成了胚胎，现在又发育成了小小的侏儒。这侏儒将长
大成人类。人类在灭亡的威胁之下将一次次回到本能，重新开始。这
种机械循环是自然的规定，也是人类唯一的出路。既然人在生前无法
同自然沟通，就只有寄希望于死后。这同宗教很相似。正如作者将美
归于自然的属性一样，此处又将精神看作自然的属性，而不是人的属
性。他认为人的历史无所谓进化，他的悲观永恒不破。

如果欲望仅仅只是昙花一现的彗星，创造的源泉从哪里来？又如
何接续？将人看作受制于神秘的命运的种族，最终不也就低估了生出
人类的自然吗？作者的世界观里头的矛盾是一个死的矛盾，一个不能
够发展的矛盾，他因此而痛苦。整个"彗星"篇是作者对于人类、对
于艺术活动的挽歌似的自嘲，这种描述既痛心，也流露出某种自豪。
当然这种自豪是以承认自身的"缺陷"，承认人在自然面前的无能为
前提的。

注:

注1—注17 的引文引用了企鹅出版集团 2008 年出版的布鲁诺·舒尔茨的作品《鳄鱼街及其他
作品》一书的英译本。全部引文由残雪翻译。

《沙漏标志下的疗养院》

—— 读布鲁诺·舒尔茨

相对于《鳄鱼街》，这一部作品更老练，也更接近于作者的精神自传。其中最精彩、最无懈可击的一篇就是标题篇《沙漏标志下的疗养院》。

创世圣经书

由于作者在这部书中要描述的是天才的精神生活，所以一开始他就要描述精神的起源。那么一个人，在幼年时代，他的精神起源于什么？作者认为起源于某种神秘的、天才身上与生俱来的"信"的冲动。如果你是一名天才，你就具备了这种冲动；如果你具备了这种冲动，你就是一名天才。这似乎是由上天所定，某种程度上也得自遗传（如小说中父亲对我的影响）。正因为作者持这种世界观，这部作品的前面写得不太精彩，也不具有现代意识。

"我"幼年时代的自我启蒙不是通过镜子（对周围人和事物的辨认），通过自己的精神实践活动来完成的，而仅仅是通过我身上某种神秘的冲动、能力来完成的。我一生下来就与众不同，我具有非凡的能力，能够看见真理。我为自己的这种能力而痛苦，因为没人能真正理解我，与我沟通。

▶ 一个黑暗的冬天的早上（在重重黑暗的下面，
   不屈的黎明正在那深处发光），我醒得很早。
   当时有一大群雾状的影子和符号还拥挤在我

的眼皮底下，我虽醒了，还在混乱地做梦，我梦到那本古老的、我忘记了的创世书，各种各样的后悔折磨着我。

▶ 没有人能够理解我，我为他们的愚钝所苦恼。我开始骚扰着我的父母，更加急切地唠叨，愤怒而不耐烦。

▶ 我赤着脚，只穿着睡衣，激动得发抖。我抚弄着父亲书架上的书，又气又失望。因为我是对着目瞪口呆的观众描述无法描述的事情。这件事无论是用词语也好，用颤抖的伸长了的指头画出来的图画也好，都不能够说清它。我没完没了地解释，自己觉得自己的话又复杂又自相矛盾，因而累得不行，后来我绝望地哭起来了。[1]

我（天才）想要再现的是某种纯美的意境，这种意境在我很年幼的时候曾出现在我和父亲之间，后来就一去不复返了。但我坚信那种意境是写在那本创世书上，所以我一心想找到那本书。后来我终于找到了那本书的一些残篇。残篇上记录了这样一个宗教故事，说的是一位秃头圣女以虔诚的祈祷和模范的生活感动了上帝，而获得了一头丰盛的头发和医治脱发的秘方，她的亲戚和整个村里人也因此受益的事。

▶ 我在艾德拉的手臂上读完了这个故事，我心里突然冒出一个念头：这就是那本创世书，是它最后的几页，非正式的增补页。踏破铁鞋无觅处，得来全不费工夫！虹的碎片突然在墙纸上跳起了舞。[2]

我要寻求的就是这种美德和信仰。所以一个简单的民间故事就解决了我的问题。然而艺术和人性并不是能用如此简单的信仰来说明的。艺术家必须先有实践，才能在实践中确立起信念。盲目的信仰产生不了审美活动所需要的强大动力，艺术也将因此难以为继。就是因为作者没能处理好人性的矛盾，所以这个故事的开场白写得比较苍白和做作。

残篇接下去说到那个古老的村庄已经消失了，只有一些流落各方的年老的残疾的风琴手有着村庄的背景，他们站在街角用简单朴素的旋律给路人带来安慰和共鸣。他们的歌曲总是同一个主题，似乎单调，却总能引起共鸣。这里说到的是艺术的本质了，是他的关于天才的故事的前奏。

▶ 让我们回到"原作"。我们从来没有将它抛之脑后。在这里我们要强调创世书的一种奇怪的特点，读者一定对这一点已经非常清楚了，这就是：当它被阅读之际，它会展开，它的界线向着所有的潮流和波动敞开。[3]

作者还举了金翅雀的例子。一群群的这种鸟儿从风琴手的风琴里随旋律一阵阵飞出来，越来越多。

这两个例子说的都是精神的磁场。人的艺术活动的周围就会形成这样的磁场。所以关键是行动，你的信仰只能在你的行动中体现。

作者认为时代是靠天才撑起来的，这种观点并没错，只是关于什么是天才的问题并没有深入探讨，只是想当然（也许是时代风气的影响）。

那么什么是天才？我认为天才就是那些对精神事物超级敏感，并有力量发展精神的人。我还认为力量和敏感都可以通过追求精神的实践来不断加强。能够将追求活动贯彻到底的人才是天才，因为在追求过程中精神会像滚雪球一样越来越强大。而那些仅靠自然赋予的灵感发挥才能，不去有意识地锤炼自己的人，很难使自己的才能达到极致。

天才的时代

▶ 你听到过时间在平行的两股道中流动的事
吗？是的，这样的时间的支流是存在的。有几
分非法，有几分可疑……让我们来努力从历史
的某个瞬间找到这样的一股支流吧。那是一条
暗道，非法事件就从那里流进了历史。[4]

天才诞生在普通人的家里，他能看见真理之光，他有着狂暴的性格，家人和邻居都不理解这个小孩。他的手天生能画出奇异的线条和色彩，连他自己也控制不住他的手的动作。但周围的人都不知道他画的是什么，他的表达是奇异而不可理解的。

只有一名刚从监狱里出来的小偷看懂了孩子的创造物。小偷决定对孩子进行生活的启蒙了。小偷与孩子的这个精彩的寓言故事揭示出了我们存在的最深的奥秘。

▶ "舒尔马！" 我从我们一楼低矮的窗户那里
喊道。
▶ 舒尔马注意到了我，愉快地微笑起来，敬了
个礼。
▶ "广场这里只有我们两个人呢。" 我轻声对他

说话——因为膨胀的球形的天空像大桶一样

发出回声。

▶ "我们两个人。"他悲哀地微笑着重复我的

话,"这世界今天是多么空旷!" (5)

然后启蒙就开始了。

小偷舒尔马真诚地赞美了孩子的绘画天才,言谈间显示出他的确是个多愁善感的艺术行家。而他自己也由于这种对于美的热爱马上产生了自我意识,立刻就为自己那堕落的生活辩解起来了。由此可见美是激发人向善的,无论什么人,只要他追求美,就会在某种程度上向善。

当我告诉舒尔马我的灵感来自于女仆艾德拉的丝带、香粉和高跟鞋时,舒尔马举起那双秀丽的女鞋感叹道:

▶ 你懂得这个女人脚上的符号所包含的恐怖性

的挖苦吗?你知道穿着这样精致的高跟鞋

行走有着什么样的放荡的挑逗吗?我怎么

能留下这个符号,让它来支配你!上帝禁止

我这样做…… (6)

舒尔马熟练地将艾德拉的美丽的小东西一一放进他的衣袋,快步走了出去。这就是小偷给天才所上的关于生活的第一课。天才不能生活在半空,他如果要维持自己身上的能量的话,他就必须介入世俗,在某种程度上像小偷一样弄脏自己的手。当然,这还不是一个纯粹的现代主义的寓言,因为舒尔马在反省自己的时候并不彻底,他将自己堕落的责任全部推到上帝身上去了,所以他没有找到出路,只是继续一种纯粹的循环的生活。不过将天才与小偷并列的描述还是显示了作

者的深度。

相比之下，这个寓言之前关于幼年天才的描述显得不太自然，有点观念化，没有挣脱古典文学的束缚——将天才与生活对立的僵硬的二分法。这种观点自然而然会将天才解释为神秘现象。

春天

春天是孕育欲望的季节，欲望包含着无数可能性，我的向善向美的追求将使这个混乱而生机勃勃的季节成形。出现在春天的欲望中心的是一位名叫毕安卡的少女。不过在春天刚刚来到，我同她初次邂逅时，我还不知道她就是我的命运的主宰。

遇见美少女毕安卡的那一天和梦境差不多。

▶ 我们在渐满的月亮下行走。我的父亲和摄影师两个人几乎是提着我在走。因为我累得磕磕绊绊，几乎迈不动脚步了。我们的脚步吱吱嘎嘎地踩在潮湿的沙土上。我在行走中睡着了好长一段时间，而现在，我从自己的眼睑下看到整个天空发出磷光，充满了亮闪闪的标记、信号，和被星光照亮的奇迹。最后我们来到了一块开阔地带。父亲将外套铺在地上，将我放在外套上。我还是没睁眼，但是我看到了太阳，月亮，也看到了十一颗星在天空排成一线，在我面前游过。[7]

这是欲望要成形前的引子。那么欲望将会演出一场什么样的戏呢？于是道具出现了——象征着时间和空间的集邮簿。这小小的美的承载物，将历史和地形尽收其内，带领读者进行了一次心灵的探索。

在心灵的王国的中心（集邮簿），约瑟夫国王一世那邪恶的绝对的否定力量是一切事物成就自身的前提。你必须通过他来体验辉煌。而邮票的世界是无边无际的，超出了我的最大胆的想象！专横的约瑟夫为世界现有的一切定下了不变的调子，我这个毛头小子却暗藏着那几乎不可能有的野心。我的力量从哪里来？只能从上帝那里来。是上帝赐给我了集邮簿——这汇集了真理和辉煌的小本本。然而约瑟夫盘踞在它里面。莫非他也是真理的一部分？我的艺术生存的真理将从这本集邮簿渐渐展开，它是我打通古典与现代的武器。就这样，我从集邮簿里唤醒古时候的幽灵和世世代代的爱恨情仇，通过他们来进行一场现代主义的高超技巧的演出。

▶ 啊，弗兰茨·约瑟夫，你和你的沉闷的真理
    缩得多么小了啊！我徒劳地寻找着你，最后
    我找到了你。你在人群里面，可是你变得那
    么小，那么不起眼，那么灰溜溜。你同另外
    一些人一道在公路的灰尘里面行军，紧跟在
    南美洲后面，澳大利亚在你后面。你同其他
    人一块高唱："赞美上帝！"(8)

我在上帝的帮助下从心理上战胜了这个独裁者和屠夫。作者此处的描写是动摇的。弗兰茨·约瑟夫一世到底是谁？他在这个艺术表演中扮演了什么角色？如果他扮演的是人的理性的角色，为什么还要有一个上帝来使他一钱不值？机械的人性二分法在此处又一次妨碍了作者想象力的进一步发挥。这个上帝实在是多余的，作者因为将约瑟夫简单化而自身陷入了混乱。

约瑟夫应该是审美（复仇）活动的前提，强有力的否定力量，以邪恶来达到正义之力。艺术家要体验辉煌，就只能在这种钳制之下去

体验，在同他的搏斗中体验，而不是从上帝那里借力，那太空洞了。

关于春天，关于潜意识中的欲望的悲哀描写是动人的：

▶ 有如此多的未曾诞生的故事。啊，这些根须
之间的哀婉的合唱！这些相互抬高价值的故
事！这些突发的即兴表演里的没完没了的独
白！我们有耐心倾听他们吗？在最古老的传
奇之前还有从未听到过的传奇：还有无名的
先驱；没有标题的小说；巨大的，暗淡失色
的，单调的史诗；自由组合的，行吟诗人的
故事；无形的情节；没有脸部的巨人；为夜
晚的云层的戏剧性事件写下的黑暗文本。⁽⁹⁾

美中不足的是没有指出这些欲望的规律。欲望如何样从黑暗的底
层浮上来？如何样成形？仅仅依靠对上帝或"自然"的信仰是启不动
他们的。然而我从后门闯入了地狱——人的深层欲望。这个后门就是
陈列古代名人蜡像的展览馆。我之所以要闯入还是体内的青春活力所
致，对上帝的信仰至多只能排在第二位。蜡像馆陈列的是个人灵魂深
处的历史，我的闯入是人性矛盾突围的结果。

▶ 啊，深不可测的人的邪恶！真实的地狱般的
阴谋！谁的大脑里能产生如此恶毒的、魔鬼
般的念头？比最为绞尽脑汁的想象的飞翔还
要大胆？我对这个狠毒的阴谋的探究越深，
就越对这个邪恶念头中所包含的奇异的背
叛、天才的设计感到迷惑。
▶ 于是我的直觉使得我迷路了。就在这里，用

表面的合法性掩盖着，在一个由条约保障着
的和平时代，一桩让人毛骨悚然的罪行犯
下了。在彻底的寂静中，一出阴沉的戏剧演
出了。这出戏被秘密所包裹着，春天显出单
纯的外表，没人能猜到或探测到这出戏的
内核。谁又能想到在这个被堵住了嘴、骨
碌碌地转着眼的沉默的蜡像与文雅有教养
的、举止优雅的毕安卡之间，一出家族的
悲剧正在上演？毕安卡究竟是谁？ (10)

　　我的想象力的冲动将我带入了历史的深处。那种冲动既是青春的
热情也包含了宗教情怀。可是最本质的东西应该是自我探讨和自我测
试吧。"故事"只是人的游戏，真正的内核是精神的探索。我造出毕
安卡，我动员起我血液中的古老元素，去进行一场突围战争，以弄清
精神的倾向、自我的真实意志。毕安卡是谁？她是幸存下来的人的精
神；她是我们内面的不安的骚动；她是文明世界里潜伏的年轻的兽；她
也是艺术家在现实中的理想和彼岸。一切都是发自人性，而不是某种
外来的力量。现实的空虚和沉闷不堪忍受，使我要突围、我要演出。
当我生出这种强烈念头时，包围着我的"自然"就开始挑逗、暗示我，
间接地告诉我路在哪里、怎样入门。在这种意义上，春天就是我，我
就是春天的意志的表演者。可是如果我不表演，我就同春天无关。这
是一个互动的机制，是我要进入到里头的，因为我要同人交流，我要
爱。进入到那里头之后才发现那机制是多么的阴森，要将爱从千年的
仇恨之下解放出来需要何等的奇思异想，何等的勇气，何等的决绝。
但我就是为这而生的，春天已经告诉了我这一点，她还为我送来了道
具（集邮簿）。

▶ 集邮簿是我进行探索的指南针。春天是愚蠢
的，对任何事都不加区分。她用生长物覆盖
所有的事物，将道理和胡说八道、和笑话
搅在一起，彻底的无忧无虑！她会不会也是
同弗兰茨·约瑟夫勾结在一起的呢？他们是
不是被一个共同的阴谋绑在一起的呢？ (11)

天才的作者已经感觉到了否定的力量在创造中的作用！可惜这一
类感觉在整个作品里只是昙花一现。宗教感总是占了上风，窒息了人
的活力。当然，正因为作者对精神事物感觉敏锐，故事仍然以他的想
象力为先导而突围。神秘的黑人们和那些穿黑色晨服、神情狂暴的绅
士出现在城里，虚构的时代的暴风雨成为寓言的背景。我的欲望在胸
中达到顶点，突围开始了。

▶ 墙上挂着植物的图片，色彩鲜艳的小鸟在很
大的笼子里飞。也许是为了赢得时间，这个
人将那些挂在墙上的原始武器的样品指给
我看——飞镖啦，钝头木标枪啦，石斧啦等
等。我的敏锐的嗅觉还嗅出了马前子毒药的
气味。而他正摆弄着一种古老的戟…… (12)

豪宅里的男人其实就是弗兰茨·约瑟夫的替身。这种远古之力与
现代理性的撞击需要一个否定的化身，一个独裁者，他的作用是推动
表演。他该出现的时候就出现了，凭直觉写作的作者创造了他。他貌
似毁灭者，实际上是催生者，他催生了我心灵里头的一场革命，使我
成熟壮大，成为男子汉。古老的帝王的故事，经典的精神的形式，二
者天衣无缝。这是现代主义文学惯用的高超技巧。那么弗兰茨·约瑟

夫到底要干什么？难道不是他在促成我的成熟吗？原始氛围里孕育的是两种气质：英雄的与恶魔的，二者缺一难成艺术家。

那么毕安卡，我不顾一切地要为她献身的女神，我的艺术之梦，她的德行如何？

▶ 你那死板的忠诚，你的使命意识才真是荒
　谬！只有上帝知道你为什么要设想你自己是
　责无旁贷的。如果我选择鲁道夫那又会怎么
　样？你是个令人厌倦的学究，我宁愿要他不
　要你。哈，他会顺从我，同我一块去犯罪，
　一起自我毁灭！⁽¹³⁾

女神突然变成了淫荡的女人，欲望浮出水面。我从未见过女神的这一面，自然是完全不能理解。我要为她复仇，她却要我同她一道犯罪。我该怎样领会她的意图？莫非，她同那万恶的约瑟夫串通过了？！已经开始了的事业一定要进行到底，我已经没有退路了。我是如此的决绝，甚至断掉了自己的后路。

▶ 不幸的是我将它们（对春天的错误认识——
　作者注）织进了我自己的织物中。我将我自
　己的爱好强加到这个春天身上，我发明出自
　己的说明书来解释她那巨大的繁茂，我想根
　据我自己的想法来操纵她、引导她。春天一
　度使我冲昏了头脑。然而她自己是有耐力
　的，毫不在乎的，差不多没有意识到我的存
　在。我将她的缺乏回应看作容忍，看作同

我一致，甚至看作同我合谋。我认为我可以比
春天自己更好地解释她的特征，她的最深的意
愿，我能够看懂她的灵魂，能够预测那种她因
为自身的巨大而无法表达的东西。我完全不顾
她那野性的、不受限制的独立的迹象，我忽
视了她那暴力的、不可预测的骚动。(14)

　　我在自己的理想遭到打击，全盘"失败"之后说出了上面这番
话。实际上，我隐隐约约地意识到了这个失败的结局。但我是一名艺
术家，我在创造时，自己的意识只能紧跟在自己的想象力后面，绝对
不可能超前，这是上帝做出的规定。所以我满怀激情地去夺取胜利。
我遭到失败之后，只能以失败的崇高感作为自己的满足，这就是造物
主给我安排的命运。而我的理想、我的梦中情人毕安卡以她的背叛成
全了我的崇高感。说到底，难道我不是从一开始就是一心要表演崇高
吗？现实生活是何等的无趣、沉闷和枯燥！人只有在表演中才能获得
自己所需要的那种满足。正因为深知我的本性，艺术女神毕安卡才以
她那高超的变幻术引导着我深入那个核心。那么她是谁？她只能是我
心灵深处的那种骚动，那种扬善抑恶的冲力。我表演了失败，我因我
的表演而有了这篇美的作品。

沙漏标志下的疗养院

　　我终于来到了艺术的核心领域，坚守者的最后阵地——疗养院。
　　疗养院是死人（对尘世生活、对人性彻底绝望的人）的居住地。
　　疗养院的一切活动都是以死为前提的阴沉表演，不是为了意义，
只为展示英勇。疗养院是人心中矛盾最尖锐的地方，所有的人都要直
面内心。但本性中的邪恶也更显目。疗养院的时间是特殊的沙漏中的
时间，每一秒钟都指向永恒。这种严厉令人难以忍受，却也使人坚忍

不拔。

　　疗养院里不允许世俗欲望，正因为如此，欲望在死亡的纠缠之下令人发指。

　　疗养院的机制就是艺术的机制。艺术家在创造时不会明确知道这是以死为前提的表演，他只是模糊地感到这一点，他权当自己将在世俗中永生那样来表演一回。

　　以上是疗养院的原则。

▶ "我们的病人都不知道这件事（自己已经死了），也猜不到。这种操作的全部秘密，"他很乐意地屈指说明这个机制，"在于我们拨回了时钟。在这里任何事情的发生都晚一段时间，我们不能确定晚多久。整个事情是一个相对论的问题。你的父亲在家乡已经死了，但这件事在我们这里还没发生。"

▶ "那样的话，"我说，"我的父亲一定在临终的床上了，要么就是快死了。"

▶ "你没有明白我的意思，"他的语气里有强忍着的不耐烦，"我们这里是使过去的时间复活的地方，复活的时间里包含了它的所有的可能性，当然也就包含了身体恢复的可能性啊。"〔15〕

　　总设计师戈塔德医生深谙艺术机制的秘密。所有的艺术家都在疗养院里得到他那种特殊方式的照顾。而他自己，是一个同女服务员鬼混的色狼。这是因为原则总是有那样一些缺口，欲望就从这些缺口钻过去了。从事艺术的人不可能彻底杀死欲望，如果那样的话，艺术本身也被杀死了。戈塔德医生是这个迷宫里最最暧昧、最最矛盾的人，他将人性的两极集于一身，操纵着这个疗养院。当我要找他的时候，他就失踪了。他以"不在"来显示他的处处"存在"，这正是核心人物的特点。这样一种人，他那无处不在的强大精神向所有的可能性敞开，因为他就是自由的化身。他在小桥上向我发表演讲；他在手术室里让病人起死回生；他小心地维护着父亲的精神的存活；他的疗养院纪律严明却又到处是规则的缺口，甚至连我母亲这样的俗气女性都钻了进来。

我的父亲在这样一个半真实半虚构的地方进行他的事业，虽然谈不上很大的幸福感，但内心充实，信念坚定，一举一动都呈现出一种英雄主义的悲剧感，令人肃然起敬。同卡夫卡的城堡里的 K 形成对比，这里的表演者是坚忍型的，排除了精神享受的，宗教的味道更浓。在世人看来无比窒息的氛围里，我的父亲体验到了自由与崇高。他每时每刻看见沙漏，每时每刻活在永恒之中。作者表示对这种"二手货"的、缺乏感官满足的时间不太满意，可是这难道不正是他追求了一辈子的境界吗？创造中的艺术家必须有所牺牲。

▶ *每次我经过他的笼子时就会怕得发抖。他一动不动地站在那里，被短短的链子拴住，密密覆盖他头部的、纠结的狗毛发出光晕，他长着颌毛和颊须，他的有力的下巴在展示他那一口长牙。他没有吠叫，但他那粗野的脸一看见人就扭歪着。他的表情因无边的愤怒而变得僵硬，他慢慢地抬起他那吓人的嘴巴，爆发出一种低沉的、狂热的、痉挛似的吼叫。那正是从他的仇恨的最深处发出来的声音——一种绝望的吼叫，一种对当下无能*

状况的哀哭。⁽¹⁶⁾

我从满街混乱的欲望骚动中跑了出来。我也自认为已经躲开了欲望。没想到我正是朝着"狼人"跑去的。我终于同这可怕的大家伙面对面了，我躲不开他，也认不出他。他是谁？其实他，这个狼头人身的家伙，正是我内面被文明死死镇压着的欲望。我害怕他就是害怕自己的欲望，我无法同自己的欲望面对面。欲望是收买不了的，我拿出钱来时，他那激怒的表情着实吓了我一跳！他紧跟着我，他想要我对他下指示。可是我怎么知道如何指挥他呢？我被自己内面的这个魔鬼吓掉了魂，而且我也对他感到恶心。我唯一的出路是逃离，逃到看不见他的地方去。

然而我的父亲并不怕狼人，大概因为他早就将自己体内的狼性灭掉了吧。艺术家要生活在"二手货"一般的时间里，首先就得消灭世俗欲望。这是作者的观点。

歌德的魔鬼却同这相反。那是个用世俗欲望来塑造精神的老手。他比我，也比父亲更加生气勃勃，充满了健康的活力。梅菲斯特精通辩证法，所以才能巧妙地将欲望转化为精神，让浮士德一直创造到老。如果欲望是精神的死对头，艺术家的能量就只能从宗教或上天的赋予而来，而那种源头显然是不够充沛的。这也是为什么我的父亲虽然坚忍，却在强大的虚无感的袭击下显得很苍白的原因。他对"二手货"的时间暗暗不满，但他又只能过这种禁欲的生活。他把自己看作一种特殊的人，一种纯精神化了的符号。这都是作者所做的"精神——肉体"的机械二分法的体现。

但是这一篇是全部作品里头写得最美的。时间的分岔，欲望与精神的纠缠，精神突围的悲歌或赞歌，精神内部机制的微妙与暧昧，神话般的背景，审美的力量等等充满激情的描述，达到了作者创作的顶峰，能够久久地让人心激荡。标题《沙漏标记下的疗养院》本身描绘的就是这样一幅永恒、静穆而又隐藏了骚动的时间画面。

多多

这一篇描述了艺术家的两个精神层次。

多多是艺术家的日常状态，他以放弃生活为生活。每一次放弃，每一次主动边缘化都是一次新的体验。艺术家不可能彻底孤独，因为灵感的源头在世俗里面。所以多多按时拜访我们这些亲戚。他也加入谈话，为的是引起误会，这误会也是他的灵感的源头。他的对于世俗的热情同我们的热情完全不同，从根本上说，那是排除了功利的热情。所以我们同他又怎么能够相通？逻辑不同，答非所问。多多处在封闭的时间里，他只能是世俗的观察者。无论他对世俗有多么大的热情，那种介入也是有条件的。这是艺术家的特权，多多有尊严地过着这种既介入又不介入的古怪生活。

> 他周围那些和他同样的人的生活被区分为一些阶段，一些时期，以值得注意的事件和象征性的庄严的瞬间来表明，比如说生日啦、考试啦、订婚啦、提升啦等等。而他的生活呢，只是平稳单调地度过，没有任何快乐的或悲痛的事件来打扰。他的未来更是一条笔直的平坦的小路，没有任何值得惊奇的事发生。⁽¹⁷⁾

自然选中了他当艺术家，那么他就只好做艺术家，其他的一切都要放到艺术理想之下。作者似乎更愿意强调多多的苦行僧的一面，他天生就是悲剧演员，他的命运也是悲剧性的，欢乐似乎与他缘分很少。然而并非如此，多多的内心是有矛盾的，这个矛盾就是：要不要生活？如果完全不介入，还会有艺术吗？

▶ 一次，他在早上离去，到吃中饭了还没回
来。晚饭时也没回来，第二天中饭时还没回
来。雷蒂西亚姑姑都绝望了。然而第二天的
晚上他回来了。他的衣服比上次更脏，礼帽
也被压扁压歪了。但他看上去一切都好，情
绪也很安宁。⁽¹⁸⁾

是一些顽童将多多引向了近似艺术王国的儿童乐园，他只能介
入那样的生活，世俗生活与他无缘。作者虽然敏锐，但其机械的二分
法，在这里又显现出弱点。艺术理想对于一名艺术家来说，确实是至
上的。但是艺术家，尤其是一流艺术家，绝对是要不断介入生活的。
如歌德所说："生命之树常青。"再说儿童的生活也不能同艺术画等号，
因为那种生活还没受到艺术机制的严厉的监控，不够有力量。

不管怎样，作者还是在此提出了艺术家要不要生活的问题，还描
述了艺术家因不能生活所产生的内心的深重的痛苦，以及他对于艺术
的信念。

多多的父亲杰尔姆先生是艺术家的内核。他通过灵魂的收缩看破
了天机：他这一生的使命是每分每秒体验死亡。作为日常生活中的艺
术家是不可能做到这一点的。但每个真正的艺术家的灵魂里都有一个
杰尔姆叔叔。即使艺术家没有意识到，艺术生活中的强大机制也会将
他的日常体验同那唯一的一种体验——永生体验联接起来。那种体验
正是杰尔姆叔叔每隔一会儿就要唠叨一次的谶语："Dee-da……"

艺术家因为爱说真话而在世俗生活里处处碰壁，他经历了无数次
打击之后，便将一颗真诚之心放到了内面。也就是说，他看到了更重
要的东西。这样一种对于时间的守护落到了他的头上。这项使命的完
成不仅仅需要孤独，还需要面对欲望，通过转化欲望的方式来控制欲

望。所以杰尔姆叔叔每天必须同狮子进行大战。

▶ 杰尔姆叔叔同狮子背对背地坐着，他们双方
都感觉到对方的存在，都讨厌对方。谁也不
看谁，他们双方都向对方吼叫，露出他们邪
恶的牙齿，咕噜着威胁的话。[19]

即使是收缩到了核心，仍然是一个矛盾。狮子张牙舞爪，杰尔姆
叔叔长篇大论，每一次都达成了相对的平衡，可以说，这种战争就是
所有艺术家所体验的时间，也就是永生。以内耗来凝结成作品，是真
正的艺术的方式。

以上这两个人物就是艺术的两个层次。杰尔姆叔叔写得更好一
些，因为指出了狮子（欲望）是艺术之源。

埃迪
埃迪是一位靠拐杖和肩部力量来行走的残疾人。这一篇对他的描
述就是对艺术活动的描述。

▶ 埃迪一到大街上就出乎人们意料地改变了。
他将身体伸直，豪迈地向前挺出他的胸膛，
使身体摆动起来。他就像在平衡木上一样用
拐杖支撑自身的重量，将两腿远远地抛向前
方。那两条腿"砰"的一声不一致地着地了。
他于是将拐杖移向前方，以新的动力再次摆
动身体。[20]

这种原始力同理性（拐杖）的相结合的运动正是审美活动的再现。也是出自人的意志的英雄主义的运动，用意念来征服空间的壮举，艺术活动是另类的行走，作为常识象征的双腿是使不上力的，它们只会妨碍你的行走。但我们的勇猛的艺术家，热爱生活，每天在家中操练内力的天才，无师自通地就创造出了这样一种独特的行走方式。

然而埃迪的个人生活又是痛苦的，他必须每天为自己辩护，否则他的家人（自我的一部分）对他的责难就会将他彻底压垮。情感的冲突每天伴随着他，他辩护，他哭喊，心上的伤口每天都破裂一次。

那么，是否有可能去掉拐杖进行活动呢？在欲望高涨的夜晚，埃迪秘密地锻炼着肩部的力量。然后他就开始了尝试。他的目的地是女神艾德拉所在的地方。

▶ 他没带拐杖爬到外面的阳台上。也许你会感到奇怪，生着这样一对残腿怎么能行动。但是埃迪并没有企图行走。他像大白狗一样屈着四肢往那里跳，擦着发出回声的阳台长木板一下一下用力跃动。最后终于到了艾德拉的窗户那里。每天夜里，虽然痛得扭歪了脸，他都将他那白白胖胖的脸贴到在月光中发亮的窗玻璃上。他哭着，哀哀地热切地对她说，他的拐杖夜里锁进了食品橱，他不得不像一条狗一样，在地上四处爬。[21]

他向女神诉说的其实是他最隐秘的愿望——甩掉拐杖，单凭原始之力成就事业。这种梦想在艺术活动里是永远不能实现的，幼稚的。因为审美必须通过拐杖来实现。埃迪的思想很有可能是作者的思想。在此处，作者已到达了审美真相的边缘，只要再向前方迈一步就弄清这个机制了。去掉拐杖就只能成为兽，作者已经写出了这个道理，但作者仍然处在两难之间。他讨厌让理智与认识直接进入艺术（所有的艺术家都如此），他也知道没有判断力是从事不了艺术活动的。不过只有更为深邃的心灵才能弄清艺术之谜。

父亲的最后出逃

父亲是一种骚动着的精神。是精神就要骚动，是精神就会令人不安。他也是人的摆不脱的自我意识，只要你做一天"人"，他就同你形影相随。

▶ 那时，我父亲肯定已经死了。他已经死过很多次了，但他总是留下一些东西来迫使我们修改对于他的死亡这个事实的态度。他这样做对他有利。因为父亲将他的死变成分期连载故事，已经让我们熟悉了他的死亡。[22]

这是我们的精神在对我们启蒙。父亲（精神）决意成为世俗中的我们的心病。他忽隐忽现，无处不在，终日作怪，让我们无法在生活中心安理得。他我行我素，不同我们这些俗气的家人为伍，却又时时刻刻惦念着我们。而他的这种惦念的目的就是要让我们不安、烦恼，让我们感到他的存在而不能放肆。

▶ 不可忽视的是，他还表明了某种理智，甚至还有幽默感呢。比如说，他每次都在就餐时间出现在饭厅里。虽然他来吃饭的举动纯粹是象征性的。假如吃饭时饭厅的门碰巧关上了，而他被关在隔壁房里的话，他就会在门

的底部刮呀擦呀的，沿着那条缝上上下下的
弄个没完，我们到头来只好给他开门。⁽²³⁾

以上是化身为螃蟹的父亲的活动。就像甩不掉自己的天性一样，我们也甩不掉父亲。很显然的事实是一离开他我们就成了一群道德腐败的家伙。父亲回家来干什么呢？当然是来监控我们的，他要让我们的良心永世不得安宁，让我们夹起尾巴做人。他对于人性有着深刻的洞悉，他认定与我们为敌、威慑我们是他的终生使命。我们对付不了这样一名顽强的敌人，首先垮掉的是我们的母亲。

▶ 父亲被放在一只碟子里拿出来了，我们回过
神来，明白了已经发生的事情。他的身体被
煮得肿胀起来，变大了。他呈淡灰色，成了
胶状。我们沉默着坐在那里，目瞪口呆。⁽²⁴⁾

是母亲谋杀了他。因为她焦虑得没法活下去了，只能出此下策。我们为什么会为一只螃蟹有如此可怕的焦虑？那是因为我们生命中有说不尽的耻辱、羞愧，只要看到他的身影，我们就觉得自己真该死！我们生存的根基也被抽空。危险的敌人，你死我活的战争。人生就是煎熬！

▶ 一天早上，我们发现那碟子空了。一条腿留
在碟子的边缘，凝结的番茄汁和果冻裹住了
它，也留下了逃跑的痕迹。虽然被煮熟了，
又在逃跑时脱落了腿子，他仍然运用他余下
的力量拖着自己往前走。他要开始无家可归
者的漫游，我们再也没有见到过他。⁽²⁵⁾

然而父亲将内疚和恶心感留给我们了。只要我们还活在这大地上，还没有丧失人性，我们就再也不会有内心的平静。这到底是不幸还是幸运？是不是因为有了他这个庞大的存在，这个永远的痛，我们才不至于堕落下去？怪异的、幽默的、无处不在的变形者啊，人越是要摆脱你，你越是沉入他们灵魂的深处。

注：

注1—注25的引文引用了企鹅出版集团2008年出版的布鲁诺·舒尔茨的作品《鳄鱼街及其他作品》一书的英译本。全部引文由残雪翻译。

艺术家的春天的故事

——读布鲁诺·舒尔茨的《春天》

春天——精神的世界，生命力产生的场所。

夜——欲望

毕安卡——努斯，灵感与想象力

M. de V——推动故事的力量之一

蜡人——艺术舞台上的演员

弗兰茨·约瑟夫国王——逻各斯，否定精神

鲁道夫——毕安卡的助手

"我"——探索迷宫的艺术家

别墅里的男人——艺术迷宫的守护人，"我"的引路人

集邮簿——人类精神史，结构图

在那个美丽的春天里，在"自然"的反复暗示之下，"我"体内的生命力爆发出来，开始了探索艺术结构的漫长历程。一切都在暗地里发生。一个由邮票簿作为背景的、古代王宫的阴谋悬在"我"的头上，然后渐渐地展开了它那似真似幻的图案。审美活动中行使艺术职位的人物各就其位，将阴谋之网向纵深拉开，并激发着艺术家心中的热情，使他将崇高的表演进行到底。

春天的意义到底何在？艺术家在春天里能够做什么？他内部的那一股骚动的力量究竟会凝聚成什么样的图案？艺术家要成就的事业会具有什么样的意义？这是在春天的故事孕育之际作者通过种种暗示反复向读者提出的问题。那一大段关于小饭馆，关于季节，关于星辰的

描述就是进入艺术阴谋之前的序曲。然后"我"就开始了英勇的探索。

从邮票簿里走出来的弗兰茨·约瑟夫国王是一股最高的否定的力量。他凶残、阴险，不可抵挡。实际上，在这个离奇的历史故事里面，是他和公主毕安卡合谋，演绎了艺术的真谛。在古老的历史的尘埃之中，残忍的暴君那悲哀的身影成为一个神秘的定格。为了成就艺术事业，艺术家（国王约瑟夫）杀死了自己的人间情感——他的弟弟。他的事业也从此染上了血的颜色。在国王约瑟夫的世界里（即艺术世界），永远不允许情欲的直接释放，这是一条铁的规律。正因为如此，约瑟夫国王的脸上从未出现过人间的表情。他为天国的事业日夜焦虑不安，但一旦阴谋发生，他永远不会手软。那么，多年以前被从他的王国里逐出去的王妃，还有后来出生的公主，如今成了什么样子？

毕安卡公主以非人间的美丽的面貌出现在我的面前。她已经被那位逻各斯国王用铁的纪律规范成了一名淑女。可以说，我在整个事件结束之前从来也未看清过这位公主的真面目。我似乎永远只能一厢情愿地将她想象成我根据集邮簿推理推出来的弱小的公主，一位需要我来解救的梦中情人。

我怀着一腔英勇的情怀暗自努力操练。我要激活那些蜡人身上的古老的爱恨情仇，带领他们同我一块去为公主复仇。我的复仇事业因为我对公主的爱情而显得无比神圣。我听到了命运的鼓点，但我并不明白这鼓点的意思。但无论我明白或不明白，对于我正在进行的事业并无妨碍——情感一经发动，就具有向善的必然性。

然而当我进入到阴谋之网的最里面之际，真相向我展开了它那狰狞的面目。那么弱小的、被看不见的牢狱监禁着的毕安卡，却原来是个荡妇。她欺骗了我，利用了我的感情，最后却背叛了我，同她那血统低下的父亲以及她的情夫逃跑了。我捍卫着一个不存在的正义，成了可笑的失败者。可这个结局难道不是我一直在冥冥之中追求的吗？我想成为英雄，于是就成为了失败的英雄。我想爱一个人，于是就爱了，只不过在艺术中只允许精神之爱。我误解了毕安卡，可是这种误解是我所从事的艺术的本性——即在误解中突破。毕安卡仍然是那个美丽的女神，但女神是有层次有内涵的。也就是说，人的精神是由世俗的欲望滋养着的。揭开面纱，女神的本性成了荡妇。要不然她怎么能在艺术活动中制造如此异想天开的阴谋？

春天孕育的是多么凄凉又多么英勇豪迈（虽然有点稚气）的故事！有着逻各斯血统的毕安卡，深通阴谋的发展规律，在暧昧的氛围中从头至尾协助着我的表演。难道我不是表演了艺术的规律吗？英勇的悲剧角色不正是我这样的艺术家的宿命吗？毕安卡就是我的魂，我的努斯，她是永远不会犯错误的，因为她那古老的王族血统给予了她敏锐的辨别能力，也因为天边回响着弗兰茨·约瑟夫国王的命令的回声。然而她也向我揭示了她的底蕴（也就是我这个艺术家的底蕴）。她暗示我精神来自生命，来自邪恶的欲望。我必须在艺术活动中邪恶地发挥，叛逆地冲刺。只有这样做才符合她的心愿。在那个时候，我没有听懂她的暗示，我惶惑而失败。而毕安卡，正在为我准备无比阴险的陷阱，她要用事实来教训我（或者说成全我的理想）。

完美的结局终于到来了。这是什么样的完美？卑鄙与崇高的统一；淫荡与贞洁的合流；手段与目的的一致！唯一不完美的是这样一件事：毕安卡的父亲自杀了，我也企图自杀而未遂。既然已经通过离奇的表演实现了真正的理想，为什么还要自杀？是因为这两个人犯下了邪恶之罪，而那位最高的神是容不了邪恶的。所以他们必须死。但是上帝却没有让我这个艺术家死，他根据我所不知道的天上的法则给了我另外一种判决。

布鲁诺·舒尔茨的这个故事的结尾就是他的世界观的反映。在这篇《春天》的精彩故事里，作者几乎就要揭开审美活动的真相，创造的机制已经几乎显形。但还只是"几乎"，他始终差那么一个层次。那么，是什么妨碍了他将这个努斯与逻各斯纠缠不休的审美机制揭示出来？又是什么使得他不能充分发挥他那天才的想象力，而导致了这种比较拘谨的写作？从这篇小说自身就可以看到，是他那浓厚的宗教意识拖了他的后腿。他的《春天》的故事里有这样一个上帝，这个上帝处于他的（作者的）逻各斯（弗兰茨·约瑟夫）之上，并且会在关键的时候打败他的逻各斯，将其驱逐到角落里去。

▶ 我徒劳地寻找着你。最后我找到了你。你在
   人群之中，可是你已经变得多么矮小，不起
   眼，多么灰溜溜！ [1]

　　这个"你"就是约瑟夫国王。让他在艺术作品中变得不显眼是作者的心愿，因为他代表着让人不快的邪恶、扼杀和限制。可是作者凭本能知道，这个角色在艺术创造中是绝对少不了的，所以他对这个角色抱一种矛盾的态度：既接受又仇恨。他认为艺术家的拯救不在逻各斯身上，而在上帝那里，因为这位作家一贯将人类看得很低，他无条件地崇拜创世主。所以在他看来，一名艺术家身上的努斯和逻各斯并不能拯救他自己，只有当他虔诚地皈依上帝时，他的艺术天才才会很好地发挥。因为只有伟大的上帝才会扬善抑恶，艺术自身里头并没有拯救的机制。也许这是作者的最大局限。

　　从这个《春天》的故事可以看出，同毕安卡相比，国王约瑟夫是一个暧昧不明的人物。他的种种特征虽然影射着逻各斯，他却又始终没有走出那个集邮簿，似乎只存在于描述者的抽象抒情里。作者似乎在害怕着什么，也许是在害怕自己那不洁的欲望？

　　再就是那些蜡人。蜡人已经真正死掉了，无论过去有过多么巨大的悲情和仇恨，那些都已经不存在了。现在他们只有一个冲动：为上帝献身。我把激情注入到他们体内，他们的心就燃烧起来。他们决心听从我这个艺术家的指令去为正义而战斗。蜡人是艺术家将世俗情欲

化为艺术追求的例子。只是杀死情欲的比喻有些过于简单。应该说，情欲并没有被杀死，而是转化了。虽然最终的目的是正义，但每个演员各自的转化形态应该都是不同的，不会这么整齐一致。此处的简单化仍然是作者从宗教意识出发对待欲望的那种态度所致。他是矛盾的，有时觉得创造离不了欲望，有时又觉得艺术必须杀死邪恶的有罪的欲望，在那死灰之上燃起圣洁的大火。抱着这种世界观，对欲望如何转化的叙述就比较机械。真正的艺术中不存在世俗道德，一切属于人性，一切归于对自然的赞美。在这首赞歌的下面，是各种类型的欲望在发声，每一种欲望都是宝贵的，是人的财富。

这篇作品的了不起之处在于它是文学史上第一次揭示创作机制的作品，而且它抓住了根本的结构，将其彻底加以描述。虽然在描述中受到宗教意识的干扰而削弱了清晰度，但作者的创作自我意识令人惊叹，在那个时代的确是天才之作，作者是使文学向宇宙灵魂切入的先驱者。

注：

（1）引文引用了企鹅出版集团 2008 年出版的布鲁诺·舒尔茨的作品《鳄鱼街及其他作品》的英译本。全部引文由残雪翻译。

水晶般的境界
——《拇指 P 纪事》的启示

在人类精神文明发展的长河中，作为其基础的人的性爱，同人的艺术追求之间的关系，是日甚一日地变得不可分了。人之所以要将延续后代的性活动上升为爱情，是因为人的内心蕴含着艺术追求的冲动。由于这不可抑制的冲动，人在性爱中创造出了无数优美的形式。在这些形式里，性爱获得了全新的、从未有过的意义，并逐渐地游离其初衷，成为真正的灵肉合一的美的活动。这种令人神往的追求，使个人得以在抵达对象之际也抵达了彼岸。

读完《拇指 P 纪事》这本奇书之后，如果有人要问我：爱是什么？我会毫不迟疑地回答："爱就是艺术。"可以说，爱一个人便是实践艺术的规律。但艺术的规律看不见摸不着，在爱的活动中一切先入之见均被摒弃，人被无依无靠地抛在情感的激流中，是什么在指导着情侣（或艺术家）发挥爱情，又是什么使他或她不至于迷失呢？这就是本书要向读者揭示的。

作者用发自子宫的强大的幻想力所构造的这个艺术世界，在二十世纪众多的性爱小说中显得高高在上，这也是我看到的最为成功的直接将性爱与艺术表演的同一性尽情展示，并探索到精神根源的作品。这个朴素的故事同神秘主义无关，作者叙述口气的直率可以说是"开门见山"。但一位读者，如果他不具备性爱与艺术方面的高层次的体验，如果他又缺乏足够的想象力，他就很难进入松浦理英子看似平易、实则深奥的艺术境界。也许他会用陈腐老套的、世俗的框架来解释这部作品。在我的读后感里，这部作品令人难忘地展示了性爱模式与艺术表演、艺术与世俗的交合、爱情中的自私与自我牺牲、无限复杂的性感与纯净的艺术感觉、艺术家与观众的关系等等有趣的问题，所有这些问题的抒情表达，汇成了多声部的合唱，歌颂着人类不懈地追求着的那种崇高理念。读到这样的作品，我的内心充满了感激，她又一次印证了我心中坚定不移的那种信念。在这个地球上，在我所不知道的陌生处所，有我所不知道的美丽的事物永生地存在着，还有什么是比这更大的安慰呢？除了安慰，她的存在也激励着我战胜袭来的颓废情绪，再一次奋起创造。

一、性爱中的艺术启示

　　女大学生一实的女友遥子，是一个对性爱已经绝望，却又绝不甘心放弃的特殊性格的年轻女子。她在历经情感的沧桑之后，并没有变得玩世不恭，而是忠实于自己的内心，投入了另一种看似暧昧、实际上等同于艺术表演的活动——组建爱侣供应公司。这个公司的活动也就是表演爱情。充满活力、欲望受到致命压抑的这个年轻女子，要将人生当作舞台，通过那种异想天开的表演来解放自己的心灵，使不可能实现的事物（美好的性爱）变为现实。然而，在这一场世俗与理想的残酷交合之中，导演者遥子遭到了惨败，并由此付出了年轻的生命。但这一阶段的发展仅仅意味着艺术的初级阶段，读者也许可以将其看作文学或绘画中的"写实主义"。在这个初级阶段里，艺术家还未勇敢地展露自身——站出来生存。所以这类借助他人进行的表演未能让遥子的心灵得到真正的解放。她死不瞑目。

　　像梦魇一样的艺术境界当然不会因个体的消失而灭亡，遥子的性爱理想——艺术之梦于是移植到了她的好友一实的身上，新一轮漫长的追求历程开始了。作者用妙不可言的手法向我们描述的这个女大学生的梦之旅，实际上揭示的是性爱与艺术之间那种无限丰富而又多层次的、灵动而又立体的结构关系。全新的、充满了现代性启示的语言紧紧地咬住读者的感觉，将读者带入那个陌生而又熟悉的世界。

因为不甘心于自己的失败而将欲望转移到一实身上的遥子，其幽灵促使着一实的性格发生了走向成熟而不可避免的分裂。密友死亡的血红的记忆鞭策着混沌初开的一实进入了生命的深层次的体验，忽然之间世俗的现实在她眼前全变了样：相爱并习惯了多年的男友突然露出了狰狞的面貌，她同他之间突然间激化的矛盾居然到了你死我活的地步；为了保存完整的肉体和精神，她不得不从男友的屠刀下逃生。看来是遥子的亡灵在启发她认识什么是合乎人性的性爱；也可以说是遥子在借助一实的身体实现她自己深藏的本质，并引领一实一步步走向真正的艺术表演（性爱体验）的舞台，由此而实现她自己未能实现的理想。

一步步破除着束缚的一实开始自然而然地来体验全新的性爱了。她与盲人青年春志很快坠入了爱河。那是一种纯真而又放开的、以愉悦双方为目的的、类似人类儿童时代的性爱。由于双方特殊的个性与经历，这种爱情一开始十分圆满。但不论多么美好的爱情，如果她要发展，就必定会在社会中发生冲突。人只有经历了种种的冲突，甚至撕裂般的疼痛，情爱与性爱的观念才会渐渐成熟。又由于一实是一个敏感细腻、善于自我分析的女子，情感的变化便更显得跌宕起伏、出人意料。在情感发展的最后，是追求真实的性感与性爱的那种冲动，将一实推上了艺术表演的舞台，让她通过超脱的性爱表演来解放被束缚的灵魂。而那种莫名的冲动则来自死者遥子的"诅咒"。这强有力的"诅咒"伴随着一实，启开了她蒙昧的心灵，使她一意孤行，并最终使她成为了艺术家。从盲人青年春志过渡到"奇花秀"的女演员映子，一实在充满了奥秘的性爱的海洋中游荡，既探索对方也探索自己那无底的心灵世界。当她这样做时，她的直接的工具是自己的皮肤。所谓"肌肤相亲"其实也是两颗心灵的碰撞。为了让爱欲合乎理想地发挥，一实甚至任由快感混淆了两性的界限，为的是更自由地攀上美感的巅峰。映子是比春志更为成熟得多的情人，她同时也是一位表演性爱的优秀演员。从她身上，一实产生了未被好友遥子唤起的同性间的性爱，这爱情刻骨铭心。相形之下，映子的爱比一实的更为生动而强烈。这一方面是一实较为温和，另一方面，大概也是因为一实仍需开导，才会不断发展自己的感觉与心灵吧。

那么"奇花秀"这个团体究竟是什么呢？以我的感受，"奇花秀"就是也只能是艺术表演团体。她的宗旨是展示理想性爱的崇高境界。这个团体的成员都是境界极高、不甘堕落的艺术家（这从"奇花秀"要吸收一实，而不是吸收晴彦为团员，并直到最后都在不断说服她加入也可以证实）。多年前这些成员在性爱的体验中曾屡遭挫败，他们最终由于一个神秘的契机而走到了一起，并且每个人都在艺术表演中找到了战胜自身痛苦的途径。的确，真正的艺术并不消除痛苦，她只是通过重演痛苦来开阔人的眼界，提高人的耐受力。"奇花秀"的神奇表演既直接而又具经典性，谁要成为她的合格的观众就必须具有同艺术家相似的心路历程。这样的观众必须严于解剖自己、敢于同自己作对。用欲望来挑战理性的习惯，并心怀那种破釜沉舟的决心。然而，在世俗的舞台上去展示高级的心灵的痛苦，显得是多么不合时宜啊。所以在作者的笔下，"奇花秀"在社会中的存在真是无比的暧昧，近似于某种神秘的传奇。这并不是说艺术同世俗无关，作者要表达的，是纯艺术在当今世俗中的尴尬处境，以及艺术与世俗这一对矛盾在交合中的痛苦。作者在此创造的画面既逼真又抽象：读者看到了"奇花秀"的鬼鬼祟祟的存在，她的演员们的不伦不类的、见不得人的表演，似有若无的、难以归类的观众等等等等。这一切，正如团队那辆色情的奶黄色的小巴士上所描绘的美丽的花朵，是一个虚幻而又真实的梦。一个人，当他决绝地否定了世俗中一切龌龊之后，如果他还要自己的肉体生存下去，那么他就只有选择去梦想了。只有在梦想中，在痛苦的重演中，世俗中达不到的理想之爱才会在头脑中鲜明地呈现。在不知不觉中吸引着一实的"奇花秀"的魅力就在于此。同其他的团员一样，一实越是进入到性爱世界的深处，越是觉得自己离不开"奇花秀"。到最后，她的人生和她的艺术干脆就混淆起来，变得无法区分了。这也是艺术发展到高级阶段的特征，看来作者是深谙个中奥秘的高手。

二、一实的实验人生

性格朴实、对生活认真的一实的成长过程，也就是她的艺术化的人生逐渐实现的过程。当一个人于混沌中隐约地意识到自我，并开始追求自我的实现之时，她的人生就会逐渐地起变化。以往认为牢不可破的东西会崩溃，从未有过的东西会被创造出来。

可以说，就在一实意识到遥子对于她的特殊的爱，并在她死后悲痛地来分析这种爱之时，一种自我的裂变就在一实身上发生了。一实只有通过这样的裂变，才会战胜自己身上的惰性，逐渐发展起自己的精神世界，为遥子所渴望过的光辉的瞬间的实现做准备。人一旦失去常识与习惯的支撑，人生就会变得充满惊险，只有叛逆的灵魂才能借助体内强大的生命力的冲动从一个阶段过渡到另一个阶段。这样的人生的确是一种艺术的实验，是那些心怀无穷无尽的渴望，每时每刻执着地活在真实中的人所做的大胆实验。在他们的内心，世俗化为了虚无，对于永生的痛苦而诗意的叩问成为人生的意义。然而在这样做的时候，肉体的冲动又是第一位的，这也是为什么作者直接将性爱的感觉同艺术挂钩，并对称地描述二者的平行发展的原因。一实之所以能够将自己的一生变成艺术实验，其根本还是在于她自身具有的那种不合时宜而又异常执着的欲望。那种欲望的核心是性欲，但表现出来又不完全是性欲，她的形式既丰富又多变，是人这种高级动物所独有的情爱。也只有这样的性爱和情爱才能够超越自身，向艺术的高度升华。这样的爱正如松浦理英子所说的，是"从皮肤到灵魂"的爱，她包含了同情、怜悯、自我牺牲等等人类最优秀的品质，她是一个梦，也是实实在在的皮肤和心灵的体验。

一实所追求的，以和谐、美感为最高境界的性爱，已将原始欲望的初衷甩到了一边。即使从肉体本身来说，这也是一种扩展开来的、多姿多彩的高级感觉。她也许是从生殖器官起源，但这种充分发达了的感觉已蔓延到人的整个肉体，所以有时相形之下，作为其起源的部位倒显得不那么重要了。这样一种性感是一种高层次的文明，必然得到追求真理的人们的认可。所以一旦一实的境界提高了，她的很世俗的男友立刻在她面前相形见绌，成了根本不懂性爱的粗鄙的类型。然而追求是没有止境的，人无法最终抓住理想，只能不停地追求。提高了境界的一实于是很快又发现了自己和新情人之间的致命弱点，并为这弱点所击垮。她陷入了情感低谷。接着青春的活力又一次占了上风，欲望苏醒，更为成熟而细腻的性爱发生，一实在这种性爱中再一次发展了感觉，体验了美的境界。这样的性爱几乎可以等同于一个人的艺术创造，那抓不住的理念始终是欲望的目标，人只有一次又一次地奋起，才会一次又一次地获得。这个"获得"却并不等于满足，不如说人所获得的是遗憾和更强烈的渴望，这二者正是新一轮创造的动力。在世俗中，一实最后是平静下去了（这一点也是很可疑的），但从爱的逻辑来说，追求是没有终结的。只要人的欲望不消失，她对艺术之美的渴求也不会消失。也许人会将性欲转化为其他精神方面的追求，也许她会再次产生新的性爱，这两种模式的目标都是终极之美，而对终极之美的追求是无止境的。

三、艺术表演者与观众

故事中涉及这个主题时的调子是幽默的。对于"奇花秀"的演员来说，他们似乎以一种矛盾的心理来对待他们的观众。既然"奇花秀"

是从很久以前遗留下来的神秘剧种，观众便只能是一些有着特殊嗜好（在性爱或艺术想象方面）的人们。这样的人们是很难归类的，作者对他们的描述也很抽象。大多数时间观众被称为"色狼"，然而这些色狼到底长得什么模样，水平怎么样，作者并没有给我们一个清晰的印象。也许作者同演员们一样，对这个问题的态度是犹豫的，这种犹豫来自艺术本身的二重性。一方面，崇高的艺术是排斥一切世俗眼光的（正如卡夫卡的《城堡》中的克拉姆老爷忍受不了任何一名村夫或村姑的靠近）；另一方面，艺术自身要成立，就不得不同世俗肮脏的眼光发生交合。对于演员自身来说，赤身裸体同观众淫秽的目光交合也许比死还难受；然而一旦进入表演状态，他们就彻底向观众敞开，共鸣就在其间发生了。这个过程是很奇特的，旁人也很难体会，只有身临其境的个体本身才知道内情。正因为这样，"奇花秀"同观众的关系总被一种神秘氛围缭绕，似乎这种关系说不清楚。

《浮士德》中关于艺术表演者与观众的关系在"舞台序幕"一节中的生动对话里得到了解释。一方面艺术家对于观众（这个"观众"也包括表演者自己身上的世俗部分）厌恶、嫌弃得要命；另一方面，为了让艺术摆脱虚无，艺术家又不断地同世俗妥协，甚至为沟通而挖空心思地努力。同样在《拇指P纪事》里，演出也是第一位的，而要演出就必须同观众打交道，艺术精神只能在与观众的共鸣中真正实现。境界是崇高纯净的，体验境界的个体（既包括演员自己也包括观众）则是世俗而肮脏的，那一次又一次激情而痛苦的媾和所诞生的产物便是所谓"艺术效果"。在《拇指P纪事》中，这一点并没有去刻意描绘，但从演员们对观众的矛盾态度中，从演出前那种暧昧氛围的铺叙里，这一点已被暗示给读者。

四、繁树和亚衣子的分歧

这一对情侣来"奇花秀"之前有着完全不同却又极为相似的心

路历程。他俩因为体质或性器官的特异而在人生中屡遭挫折，是"奇花秀"使他们相遇，也是"奇花秀"给他们带来新生的、刻骨铭心的性爱。在色情表演团体中曾同无数贪婪的女人滥交，自己纯粹行使着性工具功能的繁树，其生殖器官早已麻木不仁，根本无法体验自己渴望的那种性爱；对精液过敏的亚衣子则是由于其特殊的体质，不能通过性器官来获得性快感。然而在心底，这两个人都异常热情地向往着理想的性爱。是那种纯净的艺术表演升华了他们的痛苦，于是二人一拍即合，产生了强烈的爱情，并成为心心相印的情侣。对于有着如此境界的伴侣来说，性器官缺陷的障碍当然是可以超越的，这种超越不但不是消除性欲，反而是作为人类的性欲高于动物的、最为优美的展示。所以亚衣子和繁树的表演，虽没有多少人能理解，却正是人类文明的骄傲。

但一个人不可能生活在半空，所以作为"奇花秀"的团长的繁树，虽然酷爱表演事业，也有着一般人的弱点，那就是希望过一种比较奢华的、随心所欲的，又能得到高档享受的生活。这种不纯粹的念头影响了繁树对于艺术理想的追求，其表现是他时常向世俗的压力让步，为票房价值降低艺术的标准。性格刚烈而又冰清玉洁的亚衣子将这一切看在眼里，并由于不能说服情人而深深地痛苦。她觉得，如果自己的情侣不能同她一样的纯粹，她和他之间的爱情就要变质。她就像不能忍受精液一样不能忍受世俗观念对于爱情的介入。最后，由于她的执着，也由于一实表现出来的理想主义的行为，繁树受到了深深的感染。他决心克服自己身上的腐朽之气，使自己更为纯洁、坚定地投入他和亚衣子共同的追求。

五、阿保与映子的性爱

阿保与映子是"奇花秀"里面最为年轻的演员。这就注定了他们之间那种不平凡的爱一定要经历大的挫折。阿保的畸形的生殖器生来无法体验性感，他不得不在"奇花秀"的演出中一次又一次盲目地表演自己的痛苦。但他的境界的真正提高，却是从他开始反省自己的人生那一天才开始的——即映子抛弃他的那一天。就是在这种转折中，阿保才开始了清醒的自我认识，看到了自己在性爱中如同小孩撒娇般的幼稚而自私的表现，以及自己屈服于世俗的恶劣行径，同时也认识到了自己对情人的伤害究竟有多么深。在短短的激变中，他走完了从少年到男子汉的性爱历程。

说到映子对于阿保的爱（她仅仅因为这种爱而称自己为"畸形"，并自愿加入"奇花秀"），那更像是一个母亲对于自己的儿子的爱。从一开始，这种爱里头怜悯的成分就远远大于追求刺激的成分。在她对阿保的爱情里，人类感情中最美好的那些部分——体谅、同情、自我牺牲等都得到了最充分的体现，但她却时常得不到回报。也许有人会说，这不是性爱，而是母爱。但谁又能否认存在着包含了母爱的性爱呢？当然这种爱也是会起变化的。如果长久得不到报答和回应，他就会转向第三者。由于阿保的任性和不肯长大，映子终于投向了一实的温柔的怀抱。这个热情的青年女子在新的爱情中的表现是多么出色啊！当然，她身上那些优异的品质并未丧失。所以在后来，虽然她已经不再那么强烈地爱阿保了，但她却冷静而又坚强地选择了回到阿保的身边。这一方面是她看出一实对她的爱不如她对一实的爱强烈，另一方面也是由于她身上一贯的美德在促使她作出不平凡的选择，即战胜情欲，为自己深深爱过、怜悯过的男人撑起一方新天地。不管这样做的后果如何（这不是作者想知道的），行为本身已显示了她那超人的精神的力量。

阿保与映子的性爱是在"奇花秀"那血淋淋的表演中成熟起来的。那生殖器上的鲜血终于带来了觉醒的、新型的性意识，让人战胜世俗，也让人从野兽的原始状态里挣脱出来，达到仅仅属于人的美的境界。在描绘那种美丽的境界时，作者像对待繁树和亚衣子的例子一样，同样不是要消除性爱，而是要将作为人的性爱的崇高与别具一格加以毫无保留的颂扬，从而提倡一种新道德。

"奇花秀"中的其他成员——政美、庸平及幸江的刻画也是十分感人的。他们都由于性生活上的某种"缺陷"而苦恼不堪，并且都在"奇花秀"的艺术表演中升华了自己的性感觉，体验了对美的渴望。一种凄美的、诗意的氛围始终缭绕着这三个人，让读者感受到他们的气质的不凡。在主角一实的眼里，这几个其貌不扬的畸形人物远远高于她以前交往的那些"健全者"，是他们于不声不响中将那种艺术感染力传达给了她。"奇花秀"的神奇的凝聚力显然是来自每个人心底都必然会有的、对于艺术境界的向往。

在世俗中，也许人人都是自私而可笑的，然而一旦进入"奇花秀"，每个人都会有神清气爽、脱胎换骨的感觉。试想如果当年遥子同这个神秘的团体相遇了，那么她还会去自杀吗？"奇花秀"最后解散了，因为人不能每时每刻居住在艺术天堂里，他终将回到世俗；也因为艺术的天堂已深深地根植于每个团员的灵魂之中，从今以后，只要他们想要，就能重返天堂的体验。

一次偶然的器官的变异，让一实这位单纯的女大学生经历了如此奇诡、曲折而又深奥的感官与精神之旅。回过头来看，也许正是因为一实本来就不单纯，一切发展的因子都已在她性格中具备，她才能开始这种游向彼岸的旅程。一种理想有时竟要通过几代人的努力，甚至用生命做代价，才会从朦胧到清晰，逐渐地凸现出来。作者要表达的就是这个过程，一种痛苦而甜蜜、悲伤而幸福的经历。当凄美而决绝的遥子组建爱侣供应公司时，她已经看见了那条隐约的通道；当一实同第一个男友发生你死我活的冲突，并投入盲人青年的怀抱时，她已经在路上；当繁树、亚衣子、阿保、映子、幸江等人表演性爱之际，他们是在向美的巅峰冲击；当一实走完这奇异的旅程之时，天堂已在她的心中。人的创造力是极难预料的，只有那些心怀破釜沉舟的决心的勇敢者，那些什么都不再顾忌的绝望者，才会将视线牢牢地盯着坟头生长的玫瑰花，构想出仅仅属于自己的天堂意境。

因何无缘经典

——和友人谈论《大师和玛格丽特》

我正在看你推荐的布尔加科夫的《大师和玛格丽特》。可是我觉得他并不是第一流的作家，在艺术上只能算三流。他的宗教意识非常强，我却没有在作品里找到那个艺术结构，所以觉得他的写作是"主题先行"的那种。一些俄罗斯和东欧实验作家都这样，在关键地方上不去。由此我又想到我们从前讨论的关于宗教和艺术的区别的问题。那个讨论还应该继续。

我刚刚读完了《大师和玛格丽特》这本书，感慨很多，想和你聊聊。去年在友谊宾馆对谈时，我们谈到了宗教与文学的区别与共同之处这个问题。我想借阅读这本书的感想将这个话题深入下去。

这本书给我的印象是，布尔加科夫的宗教意识非常浓（虽然我不清楚作者是否有信仰）。他小说中那个杀害耶稣的彼拉多写得非常精彩，在某些方面已经达到了歌德的《浮士德》的层次。但是这部小说仍然令我感到深深的不满。经过两天的思索，我初步的看法是：作者的宗教意识在同时提升了，也限制了这部小说。由此我意识到了，我们要讨论的问题是当今世界面临的最大问题，对于从事现代艺术创作的人来说也是生死攸关的。

再回到小说中的彼拉多。彼拉多是一个具有自我意识的人，他常年为剧烈的头痛所袭击，而他对耶稣的处置使得他的头痛成了终生不愈的致命的顽疾。很明显，彼拉多的生存模式就是个人在社会中的生存模式。本来，负罪生存，启动艺术的机制使人性不断得到展开、完善，是那些经典文学作品的根源性的动力。可是在这部作品里，我找不到这个机制。因为缺少了那个将人格分裂、以进行自我批判的机制，彼拉多在作恶之后，布尔加科夫只能让他隐退到山里去忏悔几千年，然后再以宗教的仁慈对他进行宽恕。

而其他的人物，除了玛格丽特身上有一点苗头之外，似乎都是一些被动的角色，完全不能把握自己的命运，要让一种神秘的、外部的东西（魔鬼或命运。这个魔鬼也完全不同于《浮士德》里面的魔鬼）来牵着鼻子走。人，在小说里头显得很没有主动性，字里行间有说教的面孔，而戒除不正当欲望，是作品的基调。在大部分描述中，我都可以看到那个"戒"字，这是让我很不舒服的地方。人真的可以戒除自己的欲望吗？！通过某种宗教意识而戒除了欲望就可以达到理想的人格吗？小说的末尾让彼拉多"出世"，摆脱了痛苦，这是很没有说服力的。

小说里指出人的最大弱点是怯懦怕死。其实这个所谓的弱点也是人的本能，人是很难将自己的本能彻底戒掉的，而且"戒"也不是最好的方法。文学艺术的功能不应该是戒，而应该是引导，使本能得到最好、最合理的发挥。

大师写出了杰作，他的作品理所当然地应成为他的精神支柱，何况他还有玛格丽特这样的高层次读者。可是不知为什么，他的作品一点都没有对他起到提升的作用，受了几次外部的打击之后，他就崩溃了，把自己的作品看作自己最大的敌人，而且从此再不愿意写作。我觉得大师这个人物写得不好。如果他写出的真的是杰作（这在书中已有所描述），作品就会对他多少产生积极的作用。即便他不能完全意识到，他内心成形的那个机制也会促使他不断写下去。而在小说中，这种机制看不到，他的写作导致了他的消沉，他丧失了生活的欲望。所谓"真话"难道真的是那么可怕？对于艺术家来说，"说真话"到底是怎么回事？在对这个人物的处理上，作者浮到了表面，没有深入地探讨。也许他有"洁癖"，总是被世俗生活的肮脏所压垮？发疯的大师抛弃了写作，终于要靠玛格丽特和魔鬼来拯救他，这种拯救也不是写作，而是出世，奖励他过一种天堂里的生活。

这篇作品宣扬了真、善、美。但在通过什么途径来达到真、善、美，扼制邪恶这个问题上，作者显得很幼稚。我认为在这个方面他继承了托尔斯泰和果戈理等人作品中存在的消极遗产。

由于没有完全意识到自己内心的那个审美艺术机制，果戈理在晚年对自己的作品不满，转而去描写一种天堂般的美好生活，结果因其幼稚、做作和不真实而遭到惨败。布尔加科夫的问题也是同样的，他的人物最后都无法在世俗中生存，只好去天堂避难。他没意识到写作本身可以净化灵魂，让人在世俗中立足，在犯罪腐败的同时达到天堂的境界。所以在这部作品中的人物，即使有某种程度的层次感和自我意识，其主调也是消极的（比如诗人无家汉，他的方法就是压抑本能，使自己从一个激情澎湃的诗人变成一个不再写诗的平常人）。诗人认识到了他的写作和生活全是说谎，但如何样做到不说谎，而又还要写作和生活呢？作品里头没有给出可信的答案。皈依宗教的处理过于轻浮。

首先我想谈谈"开端"的问题。我隐隐约约地感到，将耶稣的境界作为现代人追求的精神的代名词，已经不符合时代的发展了。应该用艺术或哲学来取代，因为只有在哲学和艺术（包括文学）里面有精神发展的机制。

我所认同的开端是卡尔维诺多次描述过的那种开端，即，自给自足，用自己内部的矛盾作为自身发展的动力、营养，从历史的沉渣里挣扎出来，打出一片新天地。这种开端，只有那些稳稳地站立在大地之上，内部形成了精神生长机制的个人才能达到。否则就是萎缩的开端，不可能真正开始的开端；如同这本书中的诗人和大师一样。虽然这两个人最后求得了内心的相对平静，但那种平静已不再是精神了，只不过是关于曾经有过的精神的回忆而已。我觉得作者就是这样的境界，他身上的宗教包袱太重，他太看轻人的主动性。

作者的局限在于他认为欲望是万恶之源，没有看到欲望本身其实也是精神的动力。诗人在魔术师的启发下开始反省自己那肉欲横流的内心，可是他内心的那些欲望因为缺乏了矛盾（顺便说一句，我认为书中关于欲望的描述远不如果戈理，有点幼稚），而显得没有任何意义，是一些只应该被剿灭的东西（后来真的被剿灭了）。此外，如果将那些欲望横流的场面都看作诗人的内心，那么难以想象，一位如此敏感热情的人，内心怎么会只有兽欲而没有人性中的矛盾？如果将莫斯科文联的场面用现实主义角度去看，则非常表面化。我并不认为那种描述可以打动人。

认识到了过去的邪恶，有了很重的负罪感，于是想要开端了。大多数人在生活中都会有负罪感（由于天性，由于文化传统，由于宗教感等等），但这并不就是"负罪生存"。小说里的诗人只不过是负了罪，并没有"存在"，因而也没有达到真正的开端。他躺在疗养院里反省万恶的欲望，求助于宗教感来净化自己的灵魂。在我看来，他只要不恢复写作或阅读，他这种反省活动必然收效甚微，而且也提高不了精神生活的质量。真正的开端是行动（或者你也可称之为"继续作恶"），只有行动者才会存在。诗人的反省没有像浮士德的反省那样促使他行动，而是陷入了消除欲望的虚无之中，因为一切欲望都没有意义。那么，满月之际身体的躁动究竟是什么？是欲望的垂死挣扎？是新生的可能？还是不尽的遗憾？让人们将体内的恶魔镇压下去，像圣人那样"诚实地生活"，问题就解决了吗？人是否真的做得到诚实地生活（即，不再作恶，专门行善）？虽然不能苛责作者没有在书中指出出路，但我认为他应该写得更用力，从而有可能更真实。

彼拉多这个人物很多方面写得很精彩。可是关于他去杀犹大那件事，我的阅读感觉却告诉我，那主要是为了求得内心的平静（头部的剧痛实在难以忍受）。所以我觉得在很大程度上那仍然是一种怯懦的、自欺欺人的行为。我感到你的解释不符合文中对他的描述。他是一个内心深邃、连死都不怕的人，但他又像一般人一样非常俗气、将世俗价值看得比生命更重。他身上的矛盾就是世俗与精神的矛盾，他是代表世俗一面的。这样一个看穿了一切的、复杂的人，怎么会认为杀一个犹大就会使自己部分得救？要杀他就应该杀自己。何况杀人又犯下了新的罪行。在我看来，他要深得多，他根本就没打算去进行我们所说的那种"开端"，他的信念也在世俗这一面。所以一直到最后他还在同耶稣讨价还价，一直到最后他还是愿意生活在谎言中。这是他选择的生活方式。至于他后来同耶稣上天，那是作者的美好愿望吧。这也又一次证明作者在艺术上不够成熟。

将时间的屠刀变成永恒的歌

——读《沙漏标志下的疗养院》

一般来说，时间是不可能"意识到"的。一旦你意识到，它就已经被消灭了。从这个意义上来说，人很难有自己"真正"的生活。除非你将自己活过的日子重活一遍。可世界上就是有这样一种狂人，他要将自己的生活变成纯粹的时间，他要每分每秒意识到自身的存在。这种人就是艺术家。艺术家就是将过去的时间变成未来的时间的人。时间在人心中向未来延伸，人便生活在永恒之中。

疗养院是灰蒙蒙的宇宙中的一栋奇特的建筑，这座建筑是制造永恒时间的实验场。实验场里的整体运作遵循着严格的规则，身上残留着世俗气息的人是很难适应这里的氛围的。然而奇怪的是，这种看似僵硬严厉的原则并不是要杀死人的精神。相反，人们在这些看不见的规则之下变得十分亢奋，充满了理想主义精神。

"我"作为艺术家精神世界的表层人物，身上很自然地残留了世俗的气息。我既被这里的氛围所吸引，费力地辨认着事物的意义，又深深地困惑，甚至想要逃离。我同父亲、同周围的人的反差是如此之大，因为我不是这里的永久住民。那么什么样的人能成为永久住民？他们的生存策略是什么样的？

在沙漏的统治之下，疗养院里发生的一切事物虽然都同世俗里的事物相似，但也只是相似而已，所有的事物都被偷换了存在的意义。疗养院里的主要活动是做梦，可是这里的做梦同世俗中的做梦完全相反。不是随波逐流，屈从于人的心理机制的操纵，而是费力辨认，主动的、由另一种机制所控制的突进——因为人要进入未来的时间。

▶ 我弄不清戈塔德医生已经陪我走了好久了，此刻他站在我的面前，讲完了一篇长篇大论，正在做结论。他被自己的雄辩冲昏了头脑，挽着我的手臂将我领向某个地方。我跟着他走，我们还没走到桥那里，我就又睡着了。我透过闭着的眼皮能够模糊地看到医生那富于表情的手势，以及他那黑胡须下面的微笑。我努力要听懂他的话，但没能成功。他必定已经揭示了他的最终的论点，因为他现在正伸展着手臂站在那里。

在这个永恒的时间里，只有没完没了的辨认、深不可测的逻辑、不屈不挠的坚持。这又令我们想起卡夫卡的 K 在企图闯入城堡官员的住宅之际所做的那种由理性和逻辑所参与的梦。是的，艺术家的梦都是要费力去分辨的。

主宰疗养院的逻各斯即戈塔德医生向"我"介绍了疗养院的规则之后，就从我面前走掉了。除了偶尔在我的梦里出现一次以外，后来他就不再出现了。因为逻各斯是通过间接控制来推动审美活动的。戈塔德医生的逻辑似乎坚不可摧，其实也像卡夫卡的《城堡》的逻辑一样暧昧，一样留下了缺口。例如他同护士之间的暧昧关系的暗示，就会令读者想到，即使是在阴森森的自我监禁的实验场里的冷酷的逻各斯身上，欲望也并没有被杀死，而是继续扭曲地发挥着。也正是因为欲望没有被杀死，实验才能继续做下去啊。这见不得人的混杂了邪恶与高尚的复杂运动，其实是美的运动。作为永久统治者的戈塔德医生当然深通其中的奥妙。

阴谋与内战一旦在城里爆发（这是免不了的），父亲就必须回到他的灵魂作坊里坚守岗位，以保创造机制的顺畅运作。而这种时候，他对我就特别不耐烦了。为什么不耐烦？他是在驱赶我，使我在这个生态园里尽快同自己的欲望相遇。后来我就在逃离中遇到了那个半人半狗（狼）的家伙，通过他，父亲于无言中教给我的认识论又加深了一个层次。

啊，那些美丽的妇女！人是可以因为崇高而变得美丽起来的！因为说到底，"美"不就是某种情感的共鸣吗？在以疗养院为核心的这个小城里，人是有理由为自己的生命的发挥而自豪的。也许她们对自身的那种严厉限制有点冷酷无情，但一旦那种限制与她们的巧妙释放协调起来，她们确实变得无可匹敌！

尽管美，尽管充满了豪迈的英雄主义，描述者我却不能在此地住下去了。毕竟我并没有像父亲一样"死去"，我必须回到我的世俗中去吸取更多的生命力，以便再次进行这样的创造。不然的话，在这个密不透风的实验场里，我的艺术的源泉总会枯竭。我不是疗养院或小城的永久住民，我只是一名流浪艺术家，可我知道，这些永久住民都是我的灵魂里的人物，他们将永远坚守在那里。那阴沉的天空里悬着沙漏，沙漏下的人具有不朽的形象。

（1995 年—2012 年）

我心目中的伟大作品

我心目中的伟大作品，是那些具有永恒性的作品。即，这类作家的作品无论经历多少个世纪的轮回，依然不断地得到后人的解释，使后人产生新感受。这样的作家身上具有"神性"，有点类似于先知。就读者的数量来说，这类作品不能以某段时间里的空间范围来衡量，有时甚至由于条件的限制，一开始竟被埋没。但终究，他们的读者远远超出那些通俗作家。人类拥有一条隐秘的文学史的长河，这条河在最深最黑暗的地底，她就是由这些描写本质的作家构成的。她是人类多少个世纪以来进行纯精神追求的镜子。

我不喜欢"伟大的中国小说"这个提法，其内涵显得小里小气。如果作家的作品能够反映出人的最深刻、最普遍的本质（这种东西既像粮食、天空，又像岩石和大海），那么无论哪个种族的人都会承认她是伟大的作品——当然这种承认经常不是以短期效应来衡量的。对于我来说，作品的地域性并不重要，谁又会去注意莎士比亚的英国特色、但丁的意大利特色呢？如果你达到了深层次的欣赏，地域或种族完全可以忽略不计。说到底，文学不就是人作为人为了认识自己而进行的高级活动吗？作家可以从地域的体验起飞（大概任何人都免不了要这样做），但绝不应该停留在地域这个表面的经验之上，有野心的作家应该有更深、更广的追求。而停留在表面经验正是中国作家（以及当今的美国作家）的致命伤。由于过分推崇自己民族的传统，他们看不到或没有力量进入深层次的精神领域。这就使得作品停留在所谓"民族经验""写实"的层次上，这样的作品的生命力必然是短暂的，其批判的力度也是可疑的（这只要看看当今中国大陆文化人的普遍倒退和堕落，看看多数美国人民对于伊战的狂热，以及历来对于战争的狂热就可以得出佐证）。

伟大的作品都是内省的、自我批判的。在我的明星列表中，有这样一些作家：荷马、但丁、弥尔顿、莎士比亚、塞万提斯、歌德、卡夫卡、博尔赫斯、卡尔维诺、圣·德克旭贝里、托尔斯泰、果戈理、陀思妥耶夫斯基等等。这个名单中的主流是西方人和具有西方观念的作家，因为我认为文学的源头就在西方，而中国，从一开始文学就不是作为独立的精神产物而存在。中国文学自古以来缺少文学最基本的特征——人对自身本质的自觉的认识。也就是说，中国文学彻底缺少自相矛盾，并将这矛盾演绎到底的力量和技艺。传统的文学从来都是依附的，向外（即停留在表层）的。即使是《红楼梦》那样的伟大作品，在今天看来也已经很大程度上过时了，因为并不能促使人自省和奋发向上，对于人心的描述也过于浮浅，没有涉及内心矛盾，相当于关于人的幼年的文学。鲁迅先生写过一些伟大的作品（《野草》全部和《故事新编》中的一些），但数量太少太少，文化对于他的压迫使他未来得及发展自己的天才。在这个意义上，大陆的文学始终处在危机之中，探讨深层次人性、提升国民性的作品远没有形成潮流。

在我看来，中国的作家如果不能战胜自己的民族自恋情结，就无法继续追求文学的理想。所以在大陆的文坛，很多作家到了四十来岁就开始退化，要么写不出作品，要么用赝品来敷衍、蒙骗读者。这种现象产生的根源在于民族自大的心理。我们的文化摧毁、毒害了我们的天才。中国文化中精神的缺失导致当今的大陆文学不能生长、发育，就像一些长着娃娃脸的小老头，永远是那么的老于世故，永远能够自圆其说，具有世界上最出色的匠人的精明，却唯独没有内省，没有对于自身的批判。在所有涉及自身的方面，大部分大陆作家都或者用一些白日梦来加以美化，或者用古代文化提倡的虚无主义来化解矛盾。

没有精神追求的文学是伪文学，描写表面的经验的文学则是浅层次的文学。这在当今的文学发展中好像是个世界性的问题。物质世界的飞速发展已经使得大部分作家越来越懒，越来越满足于一些表面经验，而读书的人，也在一天天减少。据说实验小说在日本这样的国家已经很难得到出版了，而集体自杀的事件在这个国家倒屡屡发生；又据说连在德国，这个思想之父的国度里，人们也不看实验小说了。幻灭感如同黑色的幽灵在世界游荡。然而我仍然相信，那条隐秘的长河是不会断流的，尽管历史有高潮也有低谷。任何时代总会有那么一小部分人，以自己默默的劳动为那条河流注入新的活力。延续了几千年的理想还将延续下去，同这个浮躁、浅薄而喧闹的世界对抗。

伟大的作品都是彻底个人化的。因为人只能在真正个人化的写作中达到自由。不在写作的瞬间抛开一切物质的累赘，不同物质划清界限，灵感就无法起飞。而这种活动力图达到的就是个人的人格独立。要做到这一点对于一位中国大陆作家是特别困难、特别需要勇气的事。文学的实践就是这样一种操练。像西方作家但丁或歌德那样来认识、拯救自身，并将其作为最高的目标的人在大陆太少太少。一谈及文学，人们就理所当然地认为只同表面的经验、"共同的"现实有关，接下去自然就只能涉及如何样完善表达的"技巧"、如何样将陈词滥调弄出些"新意"的问题了。文坛上很有一些高调的理论家，提出要肃清纯文学的影响，大力提倡所谓"现实关怀"。且不说此处对于"纯文学"的定义含混滑稽，所谓"现实关怀"这种陈词滥调我们已经听了好几十年，实在是同真正的文学无关。只有个别作家注意到了在我们的经验世界之外，还存在着另一个广大得多的世界等待着我们去遭遇、去开拓。我认为，作为世界上最古老的文明的拥有者，中国作家在这方面本应是得天独厚的。问题只在于你是否能战胜自己的文化的惰性，从另一种文化中去获取这种开拓的工具。我们不去开拓，那个广大无边的领域就根本不属于我们。一位作家，不论他用什么方法写作，只要他有认识自我的好奇心、改造自我的冲动，有开阔的胸怀，就一定会进入人性探索的深层领域，将那个古老的矛盾进行我们历史上从未有过的演绎，在自救的同时影响读者、改造国民性。

伟大的文学并不是高不可攀的，她就属于踏踏实实地追求的作家，她的内核就是人的本质。每一位能在文学创作中将理想尽力发挥的作家在写作的瞬间都是伟大的作家，这样写出的作品则是伟大的作品。当然各人的先天能力有大小，能否成为明星并不重要，只要处在伟大的追求境界中去完成自己，就是最大的幸福。我想用莎士比亚的话来结束这篇文章：

▶ 上帝造我们，给我们这么多智慧／使我们能
　瞻前顾后，绝不是要我们／把这种智能，把
　这种神明的理性／霉烂了不用啊。[1]

注：

(1)《哈姆雷特》卞之琳译，浙江文艺出版社1991年版，第317页。

不朽的《野草》

　　我是从十四五岁起开始读鲁迅先生的《野草》的，一直读到今天。回顾当年那种朦胧的激动，那里头是隐藏了很多不解之谜的。也许是我所熟悉的汉字所构成的美得令人战栗而又有些陌生的意境，激发了年轻的心的渴望吧。时光流逝，我仍在读《野草》，那感受是显见得一年一年地深化了，又由这深化导致了革命性的翻新。一切于朦胧中有过的，终于形成了结构。

　　毫无疑问，鲁迅先生是一位伟大的文学天才。这些差不多是八十年前写就的短文，即使拿到今天来看，仍然是深奥的超前之作。这也就难怪先生生前是多么的寂寞，多么的缺乏交流与回应。反反复复地揣摩鲁迅先生的文字，更深感传统文化"吃人"的本质。庞然大物是绝不会放过天才的，搏斗尤其惨烈。"不生乔木，只生野草"的根源即在此，作品中也难免留下了某些痕迹。然而尽管少数篇章中"文以载道"的阴影遮蔽了文学本身的光芒，但从整体上来看，《野草》仍然是中国文学的里程碑。它是千年黑暗中射出的第一线曙光，是这个国度里第一次诞生的"人学"意义上的文学。同时也就诞生了文学艺术的自觉性。这本小小的集子是一个奇迹（很多读者都隐隐约约感到了这一点），要是没有这个奇迹，整个中国现代文学是要下降一个档次的；而有了它，中国现代文学便在世界一流纯文学行列之中有了自己的代表。可惜的是，我们自己的人民并不能完全认识我们的艺术，这种常规性的误解在这个国度里比在任何其他地方都严重。回顾这几十年来国人对于鲁迅先生的艺术的评价，我甚至认为，如果不是因为先生性格中的不彻底性，如果不是传统文化对他的至深毒害使他只能在创造时保留了可悲的妥协，恐怕到今天，他的文学艺术已经被人民所忘记了。这是一件古怪的事，但戏剧性的真相就是如此残酷。

写这篇文章之时，我感到自己终于能够进入《野草》的真实王国了。那是怎样一个王国呢？你是否有勇气凝视魔鬼在深渊里制造的那些异象风景呢？在中国的艺术家里，鲁迅先生是唯一的（哪怕是下意识的）敢于揭开人心内在机制的秘密，并以身试法、拼死突围的人。在一个真正的新文学尚未产生、同辈们都还沉浸在表面化的浪漫情绪之中的时代，鲁迅先生却凭着艺术家的直觉感到了自己心中"有鬼"。又由于容不得半点虚假的天性，由于心中的魔鬼的召唤，他开始了这场混合着阴惨与壮美的灵魂之旅，决心在自戕的搏斗中展露原始的风景——人类真理故乡的风景。拿自己开刀，做试验，主动将生的体验在死的绝境中实现，这种异类写作完全违反传统的文学习惯；而写出的作品，也注定逃不脱被人歪曲的命运。

极地之舞

在世纪的沉渣中，在一切生物死灭的冰川中存活的灵魂，若要将分离的运动付诸实施，那灵魂的内核，必须储藏有能造奇迹的巨大能量。因为那沉渣，那冰川，就是魂的外壳。

▶ 这是死火。有炎炎的形，但毫不动摇，全体
　冰结，像珊瑚枝；尖端还有凝固的黑烟，疑
　才从火宅中出，所以枯焦。[1]

处在内心的理性镇压机制里的魂核，不甘罢休的叛乱者，在永恒的冰的牢笼中呈现出高尚的尊严之美。然而这特制的牢笼不是为了展示，却是为了促使爆发。牢笼是属于人的，探索者终究会到达这个极地。于是，艺术工作者"我"用不懈的探索激活了死火，艺术表演发

生了——在这剿灭一切生之欲望的冰川，红色的彗星在青色的空中划出美丽的弧形。

极地的表演将魂的无限止的承受力与不可遏制的爆发力同时展示。这也是艺术家将自身囚禁在死亡冰川来进行永生的演出。

与死火相类似的描绘还有雪的形象。

▶ 但是，朔方的雪花在纷飞之后，却永远如
　粉，如沙，他们绝不粘连……在晴天之下，
　旋风忽来，便蓬勃地奋飞，在日光中灿灿地
　生光，如包藏火焰的大雾，旋转而且升腾，
　弥漫太空，使太空旋转而且升腾地闪烁。[2]

这种来自千年冰川的、令人震撼的冷的热情，这种硬性的劲舞，是精神不灭的象征。

"复仇"之一将舞蹈定格为永恒的造型。那是死亡的临界点上才会达到的生之体验。

▶ 于是只剩下广漠的旷野，而他们俩在其间裸
　着全身，捏着利刃，干枯地立着；以死人似的
　眼光，赏鉴这路人们的干枯，无血的大戮，而永
　远沉浸于生命的飞扬的极致的大欢喜中。[3]

正如千年化石让人产生惊心动魄的生命想象一样，对峙的干枯的裸者以其高超执着的静态表演将生的意义演示。极限体验就是执着到死，绝不旁顾。诚然，其内力正是来自于激箭一般喷射的热血，来自于生命飞扬的大欢喜。仔细地凝视，就会发现从矛盾双方手中的利刃上流淌出来的，是无限的张力。死亡无条件地退缩了。

复仇，是灵对肉的复仇，为自身的罪孽，为难言的羞愧，也为肉体的提升。这表演，这造型，虽难以理解，却正是人性构成的根本。

为更深入地表达，作者又写了"复仇"之二。

▶ 他不肯喝那用没药调和的酒，要分明地玩
味以色列人怎样对付他们的神之子，而且
较永久地悲悯他们的前途，然而仇恨他们
的现在。[4]

被钉十字架的耶稣，他要在表演中清醒地玩味钻心的痛楚，因为他知道唯有如此，才能上升到大欢喜和大悲悯的境界，并在透到心髓的痛楚中将悲悯与诅咒统一于一体。上帝为什么离弃他？那是出自对他的至深的信任，让他在这个无边的舞台上表演自由。"血污和血腥"唤醒了沉睡的魂，自戕与自取其辱让人性得以张扬。

在普遍对精神方面的事物麻木不仁的国度，鲁迅先生从艺术家的直觉出发，最早描绘了人类自我认识论的风景。这些风景不但没有陈旧，反而随时代的变迁而日渐凸现，震撼着人心，因为那是我们几千年来久违了的风景。

裂变

卡夫卡在《致某科学院的报告》中通过一只猿变成人的幻想故事，逼真地描绘了人性诞生之际那种惨烈的生死搏斗。然而在东方，有一位同质的文学家鲁迅，用他这些短小闪光、坚不可摧的文章，给我们绘出了人性诞生的另一种风景。这两位文学家，前者深邃，后者诗意，用不同的文化底色，描绘着同一个人性的真相。

▶ 有一游魂，化为长蛇，口有毒牙。不以啮

人，自啮其身，终以殒颠……

▶ 抉心自食，欲知本味。创痛酷烈，本味何
能知？……(5)

向自我内部的这种"抉心自食"是前所未有的创举。作者将人性
矛盾看作艺术的根本，坚定地向纵深切入，用残酷的自审的压榨促使
灵魂的裂变发生。因为这裂变对于处于危机中的自我是生死攸关的。
写作就是同墓中的死尸交流。不断地决绝地否定"生"，用毒牙咬啮
肉体，才能保持机体的活力。这个过程在"失掉的好地狱"一篇中有
更为壮观的描绘。

▶ 鬼魂们在冷油温火里醒来，从魔鬼的光辉中
看见地狱小花，惨白可怜，被大蛊惑，倏忽
间记起人世，默想至不知几多年，遂同时向
着人间，发出一声反狱的绝叫。(6)

地狱就是人心的深渊，在那里魔鬼与"人"的交战使得人性机制
启动。一方是垂死的挣扎，一方是铁腕镇压。"人类的成功"与"鬼
魂的不幸"共同催生了这美丽的诗篇。

从意识到要做一个"人"，尤其是诗性的人那天起，裂变就成为
不可避免的事。为使真正的创造成为可能，原始的欲望必须被严厉制
裁，自发的冲力要进入合理的机制。欲望的地狱被"添薪加火，磨砺
刀山"，颓废消失，所有的暴力都集中在一种惩罚上。而这种惩罚的
目的是爆发的再产生。

做一个诗性的人并非全然不幸，因为他的生命是如此的浓缩，充
满了激情，哪怕这激情是阴沉的。有这瑰丽的地狱诗篇为证。正是在

人心被撕裂的惨痛中，诗的意境呈现出来。否则就只能是麻木和死亡。在镇压与反叛的反复较量之中，魔鬼的活力得以发挥，焦枯的曼陀罗花也会再获生机。

塑造

那么，艺术化了的人究竟是什么样子呢？鲁迅先生在"过客"一文中生动地刻画了现代艺术工作者、艺术追求者的形象。

在无路之路的世界里冲撞着行走，"状态困顿倔强，眼光阴沉"的过客，倾听着灵魂深渊里那永不停息的呼唤，豁出去将生命做赌注，在中国文学史上第一次将人性的秘密、艺术的真谛展示于众人眼前。这种深入尽管短暂，却是一次真正的革命。

人性是通过彻底的剥离，没有退路的创造来实现的。一切自身已有的存在，均被决绝地摒弃：

▶ 从我还能记得的时候起，我就只一个人。我
不知道我本来叫什么。我一路走，有时人们
也随便称呼我，各式各样地，我也记不清楚
了，况且相同的称呼也没听到过第二回。[7]

只有过程没有来历；只有模糊的呼唤没有明确的目的地；只有对此刻当下的执着没有可以依仗的确证。当然，也绝没有对自身的怜悯，没有伤感。

曾经喜欢过野百合、野蔷薇的柔软的心，如今已变得冷而硬。但这种冷和硬并不是由麻木导致的冷漠，却是热情高度浓缩，执着于一点所致。无暇旁顾，只能拼死一搏。

▶ 倘使我得到了谁的布施，我就要像兀鹰看见
死尸一样，在四近徘徊，祝愿她的灭亡，给

我亲自看见；或者咒诅她以外的一切全都灭
亡，连我自己，因为我就应该得到咒诅。但
我还没有这样的力量；即使有这力量，我也
不愿意她有这样的境遇……⁽⁸⁾

　　人不配得到布施，因为人实在是太卑鄙；自己也不配得到布施，
因为自己无地自容。一切自怜和伤感都显得做作，人唯一能做的，只
是负罪前行，去那也许是坟也许是精神故乡的前方，永不放弃，永不
停歇。当然这个过程不会那么干脆，而是充满了犹疑、彷徨、悔恨和
惨痛。所以说："即使有这力量，我也不愿意她有这样的境遇"。之所
以会成为人性探索者，不就是因为当初对弱小的同情与怜悯吗？
　　洞悉一切的老翁并不指引，只是用层层深入的测试与暗喻，参与
了过客的灵魂探索。这位讳莫如深的老人，他那模棱两可的话语激发
着过客心中的冲动。此处类似理性在创造中的作用。理性并不提供规
律让人掌握，它只是通过暗示让冲动达到自由。
　　艺术的起源的确是某种同情和慈悲，那是人对于自身作为"人类"
的意识。这意识一旦产生，便会具有排山倒海之力，让人性超升。"颓
败线的颤动"所描绘的就是这一伟大过程。
　　兽欲已将人性践踏得如荒废、颓败的母亲的身躯，昔日的怜爱、
苦痛和羞辱早被淡忘，代之以死一般的冷漠与怨恨。人性面临无法逾
越的鸿沟。然而人是不会灭亡的，母亲（人性之化身）走进荒野，赤
身裸体，如一尊石像。

▶ 她赤身露体地，石像似的站在荒野的中央，
于一刹那间照见过往的一切：饥饿，苦痛，
惊异，羞辱，欢欣，于是发抖；害苦，委屈，
带累，于是痉挛；杀，于是平静。……又于
一刹那间将一切并合：眷念与决绝，爱抚与

复仇，养育与歼除，祝福与咒诅……⁽⁹⁾

艺术的交合，爱的升华，第一个词的产生，第一线光的挣破。

▶ 当她说出无词的言语时，她那伟大如石像，
然而已经荒废的、颓败的身体的全面都颤
动了。⁽¹⁰⁾

是艺术，让人知道在这冰窖似的世界里人类仍将存在下去，并会使颓败的身躯在颤动中发出一轮又一轮波涛似的强光，"汹涌奔腾于无边的荒野"。而产生这光芒的"披毛的强悍的肉块"，也在光波中获得了真正的新生。

没有人像鲁迅先生这样将自我矛盾披露得如此彻底。在毁灭性的破坏中，新的艺术之魂已默默呈现。

让我用先生的自我描绘来结束这篇文章：

▶ 而最直最长的几枝，却已默默地铁似的直刺
着奇怪而高的天空，使天空闪闪地鬼睒眼；直
刺着天空中圆满的月亮，使月亮窘得发白。⁽¹¹⁾

注：

（1）《野草》鲁迅著，人民文学出版社 1997 年版，第 34 页。
（2）同上，第 20 页。
（3）同上，第 11 页。
（4）同上，第 13 页。
（5）同上，第 41 页。
（6）同上，第 38、39 页。
（7）同上，第 28 页。
（8）同上，第 31 页。
（9）同上，第 45 页。
（10）同上，第 45 页。
（11）同上，第 2 页。

艺术复仇

——读鲁迅的《铸剑》

　　从外在的与整个黑暗道德体系的对抗、厮杀，转向内在的灵魂的撕裂，从而在自己体内将这一场残酷的战争在纯艺术层次上进行下去，是鲁迅先生的一些文学作品（例如《野草》）的突破，而这篇《铸剑》，将这种创造达到了登峰造极。

　　小说的主题是复仇，然而文中却分明有两种复仇，令人想起博尔赫斯的《曲径分岔的花园》。一种是表面结构的复仇，这种复仇是亲情道德内的复仇。即，大王杀了眉间尺的父亲，眉间尺决心替父报仇，历经曲折，在黑色人的帮助下终于如愿以偿。潜伏在这种复仇之下的，是另一种深不可测的、本质的复仇。即，人要复仇，唯一的出路是向自身复仇。世界满目疮痍，到处弥漫着仇恨，人的躯体对人的灵魂犯下的罪孽无比深重，人已被这些罪孽压得无法动挪，而人的罪孽的起因又正好是人的欲望，即生命本身，所以无法动挪的人也不可能向外部进行复仇。向自身复仇，便是调动起那原始之力，将灵魂分裂成势不两立的几个部分，让它们彼此之间展开血腥的厮杀，在这厮杀中去体验早已不可能的爱，最后让它们变得你中有我，我中有你，达到那种辩证的统一。这第二种复仇才是故事的真正内核，被我们所忽略了的艺术精神。为进行这场精神上的复仇，灵魂一分为三，让惊心动魄的故事在三者（黑色人、眉间尺、大王）之间发生。

　　眉间尺一来到这个世界上，前世的复仇的格局就早已为他设好了：他的父亲为王所杀，他必须报仇；但王又是绝对不可企及的，因为他既生性多疑，老奸巨猾，又受到重重保护，于是报仇成为不可能的事。当主角走进这个不可解的矛盾，尖锐的冲突产生之际，黑色人就作为指引者出现了。他向眉间尺指出了一条完全不同，甚至相反的复仇之路，他将眉间尺的境界提升上去，让眉间尺抛弃自己的躯体，同他一道踏上不归的征途。就这样，青春和热血浓缩为砍下的头颅，无比轻灵而又勇敢无畏，向那幽冥的深处前行了。

因为眉间尺诞生于致命的矛盾中，他自身的性格便天生具有致命的"缺陷"，即同情心或爱，这是人之所以为人的本性。为了实现他对父亲的爱，他却必须剿灭自己的同情心，变成一个硬心肠的冷酷的杀手，但以他的生性，是断然成不了杀手的，因而他的复仇计划刚一开始便一败涂地。故事在这里发生转折，眉间尺内心的撕裂由此开始，爱和恨永久在灵魂内对峙的格局形成。黑色人告诉眉间尺，想要真正向王复仇，就只有将自己的身体也看作王，以自戕重新开始整个计划，进行那种"头换头"的交媾，达到爱与仇的真正统一。正如他在歌中所唱的：

▶ 彼用百头颅，千头颅兮用万头颅！

▶ 我用一头颅兮而无万夫。

这是旧式复仇与黑色人的复仇的本质上的区别。

很显然，眉间尺是现实中具有理性认识的个人，他的处境是绝境，他的出路是通过体内热血的、爱与恨的冲动不断地认识。黑色人则是那模糊而纯净的、理念似的自我。黑色人从"汶汶乡"（虚空）而来，他要用眉间尺的爱和血和恨来实现自己，演出一场复仇的好戏。眉间尺则要通过黑色人将自己从污浊中提升，上升至"异处"，让世俗的爱和恨升华成宇宙中永不消失的"青光"。对读者来说难以理解的是王的形象，看到那些外在的"恶"的描述，一般人很容易将他与某种社会性的身份挂钩，然而这样的小说是另有所图的。认真地反省一下，王身上具有的那些"恶"的成分——贪婪、自私的爱、专横残暴等等，难道不正是人所共有的本性吗？鲁迅先生以如此可怕的形象赋予社会中的个人，可见其对自身的严酷、决绝，对人类处境（当然首先是中国人的处境）深深的绝望。所以王的形象，是缺乏自我意识的、旧的人性中的自我，他饱含爱的激情（爱青剑），而又残暴阴险，处处透着杀机。他因爱而杀人，一旦爱上什么（人或物），必然伴随了杀戮。而眉间尺的形象，则是觉醒的新的人性之体现，是那种内含尖锐矛盾不断发展的自我。在早期，他同样因为爱（爱父亲）而计划去杀人，但很快就由盲目的冲动转入了自觉的认识，从而改变了复仇的性质。至于黑色人的形象，则是人性中潜在的可能性，人类精神的化身，艺术层次上的自我。他是眉间尺灵魂的本质，也是王内心萦绕不去而又早被他杀死了的幽灵。为命运驱使的这三个人终于在大金鼎的滚水中会合了，一场你死我活的咬啮展示出灵魂内在的战争图像。在这辉煌画面出现之前，是觉醒的精神在引吭高歌：

▶ 王泽流兮浩洋洋，

　克服怨敌，怨敌克服兮，赫兮强，

　宇宙有穷止兮万寿无疆。

　幸我来也青其光！

　青其光兮永不相忘。

　异处异处兮堂哉皇！

　堂哉皇哉兮嗳嗳唷，

　嗟来归来，嗟来陪来兮青其光！

　　战斗的号角吹响了，已被黑色人精简成一个头颅的眉间尺的肉体，要在战斗中通过自戕来达到那种致命的快感。他将与黑色人合作，在滚水中与王搏斗，将王杀死，并将他们自身的肉体与王彻底混淆，最后彻底消灭肉体，上升到纯精神的境界。战斗是可怕的，痛感就是快感，恨就是爱，相互咬啮就是合为一体，王就是我，我就是王，消灭就是再生。灵魂的内涵无比丰富，谁也无法将其穷尽。这样一种壮观的统一，恐怖的大团圆，正是艺术的境界。只有具有无比勇气的艺术家，才敢于在熊熊烈火之上、在滚水之中来上演这种地狱里的复仇的戏，而在充满了正人君子的国度里，这种事真是很难设想。歌中的下流小调"嗳嗳唷"是眉间尺要同王交合之前发出的呻吟，王既是他要超越的对象，也是他存在的根基，咬啮王就是咬啮自己，恨与爱的交织使他兴奋到极点，创造精神的飞扬同生命的丑恶扭斗将同时发生。没有"嗳嗳唷"的下流，断然不会有"堂哉皇"的伟丽雄壮，博大的灵魂容得下人性中的一切。这里的"归来"绝不是国人"寻根"式的归来，而是在同王团圆之际陪伴"青光"将精神向"异处"升华。

　　这种复仇的天机是由黑色人的一段话泄露的：

▶ 我一向认识你的父亲，也如一向认识你一样。但我要报仇，却并不为此。聪明的孩子，告诉你罢。你还不知道么，我怎么地善于报仇。你的就是我的；他也就是我。我的灵魂上是有这么多的，人我所加的伤，我已经憎恶了我自己！

　　眉间尺并不完全懂得黑色人这话的意思，但在少年内心的最深处，一定有某种东西为之震动，因为黑色人说出了他的本能（要活下去的本能），而面前只有死路一条。于是他便毅然顺从自己的本能，去着手创造自己从未创造过的东西。黑色人外表冷酷，心里却有着真爱、博爱。他洞悉了人的本性，知道人活着，就会有仇视与伤害，他将这看作一种生存处境，而早就在内心宽恕了一切。但宽恕了一切不等于不再计较，他将每一桩仇都记在自己的账上，而决心来担负起复仇的使命了。黑色人的爱与眉间尺的爱（更与大王的爱）在这里显出了质的区别。可以设想，眉间尺在经历了狭隘复仇的挫折之际，焦躁、沮丧、对自己不满，如果黑色人不出现，他将长久地徘徊在王宫之外，对这一切产生深深的厌恶，这是他的性格发展的逻辑。黑色人及时地出现了，眉间尺的绝境中出现了新的希望，黑色人向他说出了爱与仇的真谛，从此盲目的冲动化为了自觉的追求。

　　眉间尺面临的矛盾同王的矛盾其实是同一事物的两个阶段。眉间尺爱父母亲，同情老鼠，他的爱体现为善，但这种善不可能单独在人生中持续下去（除非人停留在幼儿阶段），人要成为真正的人，灵魂就要分裂。眉间尺的父亲被杀这一生存的前提就是人所面对的命运，即，复仇使得人的爱（善）不可能，可是失去了爱和同情心，人也就不再是人。眉间尺在命运的铁圈内唯一可做的事就是让自己的灵魂猛烈冲撞，因为他既不能缺少爱和同情，也不能缺少恨和恶，矛盾的双方同样强大。完全可以设想，同情过邪恶的老鼠的他，在咬住王头的一瞬间，仍然感到了那种切肤之痛，这痛感就是他的快感。再说王本身，他是因为爱被人仇恨。因为爱青剑爱得太深杀了人，被人仇恨也就恨得太深。王的爱是以恶的、排他的形式出现的，这种没有自我意识的昏庸的爱也不能在人生中持续下去，他被仇恨所包围，他面临的是自己肉体的消灭，因为他没有灵魂的分裂。这两个人既体现了人的灵魂的层次也体现了人性时间发展上的阶段。黑色人则是人性最高的层次之体现，他虽看上去近似理念，但绝不是消灭了内在的矛盾，他的矛盾比眉间尺更为尖锐。他模样黑瘦利落，目光似两点磷火，胸腔里燃烧着的是几千年的死火，他对复仇有种饥渴。为什么复仇？只因为爱得太深、太痴迷，只因为这爱无法单独实现。要实现爱就得复仇，他是精通此道的老手，他也知道单薄的、无爱的仇恨（如眉间尺对王的恨）解决不了问题，眉间尺有赖于他来将其提升。他那尖厉的歌声给人的启示是：真爱是要掉头颅的事，爱与血腥不可分，阴郁、冷血的杀戮场面会透出爱的旋律。他将此精神传达给鼎底眉间尺的头颅之后，唤起了头颅的激情，新的人性在猛火与滚水中诞生了。黑色人的天职绝不是平息矛盾，而是挑起险恶的战争。他在自戕中领略大快感，在杀戮中高唱团圆歌，他将古老的复仇提升为纯粹的艺术，赋予了复仇这一永恒主题新的意义。他的境界就是艺术与人性的境界。

眉间尺性格发展的过程就是内在矛盾展开的过程。故事一开始，他同老鼠之间的那场事件实际上就是他同人的关系的演习。眉间尺天生心细、敏感、富于同情心，这种性情在处理同老鼠的矛盾时，自己的矛盾也展开了。老鼠从里到外都令人憎恶，但它也同他一样是一条生命，在遇到大难时也同他一样会有着求生的本能，将心比心，眉间尺对它产生深深的同情是很自然的。可是这种同情心却是大忌，老鼠只要活着，就要继续对他作恶，于是他杀了老鼠，对自己的灵魂犯下了不可饶恕的罪。口角流着鲜血，一条生命死在他残暴的脚下，眉间尺的悲哀无法描述，他找不到解决内心矛盾的办法。接着母亲将那件可怕的往事告诉了他，期盼他改变优柔的性情，为父报仇。眉间尺在一时冲动之下也脱口说出"我已经改变了我的优柔的性情，要用这剑报仇去！"这样的话。但"江山易改，本性难移"，眉间尺的优柔正是他的本性。具有这样的性情，他注定无法处理同人的关系，因为这种关系比同老鼠的关系还要困难得多，而他本人，"恶"（报仇之心）与"善"（同情心）在他内心总是此消彼长、势均力敌。所以他在对母亲作了保证之后，仍然无法入睡，根本不像改变了优柔性情的样子，母亲的失望也是必然的了。天生这种艺术家的性格，又如何到世俗中去报仇呢？接着他看见了仇人，内心燃烧起来，立刻就要冲上去。命运却不让他得手，他反倒被那些刁民缠住脱不得身。以他的性情，背着一把剑都生怕误伤了人，哪里会去对刁民施暴呢？于是眼看着一个报仇机会落空了。白白冲动了一场，心里的善又占了上风，想起母亲，鼻尖发酸，那副样子看上去愈加不是当杀手的料了。黑色人来到了，告诉他报仇已成为不可能的事，他自己的性命倒成了问题，因为王要来抓他了。眉间尺便又陷入了伤感，似乎这报仇不再是为自己，而大半是为了母亲。黑色人要怎样塑造眉间尺呢？黑色人既不是要眉间尺成为冷酷的杀手，也不是要他沦为长吁短叹的伤感者，他只要他的头。有了这个头，他就可以将眉间尺内心的矛盾推向极致，即爱到极致也恨到极致。他早看出眉间尺正是那种材料——用自己的身体来做实验的材料。应该说，黑色人是眉间尺命中注定的发展模式，眉间尺按他的模式发展下去，就既保留了性格中原有的一切，又不至于在精神上灭亡。去掉了躯体只剩下头颅的眉间尺果然发生了转变，障碍消失了，轻灵的头颅变得敢爱敢恨，既不冷酷，也不伤感。因为在最高审判台前，人人都是平等的、同一的，咬啮同时也是交合，人体验到刻骨的痛，眩晕的快感，却不再有作恶前的畏惧与作恶后的难过，世俗的仇与爱就这样以这种极端的形式得到了转化。眉间尺心上的重压得到了解脱，情感释放了，他微笑着合上了眼睛。这一次，他用不着再为王的死难过，因为他的头颅已与他合为一体，王成了他自己。

以"天人合一"的文化滋养着的国人，最害怕的就是这种灵魂的分裂，所以鲁迅先生作为纯粹艺术家的这一面长久以来为某种用心所掩盖、所歪曲，而对鲁迅艺术的固定解释的模式长久以来也未得到任何突破。我辈愧对先生之处，就在于让他的孤魂在荒漠中长久地游荡，遇不到同类。希望以这一篇短文，促进对鲁迅文学的新型探索和研究。

灵魂疑案侦查

——读余华的小说《河边的错误》

　　细致、机警而又冷静，内心层次丰富的刑警队长马哲，于一个偶然的机会接手了一件奇特的杀人案，从此走上了漫长的灵魂疑案的侦查之路。从表面上看，调查的是外部的凶杀案，实际上，这是一场分阶段的、逐渐觉醒的马哲自己灵魂的调查。随着案件的调查，马哲，这位孤独的年轻人，跟随一个个案件中的人物，逐步进入到一种陌生的虽不完全理解，然而又对他具有强烈的吸引力的境界，并在这种境界里慢慢成熟起来，由迷惑到清晰，由不自觉到自觉，最后终于冲破樊篱，自由地选择了自己的道路。整个案件的调查犹如一首洋溢着热情的生命的抒情诗。那一见之下终生难忘的、处在生与死的交界之处的神秘、优美的风景，就是诗的最高意境，有奇异的召唤在上方回响，四周如远古般静穆。在孤独中为灵魂的煎熬所逼的人们纷纷单个地、身不由己地走向那块禁地。在那里，他们意外地看到了震撼心灵、无比恐怖的真实，这真实是如此的令人难以承受，又是如此的美得令人心醉，它成了一块巨大的磁石，人们抵挡不住它的吸引，冒着失去性命的危险，一次又一次地往返于去河边的那条路上。

　　世俗的生活是多么的沉重、漆黑而没有指望，人的肢体已经由于恐惧和麻痹而失去了生命，人的精神萎缩在凝固不变的恐怖之中。但总有那么一些不甘心的人，在心底里暗暗保存着要豁出去活一回的愿望。幺四婆婆、丢发夹的女孩、朝气蓬勃的小男孩、王宏、许亮，以及结婚不久的三十五岁的工人，他们的心路历程各不相同，那种神秘的召唤却将他们带到了同一个地方，那美丽而静穆的河边，那弥漫着自由而超脱的氛围，同时又散发着不祥的死亡气息的处所。随后他们便撞见了向往已久而又从未料到的真实，那既令他们怕得要命又令他们激动不已的真实。他们当中有的人是一直走进了真实，如么四婆婆和三十五岁的工人；有的人却要在去河边的路上往返好几次才能最后拿定主意，比如许亮；还有的人因为单纯和幼稚被真实吓坏了而不能做决定，如丢失发夹的女孩；最后还有凭着一股冲动盲目掉进了真实的小男孩。这些人都是马哲自己心灵的镜子。他们每个人都以他们提供的精神生活使马哲完成了对自己灵魂的检阅和探索。也可以说马哲的心灵是个谜，它的谜底在所有这些人呈现出来的灵魂的图像中。在这些各不相同而又根本一致的图像中，疯子是图像的核心，他是那压不垮、灭不掉的生的活力，自始至终都是他在兴风作浪，也只有他在不断与死亡晤面。就因为他，么四婆婆才在老年发生了起死回生的转机，忍受着非人能忍受的痛苦决心再活一回，是她爱恋的疯子给了她这种机遇；也因为他，觉醒了的马哲终于战胜迷惘，打定主意抛弃这世俗的要死不活的生活，挺身而出，自己取代了疯子，走上了险恶的新生之路。当我们进入这个噩梦缠绕的小镇时，立刻就感到了生与死的紧紧纠缠，令人透不过气来。而在同时，优美的抒情从容不迫，不断推向高潮，又让人不断感到，浪花下面潜伏着冷峻的推理的潜流，那排除一切障碍流向人类真正归宿的潜流。

人物分析——灵魂的层次

1. 小男孩

　　小男孩身上生命力旺盛，充满了各种可能性。在死人充斥的环境里，他自发地要活。又因了这要活的欲望，他懵懵懂懂地闯到了河边。他年纪幼小，还不知道怕死。河边的风景给了他极为深刻的印象，他很想把这印象传达给人。他根本不懂得这种事是不能对人们提起的，因为它是所有的人的心病。只有在他的同龄人中间，在这些好奇心还未泯灭的孩子里面，还保留了尝试的欲望，这正是所谓"初生牛犊不怕虎"。

在完全出于自发冲动的情况之下，孩子沉醉于这个游戏当中去了。一切都是那样的新颖、诱惑、强烈，孩子就像着了魔，一次接一次带领同龄的伙伴们穿梭于去河边的那条小路，这件事成了他生活的中心，一切隐秘快乐的源泉，使他的童心获得了极大的满足。

一个年幼的孩子，在盲目的冲动中闯进了真实，他当然是不可能明白真实里所包含的那种杀机的，他只觉得美和有趣，只是受到强烈的吸引，这种游戏让他欲罢不能。于是正当他完全不知情地、无忧无虑地游戏时，那黑色的阴影开始笼罩在他的头顶，终归要发生的事终于发生了，孩子死了。孩子短暂的一生是十分幸福的，他尝试了别人不曾尝试过的生活，即使他对自己的生活并不自觉，他的体验也比周围所有的成人全加在一起要有价值。

2. 女孩

女孩又一次被命运带到河边的那群鹅当中。那是她早就熟悉了的鹅，为之反复深深陶醉过的鹅。但是今天，多次平息过她内心风暴的河边显出了不祥的征兆，美丽的白鹅突然露出了凶狠的真面貌。缺乏人生经验的女孩感到恐慌，她要逃跑。她在转身逃走时猛然看见了真实，真实更近地紧逼过来，女孩出于害怕逃离了真实。这是初次的尝试，她吓坏了。可以肯定，在她今后的日子里，从此就出现了一条通道，通向生命地平线的极限之处，那里有曾吓坏过她，却又美得惊人的景色。她也许会长久犹豫？也许会再次尝试重返禁地的举动？也许从此将这个秘密埋藏在心底，因为缺乏勇气而灭掉了生的意志？她为什么哭？因为在劫难逃，因为犹豫不决，还是因为后悔莫及？她处在拔河的绳子的中间，两边的力是相等的。她百感交集，内心的冲突使她无所适从。她想抓住救命的稻草，又想回到她从前习惯了的僵尸般的生活里去，但是已经迟了，她面临艰难的选择而又没法选择，于是她唯一可做的事便是哭。

活是什么？活是弥天大罪，活是投向死的诱惑的怀抱。初试锋芒的女孩被赫然出现的真相吓退了，事后她久久地沉浸在那种情绪里不能自拔，不知道要如何看待自己当初在盲目的冲动中做下的不可挽回的事，死亡的眼睛盯住了她的背脊。但是她毕竟去过河边了，领略过了这种灵魂的洗礼的人，不会那么随便轻易就打消得了生的欲望的吧？从今以后，河边的景色将夜夜萦绕在她的梦中，河边的呼喊将会如同她卧室窗外整夜不息的风。这样的一位女孩，她前途莫测，也许可以说她前程无量？

在那第一次，她一定是偶然发现河边的诱惑的，她身不由己，抵挡不了这种诱惑。生就是由无数这样细小的偶然性汇成的、一去不能回头的必然通道。女孩拿不定主意要不要走上那条通道，马哲对她的犹豫不决感到深深地理解——她太年轻了。

3. 许亮

许亮已经不太年轻了，他有三十多岁了。他肯定也是一位河边的常客。从他苍白忧郁的脸上，我们可以猜到他那墓穴般的个人生活，还可以猜到他一直处在未下决心之前的彷徨中，他在这种彷徨中度过了忧心忡忡的三十五年，最后才等来了盼望已久的转机。促使他去河边的动机是经过深思熟虑的，他早已对这虚伪的"人生"失去了兴趣，他的内心漆黑一团，长久以来他就受到要不要结束生命这个矛盾的折磨，只有河边的风景可以暂时平息他的内心。直到有一天，他遇见了疯子向他展示的真实，前途才真正明朗。那一瞬间他一定是体验到了，像疯子那样壮烈地活是他绝对承受不了的，他唯一的选择只能是默默地死，他是个弱者。最主要的，他是害怕被疯子所杀那一瞬间产生的肉体疼痛，因此到后来就只有他的魂魄敢去河边游荡了。

疯子的奇迹毕竟是他没料到的（虽然是他潜意识里盼望的），所以一时竟有些慌张，由这慌张造成的后果又导致他内心的矛盾更加激化了。马哲去找他的时候，他就处在这种激烈的内心冲突中。一方面，他认为自己的一生大局已定，自己的选择用不着跟别人解释，一切全是天意，最好是悄悄完成。另一方面，他还是很怕死，对以什么方式结束自己的生命打不定主意。他更害怕外人的干扰会给他临终带来意想不到的精神和肉体的痛苦，所以小李要他投案他就反问："有这个必要吗？"后来他又想找一个人来作伪证，以摆脱警察的纠缠，他这样做倒不是因为他认为自己无罪，相反他是深深"知罪"的，他只是要图个清净，与人打交道使他痛苦不堪。就是他的死，也是很不爽快的。自杀了两次才成功，其间充满了由他的拖延造成的噩梦般的恐怖，以致到了精神错乱的地步，这一切更加强了他对"生不如死"的深刻认识。

许亮的钓鱼的同伴以及二十三岁的王宏这两个人是许亮这个角色的陪衬，他们都懂得许亮，内心也有与他同样的矛盾，只是还没发展到最后的突破阶段。尤其是钓鱼的同伴，将许亮（也是他自己）的内心作了精彩的描述，这就是人逃不脱罪，罪是无原因可查的；人更逃不脱死，既然对他来说生已成为不可能，那就只有偷偷地去死了。他将许亮必死无疑的谜底透给了马哲，马哲明白了一切，于是去医院时不再盘问许亮，只说是来探望他的，要他"有什么话就说吧"。后来许亮就向马哲诉说了对临死前可能产生的疼痛的害怕，在他自嘲的话语后面是灵魂的哀哭。

4. 三十五岁的工人

这位工人比许亮暴烈，也比他果断，因此他的赴死是比较大胆、干脆的。从他妻子梦呓般的叙述里，我们得到与许亮不同的他的生活的印象。他似乎更为积极，更不甘心，他挣扎着要活一回，要留下他活过的痕迹。从他家里家具的摆设情况和他妻子的怀孕（三十多才成家），就可以看出他是在绝望中抱着渺茫的希望的，他一直在不懈地努力，但毫无进展。这种不甘心的情绪把他带向了河边，在那奇异的风景里，他愈加觉得以往的僵尸生活不能忍受，他无法再继续下去，在陌生氛围的诱惑下，他想到了死。他一定是在那里停留了很久，并且决心已定，不想改变，于是屠刀就砍下来了。那是他唯一的一次生，他没能继续活，但他结束了三十五年的死。

妻子是这位工人的影子和见证人。她絮絮叨叨地向马哲一件一件地指出丈夫曾经"活"过的痕迹。她的叙述重现了丈夫那阴暗、屈辱、没有希望的过去。她的证实是徒劳的，不论她指出的哪件事，马哲都从当中看不出有活的痕迹。连"痛"都不曾有过的日子，怎么能说是活呢？不过是场梦罢了。所以丈夫去世了，妻子还沉浸在梦中不肯出来，希望能在回忆中将那场梦延续下去。敏感的马哲在同她的对话中一下子就领悟到了她的努力，并怀着深深的同情保护她的情绪。

5. 么四婆婆

么四婆婆也是一位真正的孤独者，她即使是独居也掩饰不住对人的厌恶，她严守着内心的秘密，正如守着象征了这秘密的鹅群。这位久经沧桑的老太婆早就看透了人生，但她却不是一个随便就可以放弃生活的人。内心的欲望是如此不可思议的顽强，不但有幻想，还有行动。很显然，她是人类当中的强者。她是很早就摒弃了世俗的"活"，把自己与人们隔开的，她一直在等，她在无望的等待中意外地等来了疯子，因此她的生命在六十多岁的关头"老树开花"了。她将怎样活呢？什么样的活才算是真的活呢？于是我们看到了令人发指的场面。作家的描述一点也没有夸张，这就是活的真相，么四婆婆长久向往的活法。实际上，疯子和么四婆婆可以看作一个人或内心矛盾的双方，她与疯子的关系就如同人与自己体内的原始冲动的关系，这种关系处处使我们想到鲁迅在《墓碣文》中的描述："……有一游魂，化为长蛇，口有毒牙。不以啮人，自啮其身……"疯子就这样为么四婆婆的僵尸生活注入了活力，她变得更有勇气了，因而有时竟也可以与人说说话了，当然她的话没人听得懂。不论疯子施加给她的痛苦是多么难以承受，她也是幸福的，这是唯一的活的方式，她要将这种方式持续下去，不希望别人来打扰。

么四婆婆的精神历程类似于一位艺术家。当疯子唤醒了她体内的冲动，她决心活一回时，她的举止行为显得是那样的不三不四，无法归类，她很快成了一个真正的异己。活是如此的艰辛，但没有丝毫后悔。自虐的疼痛与快乐维系着她精神的平衡，她老年时光这段短暂的、令一般人毛骨悚然的生，该是多么的自满自足啊。这种理想的方式给了马哲充分的暗示，因此当她与疯子的路走完了时，马哲的决心也下定了。

么四婆婆古怪的编织行动也使人联想到艺术家。她将生与死的秘密编进了绳子，让人们到外面去四处寻找，却总也无法接近谜的核心。这种编织是她的天才独创，也是出自强大本能的信手之作，她在编织时一定曾体会到了无限的愉悦。

在这个案件中，马哲最先接触么四婆婆的生活之谜，但一直等到最后，到疯子再次出现，马哲才意识到了要用自己的身体来解开这个谜。所以结果是马哲没有死，他继承了么四婆婆与疯子的活法，去创造属于他自己的生活。先前由么四婆婆饲养的、那群美丽的、充满了不祥之兆的白鹅，将会在那一天到来的时候，重新出现在河边，无声地回答着来自人类的永恒的呼喊。

6. 医生

解开了那样多的灵魂的谜语之后，马哲来到了关键的转折点，代表他命运的医生终于降临了。他是世界边缘那一堵穿不过去的墙，他不容商量地逼问着马哲关于"活，还是不活"的问题，用这个问题在冷酷地折磨他的同时又诱导着他。面对这个再现了自己本质的人，马哲曾经有过的一切迷惑开始烟消云散，外部的干扰不再对他起作用，唯一的生活通道清晰地展现于他的眼前。

7. 疯子

在这个死寂的小镇上，只有疯子是唯一的活人，这个唯一的活人是要杀人的。他赤条条无牵挂地来到这个世上，走到哪里都是为了把东西弄脏。人们起先没有认识他，等到他造成了恶果，所有的人才都对他恐惧万分。他的存在就是对小镇人们的最大威胁，但人们拿他毫无办法。

马哲取代了他之后，立刻感到了自己体内的杀机在向外冒，所以他才开始藐视法律，并对局长说："你这样太冒险了。"

人如果不具备疯子的魄力，又怎能在世俗中存活？

8. 小结

将马哲的灵魂一层一层地揭示出来之后，朦朦胧胧的主角的身影开始变得亮丽和富有立体感了。人生就是破案，作家带领我们闯进灵魂的永恒的疑案之中，解开了一个又一个的谜，但前面还有更大更复杂的谜团等待着我们，我们永远得不到那最后的谜底，但永远在"解"的过程之中。破案的唯一的动力是来自那藐视一切的疯子，而这位具有王者风范的疯子，同时又是谜的制造者。他给我们死气沉沉的日子带来变化，带来活力，他不断肇事，驱动着我们那僵硬的身体，使我们振奋，使我们紧张，使我们跃跃欲试地起来突围。

结束语

　　读完此篇将会深深地感到，这样的小说绝不是一般的侦探小说。它不是要解开某一个谜，它只是要将侦破的过程呈现于我们面前，将我们的目光引向那不可解而又永远在解的终极之谜。作家深通这其中的奥秘，因而才会有这样不动声色的严谨的描述，冷峻到近乎冷酷的抒情，以及那种纯美的诗的意境。

可以生长的过去
——读余华的《往事与刑罚》

通常人们谈到过去，便是指表层记忆中的过去，这种过去是可以意识到的、凝固的。然而还有一种过去，一种人无法意识到，却可以通过艺术的创造加以开拓，从而使人的精神得到提升的过去的记忆，那是一个比表层的领域远为广大的黑暗的领域，人所能发现的不过是冰山一角。这样的过去的记忆里储藏着人的生命中已经有过的一切，而且它可以无限止地生长，因为它就是人的未来。具有特异功能的艺术家，就是能够将这种古老祖先遗传下来的记忆开掘出来的人。那是一个超自然的过程，支撑着人将这一过程持续下去的，只能是体内那不息的冲动。

作家余华的小说《往事与刑罚》，便是进行这种新型创造的杰出例子。作为艺术家化身的陌生人接到了来自黑暗王国的一份邀请，邀请上写着"回来"，也就是回到家乡。但他的家乡在很久以前就被他忘记了，一切记得起来的路都不通向故乡，只除了一条岔路。陌生人遵循奇怪的召唤滑上了这条奇怪的小路，这个天才的"程序错误"显示出陌生人新生的希望，一种从未有过的时间（"一九六五年三月五日"）出现了，进入未来的旅途由此开始。那是一个无比混乱的王国，充满了潜意识的纠缠，每一个无法把握的回忆都包含了未来的暗示，但时针并不是正确地指向未来，而只能通过一个程序的错误指向未来。当人想按理性寻找线索时，他便陷入困境，被深层的记忆所支配，欲脱身而不能。而此种程序的"错误"，其功能就是为了让人陷入困境，因为人只有在困境中才会发现那唯一的线索，那是他身体本能地挣扎的结果。遵循这条线索，他命中注定要与坐在迷宫中央的刑罚专家晤面。

　　经历了沙场的刑罚专家掌握了同艺术有关的所有体验，他一直在那黑暗的深处等陌生人，等他来启动创造的机制，揭开生之秘密。陌生人初见之下并没有认出他，因为生命的本能是排斥他的（谁会时时执着于"死"呢？）。但陌生人是那种忠于自己的人，他虽没认出眼前的白发老人，却听从本能继续向未来的时间挺进，其实也就是向老人挺进。这时奇迹发生了，他发现未来不可企及，他越努力，越沉入记忆的深处。这正是刑罚专家的意愿，陌生人在身不由己的下沉时到达的境地，就是属于未来的过去，刑罚专家要同他一起在那种地方演一场精神的正剧。但陌生人不知道，他满心都是失败的感觉。他的失败感不仅源于潜在记忆的纠缠，也源于方向感的缺乏参照，这一切正是寓言创造的特点，所以在寓言的意义上他胜利了。他正在超脱令他痛苦的往事，以那种藕断丝连的分割诞生一个崭新的过去，在刑罚专家对他的创造力的爆发的期待中走向他。永远对事物追根究底的陌生人这时又问刑罚专家为什么要期待他，老人便告诉他说他发现他是一个富有自我牺牲精神的人，而他要演出的这一出刑罚体验的戏剧就需要他这样的演员。他们两人要共同演出，因为两人都有牺牲的冲动。接着老人便介绍了他多年经营的刑罚。刑罚到底是什么呢？当然是人的自审的体验，也就是艺术的体验。而这种无比丰富又纯净的体验的最高阶段——绞刑，必定同陌生人所要寻找的未来相联。也就是说，"一九六五年三月"便是绞刑的体验。那种纯美的、彻底超脱的感觉，是旅途中种种磨难的终点，所有追求者的未来，人类对于它的想象一次又一次地产生出千古绝唱。但这个未来却不可达到，只能想象，而想象的基础又是肉体的受苦，因为它只能与生命同在。深谙这其中奥妙的老人就成了这场美的表演的导演和演员。

　　细心的陌生人从一开始就发现他和老人的交谈中存在一个缺口，

老人对刑罚的叙述存在一个遗漏。随着表演的渐渐深入，真相才逐步地展现自身。原来老人在语言中要跳过的东西也就是陌生人自己起初进入迷宫时企图绕过的东西，这种东西不能讲述，只能在模拟中去感觉。人类发明的绞架就是这种模拟表演中的道具，而老人本身，也就是那种东西的体现，所以陌生人要绕过他。然而这种两人都要跳过、绕过的东西又让他俩渴望得发狂，产生了表演刑罚的冲动。这种东西是什么？它是完全属于未来的、要用身体的牺牲去实行的体验，它包含了所有的过去，让过去升华壮大，它是真正的现代寓言。寓言的实现，要经过无数次的对生命的讨伐，一系列的潜意识对于人的清算，即使这样做了，人也只能在幻想中接近那种寓言境界，永远不能登上那境界。文中的四桩往事的隐喻全都指向"一九六五年三月五日"这个未来的时间，所有的努力的片断瞬间也都指向它——这个永恒的体现，这个要用身体的姿态铸成的创造。走向永恒的体验又是多么恐怖啊！刑罚专家一定要将这恐怖展示出来，他是那样的迫切，他所营造的氛围又是那样的亢奋（连阳光都在玻璃上跳舞）。他的叙述，那种惊险表演前的热身，是继承了鲁迅艺术精神的最好的范例。

▶ 但倘若用一柄尖锐的利刃，只一击，穿透这桃红色的，菲薄的皮肤，将见那鲜红的热血激箭似的以所有温热直接灌溉杀戮者；其次，则给以冰冷的呼吸，示以淡白的嘴唇，使之人性茫然，得到生命的飞扬的极致的大欢喜；而其自身，则永远沉浸于生命的飞扬的极致的大欢喜中。

▶ 这样，所以，有他们俩裸着全身，捏着利刃，对立于广漠的旷野之上。[1]

同样的抒情，以上这一段同刑罚专家关于最后的刑罚的描绘是那么的吻合，两种表演都排除了真正的杀戮，而以同死对抗的姿态坚持体验到最后，因而两人的创造都达到了同样的高度。

　　然后刑罚专家就要求陌生人脱光衣服，因为彻底的忏悔需要完全的裸露。紧接着转折就到来了。老人为什么不杀陌生人？是艺术的规律要求他这样做。原来老人不是要陌生人死，只不过是要他体验死，那种最最真切的、身临其境的体验。老人将陌生人引到这个冲突的中心，就是为了让他目睹一双既害怕到极点又渴望到极点的临终的眼睛，而这双临终的眼所反映的，就是"死"的全部含义。此处的对话十分微妙，陌生人谈的是生的体验，老人谈的是死的真谛，各不相通却又完全相通，是一个东西的正反面。

　　老人在临刑前对陌生人讲了一个寓言，那是他怎样使刑罚成立，使赎罪成为永恒的寓言。老人一讲完，陌生人就误认为这个刑罚是给他的；但老人告诉他，刑罚不是给他的，他只能观看。于是陌生人就观看了由老人进行的冗长、剧痛而又充满了饥渴和快感的死亡表演，这场表演深深地打动了他，也激发了他自身内部的矛盾。他现在有些明白死是怎么回事了，"死"就是老人的表演。陌生人已经看到了归宿，他不再急于达到那个归宿了，他只想留在过程中感悟老人表演出来的那种永恒，那里面有他的过去，那过去在悄悄生长，长成他的未来，生与死的团聚正在到来。只要老人不死，团聚就会离陌生人越来越近。然而老人终于死了，为了忠于他心中的美，他必须牺牲，他在弥留之际一定是看到了美和崇高，一九六五年三月五日与他晤面了。当然这只是种表演，一种极度真诚的伪装，它是艺术的真谛，而陌生人参加了这种演出。

　　老人在刑罚实施过程中的矛盾心理也是很生动的。一方面，他对形式之美的讲究到了苛求的地步，绝不能通融和妥协；另一方面，他又不得不苟且，因为形式之美只能建立在生命的肮脏之上，被大小便所弄脏的肉体才会产生那种高不可攀妙不可言的形式美。这个妥协的过程就是美的孕育的过程，无法想象的痛苦诞生的是无法描述的美，刑罚只有被彻底糟蹋才会达到最后的完美。经历了这场表演的陌生人，从此以后魂牵梦萦的，便只有表演这一件事了。

注：

(1) 见鲁迅《野草·复仇》。

中国文学的等待

——读《等待》

　　旅美华人哈金的长篇小说《等待》如果与国内新时期以来的大多数长篇小说相比较，的确显现出不可否认的优势和更高的境界。我认为，这部杰作无论从艺术魅力来说也好，或是从人性批判的深度来说也好，都要比国内绝大多数走红的长篇高一个档次。这是我多年来读到的最有勇气、最有力量的小说。它所带给读者的，是自揭疮疤似的严厉反省和无尽的深思。在当前主流一片"回归"的挽歌声中，旧文人的白日梦取代了文学，这些守旧的势力的合唱使得文学的声音化为低语，倘若不仔细倾听，简直就像不存在似的。表面故作高雅，本质上的恶俗、圆滑、麻木，醉生梦死，用肉体冒充精神，这是我们时代的特征。身处腐败之中，我深深地感到，我们太需要像《等待》这一类的作品了。

　　在我的阅读体会中，我觉得这部小说的最为动人之处是对主人公孔林的塑造。那是一种对于人心、对于自我的天才把握，也是将人性矛盾表演到极致的高超技艺。外在的恶势力，阴森的制度，杀人的舆论等等，全都比不上自己那颗心的可怕；而最最可悲的，也是心的堕落。一个文质彬彬、善良软弱的好人，一个在各方面都力求中庸、正直的人，在阴森的文化氛围之中，却只能日胜一日地变得麻木、冷酷，并在这麻木与冷酷之中成了不见血的刽子手，扼杀了自己的爱人，自己也被悲哀的重负折磨得不再像一个人。孔林这个形象令我想起托尔斯泰的《复活》中的主角聂赫留朵夫，但这个形象给我的震撼大大超过聂赫留朵夫。在这两个人物的塑造上，哈金以东方人的深邃气质更胜一筹；而托尔斯泰的宗教式的局限则阻止了他对人性的进一步深挖。哈金那貌似平淡的画面处处藏着杀机；表面娓娓道来、实则句句揪心的描述控制着读者，产生一种刻骨铭心的效果。这一切都完全不是可以用技巧达得到的，你必须有高级的精神境界，必须在创造中不懈地追求这个境界。停止了追求的作家才会用技巧来掩饰作品的苍白。

孔林的挣扎是东方式的思维要寻求自我的挣扎，他的挣扎失败了，作品却成功了。强大的文化淫威并不总是通过外部的压制来起作用的，你自己就是它，它同你早就连为一体，无法分割，你的血液里注满了它的毒素。一个人不可能同作为自己母体的文化彻底划清界限，正如人不可能摒弃自己的肉体一样。但人这种特殊的生灵具有一种特殊的能力，这就是认识自己的能力。而要认识自己，首先认识渗透于体内起作用的文化因素是前提。《等待》这部作品向读者展示的，就是中国人在认识自我方面所做出的艰难努力；它的艺术魅力，也是同它所达到人性的深度分不开的。文坛上有很多人认为，《等待》语言粗糙，结构单调，手法陈旧，细节不真实。是因为迎合了洋人的心理，所以才风行于国外（好像洋人在他们心目中是外星人似的）。这样的看法在我们这里很"正常"，要不是这样看才奇怪呢。一个民族，既没有自我反思的文化传统，在近、当代异邦文化的冲击之下也从未真心地、彻底地反省过，在文学艺术上又怎么能超越自身呢？

若要形容《等待》中的文化氛围，"窒息"二字最为形象。那是一种庞然大物的慢性死亡——糜烂的肌体散发着恶臭，毒素充斥于每一寸空间。处于这种境地中的生命细胞——一个患了绝症而又不甘心死亡的人，对于我们国人所最看重的那些个雕虫小技是不会去考虑的。然而正是作品那单纯的、执着于心灵倾诉的文风，那细腻入微的描绘，打动了千千万万异国读者的心。《等待》中对于中国人人生黑暗真相的揭示并不是导向颓废，毋宁说恰好相反。作品本身那深刻的洞察，那动人的力量所暗示的，是绝望之后某种朦胧的希望。在这一点上，我们读者要深深地感谢作家，因为是他给了我们更多活下去，并鼓起勇气正视自身，追求精神生存的力量。

一个军医（平凡的，甚至有点迂腐的文化人），为了同乡下老婆离婚，同自己的情人结合，整整等了十八年才达到目的。这是故事的梗概，一个毫无"新"意的故事。但作者完全无意于在编故事上头"创新"，因为他很清楚，那种"创新"，同他心里要讲的话是两码事。他不是一名大匠，他是一名处于危险之中的、即将被窒息而亡的艺术家。他以无限的深情留念这个世界，他必须突围，只有化腐朽为神奇的创造是他唯一的出路。所谓创造，就是同自身所处的染缸似的世俗生活、同自己的被惯性左右的肉体拉开距离，用一种超脱的观照全局的角度，让腐朽的、毫无意义的世俗生活再生，获得新的意义。这也是一个人的精神所能达到的成就。使用的方法则是有杀伤力的、绝不放过的批判，叩问到底的自我折磨。《等待》在这一点上做得非常出色，令人感到，作者的确是诗人气质，功力非凡。

用手术刀对所谓东方式的隐忍这种"美德"进行层层披露，将其可怕的、凄惨的底蕴展示于读者眼前；然而还不仅仅限于披露，还要发出无声的呐喊，并用利剑直指每一个读者的心，这就是哈金带给我们的精神运动。从一开始，作家就不是要把所有的责任都推到外部去，所以他才写了一个最平凡的人。你生活在这样的土壤里，你身上的一切可爱、可恨、可悲和可怜的成分都是从土壤中来。所以你要认识你生长的土壤，你更要认识你自己的血肉之躯，而这种认识，是必须通过外科手术式的割裂来实现的。在《等待》中这种心灵的解剖纤毫毕露，无懈可击。相形之下，国内的某些走红长篇虽然也有对人心的披露，但以停留在表面层次为满足（或者说作家功力不够，承受不起强力冲突），所以很难达到这样的人性高度。也许这是国民性使然，我们的作家对于自身过于仁慈、伤感，甚至怀着白日梦似的美化了的幻想。正是这一理性上的先天不足使得我们的文学停滞不前。

作品中的另外一个主要人物吴曼娜的描述也是非常精彩的。她本是一个开朗乐观、很有个性的姑娘，可是她在这场与命运的搏斗中最后成了一个心力交瘁、性格变态的女人。从这个女人身上，我们每个人都可以看见自己。一切都是无可奈何的，小人物在铁钳之下的所有挣扎都是徒劳的；他们是普通人，我们读者也是普通人。但这部作品的意义难道只是挽歌吗？吴曼娜的幻灭因其追求的执着而显得分外凄惨，读来令人心碎。除了压抑还是压抑，永远不长大，永远不发育，哪怕是一点最小的人之常情的欲望都要被否决，鲜花一般的女人逐渐变成了霉干菜……为什么要写这些？我相信，好的读者在这里读到的绝不是伤感。不论有意还是无意，作者对于荒谬年代中小人物那荒谬的内心的细腻刻画已远远地走出了伤感的层次，直接进入了人性批判。铁的专制不仅仅由上级、由统治者构成，它同时也由千千万万的内心荒谬的、作为驯服工具的小人物构成。文学作品如果没有这个本质的深入，就只能停留在对外部的揭露与批判的浅层次，津津有味地去讲"别人"的故事，而从不开口讲自己的故事。

细细回味这部作品，深感它的对于人心的细腻、敏锐的层层深入，它的对于痛苦的惊人的感受力卓越超群。国内的长篇除了个别以外，很少如此完美。我想，除了才能方面的因素之外，其主要原因是文化深层心理方面的障碍，这一障碍导致大批作品落入俗套，甚至倒退到令人惊讶的地步。一个人要看到自己的后脑勺必须通过镜子，而中华民族是世界上最不喜欢照镜子的民族。

深受西方文化影响的哈金，在强烈的内心冲突中用天才的感悟表达了中国人、当然也是全人类的人性理想。如今，他的作品已为全世界所接受，唯独在他的祖国反响微弱。作为一个与他有共鸣的同行，这种情况既在我的意料之中，又令我的绝望感更为加深。性格中的积弱已使得我们大多数人丧失了对于文学的感受力，只有那些投合国民心理的赝品最能在文坛上赢得喝彩。但文学是不会消失的，无论在哪里、哪个时代，这桩寂寞的事业都在进行着、发展着。对于文学工作者，寂寞也是他的福音、他的宿命，虽然写作的初衷是交流。然而我还是预感到，随着中国文学的发展、读者的成长，这部为西方人所喜爱的杰作一定会在我们这里被敏锐的读者不断阅读、重新认识。毕竟，它的出现是中国文学的幸事。

什么样的战争?

——读薛忆沩的小说《首战告捷》

　　艺术家的内心是暴烈的地狱。在那昏暗的战场上,两军厮杀,血流成河,一切人间的怜悯之心均被剿灭,所剩的仅有过程中的英雄主义情怀。天生为暴烈性格的艺术家,如要忠实于自己内心那永恒的情人,并将爱的宗旨贯彻到底,实在是除了转向内心的战争表演外别无他路。薛忆沩的短篇哲理小说《首战告捷》便是这个秘密的披露。文中将生存境界中的惨烈描述到了极致,令人久久难忘。

　　以世俗中的"将军"的身份出现在文中的艺术家,是从父辈的生活中悟出自己那崇高的使命的。那是怎样的一个父亲呢?毫无疑问,这位父亲也具有艺术家的气质,但他却缺少艺术家的强烈冲动和坚强意志,以至于庸庸碌碌地过了一生,最后在被动的追求中精神寄托失去,连命也丢了。父亲极其清高,对于美的事物具有超人的敏锐。他深爱死去的母亲,大约是因为这位高贵的女性与他有同样的境界。这样一位父亲在令人窒息的乡间是不可能不食人间烟火的,于是他成了一个普通的乡绅。同样敏锐的将军从少年时代起就目睹了父亲如何样为了平息内心的致命冲突,也为了与他所鄙夷的世俗达成妥协,所进行的那些极为卑劣而冷酷的勾当。将军冷眼旁观,绝望而又无可奈何,一步步被推进亲生父亲设下的圈套,做着自己不愿做的事。这位父亲希望儿子成为和他同样的人。在儿子看来,这就是在乡下终其一生,严守着内心那高贵的隐私,却不惜伤害周围亲近的人,甚至深爱自己的人。但这正是儿子所最不愿意的!他观察了老父那虽生犹死的僵尸生活,他最怕的就是自己重蹈覆辙。可是在呼吸不到任何自由空气的乡下（世俗之象征），出路在哪里呢？将军曾不得不答应了老谋深算的父亲的要求；并随后伤害了那个爱他的女人；再后来，连儿子也失去了。感情上的打击是致命的。父亲想于无言之中告诉将军，他应该活在回忆之中，同老父一样过一种双重的生活。在将军看来，这种活法等于死。他不想死，于是暗暗盼望另一样的生活。

如同昙花一现，传教士的到来给父子俩带来了某种希望。这是一个有信仰的人，他的家乡是浮在水上的虚幻的城市，他活在对幸福的追求之中。那样一种能够时时感到幸福的生活，不正是将军的父辈梦寐以求的吗？然而已经晚了，将军的父亲被粘在家乡那黑沉沉的土地上，他已经不能起飞，飞向真正的灵魂的故乡了。这种宗教的生存模式对于将军本人来说也不合适，不过他由此隐约地看到了一条让精神存活的通道。于是由宗教的感悟作为媒介，将军终于找到了自身的希望的所在——进入艺术生存的境界。而那位父亲，却只会用世俗的钱物来表达自己对于宗教的敬意。将军为什么觉得自己不适合于当教徒呢？大约是因为性格中的两极的对峙过于险恶，充满暴力，而他又对于世俗生活过于热爱的缘故吧。这样的人不适合当教徒，只适合于过艺术家的生活。

一个人，如果要在内心做一个彻底的艺术家，那会意味着什么呢？作者的概括是两个字"革命"。这的确是一桩伟大的革命事业。加入这种事业的人，从此便将性情中伤害他人的矛头转向了内部，宁愿不断地在硝烟滚滚的内心战斗中消耗自己，也不愿再去伤害任何人一个指头。并且人还能以自身的榜样促使整个人类觉醒。一个有着很深的世俗情结（文中称之为"脆弱"）的人要从事这样一种事业，他所面临的只能是自我牺牲。首先，他要斩断他对世俗的依恋，成为一个游魂，以便让精神起飞，同时，为了让自己获得某种实在感，他又必须回到世俗中去重新体验（"他说他在战争的后期经常会有一种极度疲劳的感觉。那时候，他会非常想念他的父亲"）。而重新体验到的世俗已不是从前那个温情的世俗，他在里头找到的只有绝望。这便是艺术家真实的内心生活的写照。他必须牺牲一切，那个张着大口的黑色深渊要吞噬一切。当然在过着这种阴暗生活的同时，他也会感受到幸福，这幸福比那位传道士所感到的幸福不会弱。

将军终于打定主意从事"革命"了，他在首次的内心战争中战胜了自身的最致命的脆弱——对父亲的爱。是的，他搬开了父亲——这个前进路上的障碍，义无反顾地投身到了精神永生的事业中。这时候，父亲已不再是单纯的父亲，他成了将军永远的心病，他象征了将军对于整个尘世生活的爱和迷恋。只要将军还是一个活人，他就不可能去掉这块心病。于是内在矛盾的相持显得更加可怕了，"革命"迫在眉睫。将军在精神的事业上越是成功，他内心某种东西的毁灭就越是临近。在最大的战役结束、将军获得胜利之后，内心的清算开始了。

在"回家"这一场恐怖的经历中，将军看到了什么呢？首先，他看到的是自己对最亲爱的人犯下的罪孽，这是他不放弃"革命"的惨重代价。就像将军是世俗中的父亲唯一的精神寄托，失去这个寄托，他就陷入了彻底空虚的陷阱——死亡一样，父亲也是后来生活在纯精神境界里的将军的唯一的世俗寄托，失去这个寄托，将军也要陷入彻底的虚无。可以说，父亲的追求和将军的追求是两种相对绝望中的运动，最后的目的地都是终极的虚无，或者说终极之美。也可以说，父亲是艺术家灵魂的表面的层次，将军则是比较本质的层次，他们之间的关系又是互动的。父亲用生命完成了他那扭曲、"失败"、绝望的追求，将军则将带着一颗血淋淋的灵魂继续上路。同样可以说，父亲就是将军内心的世俗部分，是将军每次伟大的精神战役之后就要返回的"家"。而这个部分，又是将军极度厌恶、鄙视，总想将它尽量缩小的部分。他透过父亲那阴暗、残忍、窒息的生活看见了自己的内心，他要彻底批判这种不人道的生活——虽然他自己同时又在继续无可奈何地不人道。但将军是有救的，因为他从未停止"向善"的努力。不论他的罪孽有多深，只要他还在主动（有意识地或无意识地）"革命"，他的精神就处在永生之中。暂时地，他失去了世俗中的一切。但他还会遇到世俗中的爱，还会重新建立同世俗的关系，因为"世俗"是"革命"的根基，不爱尘世生活的人不会想到要去"革命"。

"革命"的确惨无人道，因为人不可能一心二用，不可能面面顾及。但"革命"又正是为了人道的实现，既对自己人道也对他人人道。为自己，是因为人的精神找到了出路，不用再害怕成为僵尸，也不会因发泄自己性格中的恶而残害更多的人（如同父亲害那些女人）。为他人，是因为将军做出了榜样，必有更多的人来效仿。向他学自我分析，也向他学用艺术方式来解决内心的冲突。所以将军起先说："我参加革命是为了我自己"，后来又"觉得自己是为了革命而不是为了自己才参加革命的了"。理念一旦产生，便会高高在上，成为人终生追求奋斗的目标。从将军的父亲到将军，这是认识的由表及里、由浅入深。而契机则是将军母亲的死。世俗情感寄托的崩溃导致了两代人性格分裂的外在化，也导致了父亲对生命意义的怀疑（美的寄托已不存在，活着还有何意义？）。然而终于通过儿子不顾一切的绝望的突围，通过他的用行动来创造意义的辉煌努力，新的向美、向善的通道出现了。两代人的努力促成了真理的诞生。

▶ 将军几次说，说服他的父亲来北方居住才是
他的最后一场战役。他说他一定要赢得这最
后一场战役的胜利。否则，对他来说，革命
就还没有成功。

毁灭性的结局似乎表明着将军的彻底失败，但这失败却是另外一种意义上的胜利，是继首战告捷之后的最终（是否是"最终"也很难说）胜利。人的自由意志战胜了人的世俗惰性，在情感的废墟上新生

的"人"立了起来。当然，前面等待将军的，还有无穷无尽的战争。因为世俗是消除不了的，它就是艺术家的肉体，那昏暗、躁动，蕴藏着原始欲望的肉体。只要人还在追求、创造，他就会找到新的世俗情感的寄托。但世俗情感如不同精神发展联系起来，就会一点点萎缩。处在萎缩过程中的人越要加强世俗的纽带，就越陷入完全的虚无或死亡。所以父亲说："自从你母亲死去以后，这所房子里的生活就变得非常奇怪了。"

最后一个问题：将军回到哪里去？世俗已化为虚无，尘世中的故乡已消失，漂流是他的宿命，战争是他的日常生活。抛弃了世俗故乡的将军已将故乡转移到了内心深处。毫无疑问，他还会一次又一次地努力同世俗沟通，在沟通中剿灭那反扑过来的世俗情感。

自由之旅

——张小波的《法院》体现的新型救赎观

（一）意义

在文学史上，西方经典文学中那种决绝、酷烈、紧攥不放、横下一条心进行到底的自审模式，在《神曲》、莎士比亚悲剧、《浮士德》、卡夫卡、卡尔维诺和博尔赫斯等人的作品中曾达到极致，扣人心弦，改变了许许多多的读者的人生观。然而今天在中国，就在我们当中，一位文学的奇才再一次用自身的独一无二的体验刷新了西方经典文本的自审模式，为世界的纯文学注入了新的活力。张小波这篇六万字的中篇，以罕见的黑暗的冲动，底气十足、出人意料的浓密的想象力，不可思议的、近似本能的潜在推理，在文学核心的地基上，营造了一座奇诡的、东方风味的建筑物。作为他的同道，我深深地懂得这种稀有的才华是多么的宝贵，并以能用此文来解读他的作品而感到自豪。

《法院》是什么呢？它是为救赎而从潜意识开始的自由之旅；是以"事实"（真理的代称）为目标不断突进，而将暗无天日的溃败直接当作唯一的精神生活，并从中诞生自由体验的奇特文本；是以画地为牢、自我监禁的方式来起飞，越过鸿沟，达到精神彼岸的成功尝试；也是于虚无中用意念发光的特异功能的精彩展示。它，是由世纪末的混沌和黑暗催生的、扎根于人性深处的阴柔之花——其养料来自西方，却呈现着东方的神韵。它也是一种特殊的心灵召唤，以我们久违了的神秘、陌生、诱惑而又似曾耳熟的声音，将我们读者带入"生理写作"的充满魅力的幻境，去领略为救赎而进行创造的风景，那来自源头的生命风景。

在西方，卡夫卡曾以一篇《审判》对现代人的生存处境进行了前所未有的描绘，其深不可测的笔力，其水晶般的透明度，令后来的多少文学家黯然失色。但张小波的《法庭》，事实上已完全当之无愧地成为了《审判》的姊妹篇。这篇作品不但具有前者的种种长处，而且在一个最根本、最关键的方面发展了卡夫卡的文学，超出了《审判》所达到的深度，将我们现代读者对于自身、对于祖先遗产的思考和冥想带入了一个新的维度。也许是虔诚地接受了西方文学的洗礼之后，作为东方古国的作家的优势便起了决定性的作用，张小波的《法庭》在对于人性的反省方面，将《审判》中的那种严厉的、全盘否定的感知方式进一步拓展，使之演化成了更为深邃的体认，更为惊险的整合，更具自我意识的、与陈腐现实反其道而行之的突进。人的幻想在这种感知方式中得到了大解放，决堤的洪水朝着冥冥之中的目标滚滚而去。一个幻象接一个幻象，既肆无忌惮，又像是天意安排，类似于音乐对于最高真实的表达。而这一点，大概属于这位东方作家的专利权。我称之为新"天人合一"，以区分于古老的扼杀精神的"天人合一"人生观。确实，在这样的杰作中，你会感到东方人那无与伦比的忍耐力，以及通过冥想将苦难和剧痛直接变为精神游戏的巫术般的本能。只有在遍地巫风的国度里诞生的艺术家才会具有这种本能，千年的压抑与千年的祖先记忆在世纪的文化大碰撞中产生了质变。在先辈艺术家卡夫卡彻底否定的终点，张小波开始了他的穿透死亡之旅，从虚无的、类似于"死"的生活中产生意义，并将这意义当作最高的人生真谛，也就是——在彻底的否定的氛围中通过对于虚无的冥想来重新发明仅仅属于自己的精神生活。

除了以上的成就之外，作家还有另一个最大的成就，这就是在带领读者进入幻境的同时，使先辈的文学遗产在文本中得以生动的再现，使那些伟大的作家在人类共同的冥界得以重逢。于是历史的脉络在这个故事中又一次显现。敏感的读者会由此通道进入那条秘密的河流，将唯一属于我们人类的崇高的风景尽情地领略，使身心得到净化。作家对于先辈精神的领悟是极为独特的，那不是被动的"领悟"，而是直接加入演出，以自身充沛的创造力将那个存在了千万年的古老主题进行从未有过的开拓和演绎。

精神是有遗传性的，作家也不例外。但是这种遗传十分古怪，如果一个人意识（自觉或不太自觉地）不到那种基因，他就得不到那种遗传。张小波是具有高度自我意识的作家，他对于自我的挖掘是很深的。因为这种业已形成的习惯，他在下意识的黑暗领域里实际上每天都在与大师对话，这种天赋使得他一开口就能说出真正的寓言，并且是仅仅属于他个人的寓言。正如那些大师的文本一样，精神饥渴的读者也可以从《法庭》这样的文本中找到自己急需的东西，并顺着他的冥想思路去领略那些同质的创造，从整体上去把握人性结构的轮廓。但这有一个前提，就是读者本人也得开掘自身隐藏着的可能性，用反复阅读文本的操练来促使自我意识的产生。《法庭》正是适合于读者进行这种操练的最优秀的文本。

（二）自由之旅

有一位为病人治疗痔疮的名医，于某一天被一名女患者所敲诈，之后又被逮捕，被拘留，从此开始了与法庭打交道的噩梦般的生活，而最后又被莫名其妙地释放了。这是故事的梗概。

在我们生活的世界上有极小一部分作家，他们不使用大众所习惯了的语言，他们也不讲述人人都听得懂的、表层生活的世俗故事，他们另有所图。张小波便是这类作家中的一员。一开始阅读我就为这篇作品那奇特的语感所吸引，我想，这究竟是个什么样的故事呢？会不会在讲述的过程中因为底气不足而"露馅"呢？通过反复的阅读，从模糊到渐渐明晰，一个发光的结构终于在脑海里显现出来。现在回忆起来，这个故事是如此的完美，切入的层次是如此的深，直抵人性的核心，而语言的运用又是如此流畅，充满了活力，无懈可击，丝毫不亚于那些经典的阅读给我带来的震惊。

踏上自由旅途之前的这位有点古怪的医生，其内心已经具备了成为自由人的基本条件，即，理想主义的人生观——这从他的职业与他敬业的态度上便已体现出来；自我分析的习惯；某种特异的冥想的能力——二十米开外便能看出人身上的疾患。然而真正的自由是一场非常残酷的生死搏斗，即使一个人具备了条件，他也得依仗于某个"陷阱"才会真正开始那种恐怖的体验历程。医生的陷阱正好出现在他所虔诚对待的职业上，一位女病人诬告他进行性骚扰，他被逮捕，对他的起诉开始了。

医生的意识处在暧昧的朦胧之中。从表面的意识出发，他觉得自己受了天大的冤枉，觉得发生的一切都是一场意外，一个错误，法庭应该倾听他的抗议。然而就像鬼使神差一般，他在下意识里无缘无故地兴奋起来，竟如同遇到了千载难逢的机会一般，开始向自己的对头——法官侃侃而谈，像是倾诉衷肠，又像利用自己掌握的法律知识揭对方的老底、威胁对方。这究竟是一种什么性质的相互关系呢？如果我们将起诉看作人的潜意识的觉醒，将检察官和法官看作人对自我的自觉的制裁，这桩公案便可以从人性的根本的分析上来解释了。医生的兴奋当然不是无缘无故的，这个陷阱，这场同法庭的遭遇，实际上是他长久的渴望和追求的结果。此前，他表面看上去事业成功，生活如意，然而私下里他却过着一种阴暗的、不自由的生活。他看不到他的生活在深层次上有什么意义。也就是说，他不满意已有的生活；他要过一种本质的生活，他在为这种生活聚集能量；终于有一天，这种能量以"陷阱"的形式爆发了。

▶ 法官在告别人世时会发现，他这一生中无所
  依托，其实只是从一个梦过渡到另一个梦；

在一路上他感觉自己是被一个幽灵吮吸空了
的……不能到达情人嘴唇的吻,他甚至连哭
泣的力量都没有被给予过。法官是一个没有
痛觉的人……一个坐在轮椅上日夜构思自己
如何纡尊降贵、和大地亲近的人……⁽¹⁾

  医生在此分析的法官的处境便是他自己的生存状况——他被无名的痛苦折磨着,他自视是如此的高,却看不见生活中的意义,因为他没法进入世俗,没法同自己的肉体达成妥协。也就是说,他心里有一个法,只不过还未启动。从这个意义上说,法庭又是他唯一的救赎,这场致命的官司将最终将他拯救。"陷阱"不正是他虔诚盼望的东西吗?这个前期过程同《审判》中的 K 却并不一样。在此,《法庭》的主人公显得更具有主动性和阴险的谋略,他甚至在戴着手铐的情形下也在图谋击垮对方的防线,他总是咄咄逼人的。

  时代在变化,生存的紧迫性比九十年前卡夫卡创作《审判》时,更为加剧了。所以艺术家在对付这个问题所采取的方法也在发展着。张小波正是那种抓紧每分每秒去生存,丝毫不放松那根命运之弦,不但处处走极端,简直是将死亡体验当作了唯一的生存养料,像空气和水一样一刻都离不了的艺术家。人需要什么样的活力与本能才能做到这一点啊。而当他竭尽全力这样做的时刻,那种最深层次上的幽默的人生观便成了他的法宝,正是这种奇妙的幽默使他能将人性中势不两立的两个部分统一起来,勇往直前地继续他的追求。

▶ 法官甚至忘记了自己尚未退庭,越笑越无法
 停顿,以至眼泪都流出来了。⁽²⁾

▶ 椅子也翻倒在我身上。这时候我显然还没来

得及进入现实，也就不感到疼痛。法官指着
我大笑不止，他忘记了自己还有一只手在书
记员白皙的脖子上。她也吱吱地笑着，但我
看出来，她并不是从我身上取乐子，只是内
心的颤抖用错了表现形式罢了。她的眼睛里
正闪着泪花……(3)

▶ 我有时使劲儿嗅自己身上的这种气味，有时
也会厌恶它，想变成另一个人。但是，放眼
一看，你准备变成谁呢？不管如何，不管我
先前有些什么感触，现在，拿在我手里的这
张起诉书，却总使我显得没有主意，伤心，
叹气，向自己微笑或做鬼脸……你瞧我这个
一直不肯适应新环境的豚鼠儿！(4)

　　这一类的精彩描述在文中比比皆是。一名中国现代艺术家在自由
的旅途中，其行为的基调呈现出这种具有无限韧性的幽默——幽默到
死。人在幽默中释放情感，升华理念，绝处逢生。在这里，幽默就是
自由的冥想，幽默也是飞越鸿沟的翅膀。张小波这种从根源处生发的
幽默在中国文坛上标出的高度是难以企及的，它来自一种天生具有高
度哲理感悟的大脑。我们自己的文化传统中是没有这种基因的，张小
波不仅仅继承了西方经典文学中的这个基因，而且将其发展成一种东
方式的冥想。这也是东方人在精神领域中所树立的独特形象。

　　通过冥想让肉体消失，进入一种抽空了具体性、世俗性的抽象的
"故事"，并在那种故事中达到对外部险恶处境的遗忘，用意念来破
除桎梏，这是同法庭晤面之后的医生一直在做的事，这种行为其实质
便是体验自由。

▶ 起初我并不是很适应，还有些艰涩，要用一
块无形的橡皮擦来擦去，涂改，修饰。但终
于越来越情不自禁。一个安装义肢的人在幻
肢感消失后开始在大地行走。……我完成了
一章又一章，近九十天的时间里我没遭到监
禁。因为我只是罗贝尔·L。[5]

　　医生一旦同法庭谋面，其自我意识便空前高涨起来。整个的自由
旅途实际上都是由这些冥想构成，而他本人，明显是越来越自觉、越
来越自由了。不过自觉与自由的前提并不是自明的，反而是莫测的、
蒙昧的，每一次重新向前迈进都要依仗于体内的原始冲力朝某个隐约
中感到的方向去突围。这种逼死人的自由属于极为强悍的心灵。
　　由冥想获得的整合的能力在被告与法庭的直接关系中也不断体
现出来。被告的对手是法官和检察官，但他们的旁边总是有一位第三
者——书记员或实习生。在法官或检察官那滔滔的雄辩将被告打垮之
后，这位书记员或这位实习生便来同被告调情，其实也就是向被告暗
示，法庭与被告有着共同的利益，双方正在合谋一桩救赎的阴谋，一
切都不可掉以轻心，一定要竖耳倾听对方的脉搏，将猜测与冥想进行
到底，一旦发现法律的缺口便立即实行突围……书记员或实习生既是
引诱者又是法律的使者，他（她）使得冷冰冰的法律也具有了人情味。
不过被告在他（她）的引诱下并不能得到解脱，解脱不是他们希望
看到的，他们只希望被告奋力挣扎，将冥想发挥得更为极致，将故
事编得更为精彩，他们同他们的法官或检察官一样，深深地懂得被
告只有在那种瞬间才是真正自由的，所以他们大家努力地促成这种
自由。这也是法律缺口的作用——诱使人突围。被告敏捷地接收了暗
示，他说：

▶ 眼下，与渴望开释相比，我更向往法庭。
不管怎么说你不能讲一条无家可归到处乞
食的狗是自由的，狗没有个体意志可言；你
要承认，唯有法庭是为被告开设的，是他的
场所……(6)

表面的对立成了黑暗中的合谋，这是什么样的奇观啊。张小波的
整合的感悟方式属于我们，但如果我们不拿自己开刀，不像他一样进
行外科手术式的解剖，他那独一无二的思路便会将我们排斥在外。这
从多年来这个作家在文坛的命运就可以看出来。天才默默地产生，并
没有人真正认清他的意义。

确实，这位作家在解剖自我时的冷酷，在自我分析的推理中的镇
静、耐力和坚韧，在文学史上都是少见的。

▶ 一个守役用手捂住我的伤口，但血还是不断
地渗出，搞得我满脸都是。气味像乙醚那样
刺激——"为了使你的血更甜，平时请多吃
点糖。"一个魔鬼这样告诉少女——血把一
个守役的制服搞得一塌糊涂。
▶ 我躺在地上，血腥味儿引来无数只苍蝇，落在
我头部、脸上……我一点也不愿赶它们走。(7)

用头撞开地狱之门之后，医生要尝自己的血，他沉浸于嗜血的意
境，他的思维在这种极致的意境里如火焰般上升。接下去就得进行那
种凡人难以想象的推理了。医生的推理是一些隐匿的、连他自己也未

见得意识到了的线条，所有的线索都导向无法抵达的"事实"，明知抓不住事实，却还要凭一股蛮力向其发起冲刺。

▶ 罗利之死，质言之，是他的非凡痛苦的心灵
  与消失的无法重现的全部事实的一次根本性
  调和，他为后来的人类赎尽了羞愧。[8]

　　艺术家的逻辑就是通向死的体验的逻辑，通过这种体验来解决心中的致命矛盾。而这里的所谓编故事，属于"生理写作"的范畴。因为是生理写作，推理也就成了古老本能的再现，即，只要执着于"死"的意境中，推理便可以持续不断地进行下去。张小波的例子验证了先辈经典作家的见解：生理写作是最高级的写作；谁将这种返祖的特异功能保持得最好，谁就能成功地展示核心的结构。

▶ 我在换取另一个人（恐怕是一个已不在人世
  的人）的梦魇般的灵魂。我一点点地进入罗
  贝尔·L，文明不同类型的相互拒斥，对恐
  怖、苦难、屠杀、权力和荣誉，被黑暗所消
  融的性欲……的不同体验理解，他性格上的
  倨傲，所有这些，使我有时候不得不退回
  来，有时候不得不瘫坐在地板上气喘吁吁，
  大汗滂沱。我通过一个噩梦、一匹马、一次
  疟疾……改变着自己，削弱自己。忘却自
  己；像"请碟仙"那样，我的嘴开始默诵出
  《人类》的开头部分……[9]

　　这就是那种类似巫术的作业。推理的线条极为隐晦，一旦被揭

示，却发现是铁的逻辑。所以可以肯定，这样的小说不是用大脑"想"出来的，不论深层的逻辑多么严密，那也是集体潜意识在特异个体身上的体现。一个作家的虔诚，是启动潜意识宝藏，发展遗传基因的根本。像张小波这样不要任何依托地凭空讲述，说出的任何句子都只能属于诗的范畴，因为这是从地狱深处酝酿的故事，是彻底的"否"之后，如《浮士德》中的荷蒙库路斯那样纯粹的结晶物。所以难怪在医生那临终的眼里，连巴黎也"是一堆纯物质性的东西，比糟粕也不如的东西"。(10)

文明的伪装溃散了，本质的结构从废墟中显现。这一切都是在自由的冥想之中达到的。

那么，艺术家为什么非要通过一个这样极端的故事救赎自己呢？他借主人公的口一次又一次地告诉我们，是因为恐惧，因为怕死。他害怕那日夜不停地像海潮一样袭来的颓废和虚无感将他彻底吞没，向死而生是他唯一的选择。

▶ 当阴影脱离了栅栏，以不可思议的重量向我
坠落时，我无比清晰地看到了他的面孔。它
饱满、愚蠢，强有力的下颌、一排牙齿、一
条拉到口腔外面的湿漉漉的舌头。这条舌头
滑过我的面部。我叫道："不——"(11)

这是命运在安排主人公同死亡晤面，而他叫道："不——"他绝不能像那个人一样"带着死的念头活着"，即心死，或行尸走肉。于是，他必须竭尽心力将这场审判进行下去，因为稍有松懈便会像那个人一样坠入无底深渊。医生自问道：

▶ 当阿 X 像一个人妖"带着死的念头活着"时，
    审判是否呈现了自身意义的缺乏？那个向我
    通报事变的山地人又是个什么角色？（12）

　　医生不但不死心，而且还走火入魔，越活越有味了，他的审判是
充满了意义的。他也怀着"死"的念头，不过他的"死"和阿 X 的死
有质的区别，或者说正好相反。那位山地人是一位使者，是将医生引
向冥界体验的媒介。

　　医生在冥界（梦境）里走了一遭，他以"小心翼翼的爱"去梦见
一位美丽的女人，他直接聆听神灵（自我）的声音，终于，他像穆罕
默德一样用意念移动了山，他恢复了。

　　在审判的历程中，艺术家借一位 M 律师的口说出了所谓"真相"。
即，法律永远是不完备的（也即理性制裁永远是需要人不断破除的），
法律的真实意图永远莫测。M 律师所说的其实是：人生就是一场破解
谜底的生命运动，一场不断为自己设障碍又不断破除这障碍的搏斗，
法律永远是需要更新的，人不能直接抵达真相，只能用生命的运动来
感悟真相（"往往要运用一些似是而非的比喻才能抵达"）。久经沙场
的 M 律师告诉医生，他的案子"像一则寓言那样既荒诞又隽永，正是
司法官们可遇不可求的案子"。（13）

　　当律师这样说的时候，医生其实已经半自觉半蒙昧地生活在这种
氛围里头好久了。他被关押了那么久，"人却依然白白胖胖"，"怎么
也不像个被告"。而医生声称，自己并未受到拘禁，因为他"是一个
有学问的人"。于是律师声色俱厉地逼问他有学问与不受拘禁有什么
关系。这一逼就从医生口中逼出了关于罗贝尔·L 的故事及《人类》
那个凭空杜撰的奇异故事。医生的精神养料在这里，他在同先辈的交
合中进行独创。医生用他的辉煌表演说出了他的案子为什么会既荒诞

又隽永的根本原因，这是一个追求永生的人的秘密法宝。

在张小波的《法院》中，人的主动性超出《审判》进入《城堡》的氛围，而善于冥思的医生，其意念是如此的集中，他的行为本身就有点类似于先知了。这是一个用行动来实施自己的理想追求的先知，他总在向上，总在追求光，从未有过真正的颓废和放弃。他说：

▶ 死亡把百无一用的生命献给了虚无，不但献

给了一个空洞的虚无，而且还献给了一个怒

吼的虚无……[14]

艺术家将自己生存的一切通通抽空，抽空的目的却是为了"怒吼"，为了让生命发出咆哮，此处说得多么好啊。像医生这样迷恋生命的人，当然是无论在什么样的险恶条件下都要挣扎求生的，他又怎么可能颓废呢？在监狱的最深的黑暗之中，他神不知鬼不觉地进入那种高级的思维形式里，享受着人所难以达到的高级的陶醉，那不就是极乐的境界吗？他又怎能轻易放弃这一切呢？所以后来他被宣布"自由"，他的起诉被取消时，他便出于惯性激烈地加以反对了，因为到这个时候，审判已成了他生存的空气和粮食，任何的降格都无异于死。当然，法律永远是看不破的，法在此给予他的，仍然是他已经习惯了如此之久的自由。从今以后，审判的主动权已交到他自己手中了。也就是说，他爱什么时候审判自己就可以审判自己，只要他不离弃法，自由就永远与他同在。他是世俗中那"许多陌生的疲乏厌世的面孔"中的一张生机勃勃、精力充沛、目光深邃的面孔。经历了这场惊心动魄的审判之后，通向死亡的颓废之门关上了。

（三）精彩片断解读

▶ 我突然把手伸出去摸索起法官面前的桌沿，

这个动作使法官吃了一惊，不知我何以这样。
这当儿，我的手已经飞速地收了回来。这不
是恶作剧，这是一次意外，又一次意外。[15]

医生在斗法的过程中受下意识支配做出了冒犯法官的举动，他将
自己的举动称为一次意外。另一次意外则是他于恍惚中对女病人身体禁
区的亵渎（也许并没有，这种含糊极妙），那次行为导致了他的被捕。
这种他将其称之为"事故"的行为，究竟属于什么性质呢？说到底，
正是种种的意外（或称为事故、罪、恶行）构成了我们那必须彻底否
定的人生。一个具有自我意识的人，终生都处在与自己的意外相持不
下的过程中，意外有多大，制裁就有多严厉。然而这并不能使这个人
避免继续制造更多的意外——假如他是如医生这样的"歹徒"的话。

▶ 他相信，该被告正竭力要使自己躲入疯狂之
中，以避免受到更深的、几乎等同于原罪的
折磨和伤害。他想，这个谵妄型的被告自己
可意识不到这一点。于是他忍不住使用了一
个愉悦的表情。……"我宁可把你看作是一
个佯癫佯狂的家伙，甚至还很想看到这种场
面：你冲进人群，高声喊："我杀了上帝，我
杀了上帝。"我一生能经历这样奇特的事件也
算造化了。……"[16]

此处泄露了法官的天机，即，他生平最为盼望看到的，就是被告
的"发疯"。发疯亦即突破常规，用凭空而生的意念和狂想来构建一个
空灵的世界，将理性踩在脚下让欲望为所欲为。只有被告变成这样，
法官所积蓄的能量才有用武之地，他将伺机出击，突然将被告打倒在

地，让狂妄的被告领略铁拳的威力。当然接下去又是新的造反，新的
亵渎，无休无止。

▶ ……我要据此默写出从未读过的《人类》。
　　想想看，这是怎样一项工程，怎样的……奇
　　异、不可思议（会像通天塔那样触怒上帝）。
　　与其说它需要卓绝的智力和运筹，还不如说
　　我在期待恩赐。(17)

▶ 他讲了这样一句难以理解的话："谁要对我
　　讲基督的仁慈，我就说达豪。"(18)

　　创造是一件依仗于天赋的活动，获得了恩赐的艺术家，祖先千年
积累的黑暗中的财富才会源源不断地流向他。仁慈意味着生，艺术家
在"生"之前必须先体验达豪集中营那残酷的死亡。经历了集中营的
折磨的心灵，就获得了自由之旅的通行证。医生在拘留所经历的"达
豪"，表面看好像是外部的强加，是偶然的不幸，其实全是他下意识
里的选择。可以说，他始终走在"正道"上。

▶ 但他从不在汇单上的汇款人一栏里写自己的
　　名字，而是任意从古典小说或民间传奇中取
　　一个人物来替他行义，如刘伯温、杨志。(19)

▶ 他在我背后窸窸窣窣地解衣服，坐在椅子
　　上毫不犹豫地把针扎进大腿。灯光把他
　　的影子送到墙壁上。我的呼吸变得急促
　　起来，感到人世间什么希望都没有了。

生命既脆弱又难以了断，连瘫痪都没有可
能了——毫无来由的超验。[20]

以上是医生关于父亲的描述。父亲是儿子的导师，他以身作则，于无言中告诉儿子，在另一个完全脱离了俗气的世界里，温情只存在于古代的传奇之中。他幽默而平和地给儿子启蒙，让他看到"生"的真相——有痛才有"生"。如果你坚持不下去了，你所面对的就是死。他以自己的苍老病弱之躯，向儿子显示男子汉的坚韧和毅力——即使痛苦到了极限，也要独自承担到底，绝不"一死了之"。

▶（法庭）是为公义而设的，你稍稍想一下就
　明白啦，当照相机的快门打开时，胶片上显
　示出什么——不是风景中的游客、王朝建筑
　或赛车。你错了，不是！——而是胶片自己
　的功能，他对世界存在的光学判断，上面
　的映像只是对其功能的证明——法庭的道
　理与此如出一辙。[21]

法庭是一面高悬的巨镜，自从有了人类以来，镜子的作用就被发现了。因为人想看见自己；人是唯一想看见自己的动物。同人类一道诞生的法庭将人的本质清清楚楚地映出来，不论人类历史如何变迁，这个功能始终如一。法律是为了公义而存在，公义是为了爱而存在，而爱，是人类的本性。为了爱的实现，人设立了法庭这个最严厉的自审机构，它以其无所不包的功能，促使人一天天变得更像人（或"被告"），更为自觉，也更具创造力。

▶"我不但没有未来，也没有现在，也没有过

去……我其实是个纸人儿，连五脏六腑都没
有了，还有什么好说的？"他边哭边说，并
且放下一只手来轻轻捶打着地板。"那你就
给我像纸人儿那样飘开，"我突然发起脾气，
恶狠狠地踢了他一脚，"一个孬种、贱坯，
那你来缠上我干吗？你欠揍呢。"(22)

　　医生是多么的有元气啊。调酒师的处境就是他的处境，那失去
了生的理由的、漆黑一片的处境。但因此就该自怨自艾吗？在医生看
来，那漆黑一团的绝境，也许是人自行发光进行创造的佳境。医生虽
未明确意识到这一点，但从本能上就讨厌颓废，排斥软弱。在同法庭
接近的每一阶段上，他的表现皆是用全力的挣扎来消解已有的所谓
"现实"规定，创造仅仅属于自己的新境界。所以后来调酒师说："你
这一脚可把我踢醒了。"（87页）这就是说这一脚启动了调酒师内部的
创造机制。于是他开始了讲述，即忏悔。这种近乎生理性质的忏悔形
象就是写作者的形象。写作者在致命矛盾中讲述，在良心的审判中延
宕，以其积极的生活方式重建了生活的意义。于讲述中看透生命的本
质之后，调酒师终于进入了类似医生的追求的境界，他甚至达到了幽
默，一心只想幽默至死。像医生凭空梦想出《人类》那本书一样，调
酒师也要梦想出从未读过的卡夫卡的《美国》。

▶ 其实他可真算得上是两手空空呢，如他自己
　所说的，他扮演的是一个以取消严肃性为己
　任的滑稽角色，是其所不是的一个。不消说
　得，整个律师阶层是为了调节公众生活与法
　律的龃龉而存在着的，M连这种功能都近乎
　丧失了。

▶ 是啊，也许自 M 来到人间时就先天地缺少
　某种东西。但他认为自己有过，只是现在失
　去或因不合时宜而无用了，所以才会说出
　"连形式上的怀旧也不可能"这种话来，实
　在要让人为之欷歔。[23]

　　老奸巨猾、洞悉两界秘密的律师的工作表面看是为被告辩护，而
实际上是一种奇异的交合——将法律世俗化；将世俗法律化。这样的
工作是多么的不可能，而偏要去从事这种工作的个人身心又会受到什
么样的折磨啊（"既老迈又瘦小，正在战战兢兢地穿过马路"）。然而每
位真正的艺术家的内心，就真的有这样一位律师，一位自始至终维护
着他的精神，使其不至于崩溃的使者。他对最高理念具有那种虔诚，
但他也深知理念是多么不可能贯彻到世俗生活中去，不但不可能，"连
形式上的怀旧也不可能"，因为"不合时宜"。可是这位智慧的老人，
他在法庭上那种天马行空似的激情，却正是来自于对于人性结构的洞
悉——人不能违背法律，只能一遍又一遍申述自己要活的理由；即使
法庭永不开恩，被告也不能放弃辩护；被告甚至要以攻为守，指出法
律对于自己那种先验的依赖性。在这种滔滔的发挥中，律师甚至将辩
护变成了诗，诗的灵感则来自于他藏在肚子下的一只小猫咪——直觉
的化身。至于结果——结果同得救有什么关系？古典主义的伟大时期
已经过去，今天的人们活得如此艰难与猥琐，但在辩护中，只有在辩
护中，天堂之光穿透人心。

▶ ……目前从最高法院到基层法院都在流行
　一个时尚，即：一件案子的审理是否被认为
　成功，往往决定于最后的判决辞上。如果判

决辞极短——哪怕只有一句——且已经使事
实及法院的态度都包含进去了；极精彩——
但这往往要运用一些似是而非的比喻才能达
到——以至只有经验丰富、学识渊博的法学
家才能了解和欣赏，这样的审判才会被认为
是完美的。……他们遇见的绝大部分案子要
么冗长复杂，再怎样都无法用短短的判决辞
加以概括和定罪量刑；要么平淡无味，即使
几个字就足以打发但无法使之精彩。(24)

　　M 律师在这里说到的他心目中的"成功"，指的是审判是否能直
抵核心与真理，法官、被告和律师是否都对精神方面的事务十分熟
悉，抓得住根本。只有这些条件都具备了，各方面的力量都动员起来
了，案子的审判才会完美。总而言之，各方都要心中有数，明白这是
一种特殊审判。冲力，理想主义，运用隐喻的能力，创造的经验，对
内部复杂结构的把握，这几个要素是关键。律师此处分析的也是写作
的机制，以及这个机制是如何启动的。

▶ 每个人都拥有自己的相貌，但律师的相貌已
　经越来越模糊了，非但如此，它甚至不具有
　性别，M 先生认为自己摸到了一个极好的门
　径，他准备借法与时尚之间的空隙施行一次
　不流血的外科手术，但这使我感到卑贱、龌
　龊。……哦，律师，他唯一能做的就是脱离
　和土地的一切联系，作为一块牌位和理论上
　的存在保留下去。就像水中这张面孔，由于
　得不到休息，嘴唇上起满了水泡。我是从深

渊上升到黑暗，稍不警觉就会错误地认为情
况正变得好起来。[25]

　　律师作为暧昧的中间人，渐渐抹去了自己的世俗特征，显出其
纯精神的底蕴。在此过程中，他要将医生的肉体存在也彻底抹去，
对他"施行一次不流血的外科手术"。也就是说，他要在法庭上作为
一个幽灵出现来为医生辩护，完全抛开表面意识层的正义、面子、
身份、虚荣等等，只谈属于另一个世界里的事务，在挑战法庭的同
时与法庭调情。由于医生不可能彻底脱掉凡胎，所以他对这种辩护的
方式既不习惯又痛苦，这种奇异的交合令他恶心，看不到出头之日。
然而尽管焦虑、痛苦，医生却已从水中一下子看到了他的自我的面
孔——量变已转化成质变。他所经历的这场漫长的审判，不就是为了
这个吗？

▶ 党魁，现金保管员，乞丐和眼球捐赠者是为
　这篇未来小说预定的四个人物，他们之间的
　关系几乎对称和等值。[26]

　　这一段是内在创造机制的分析。党魁——理念，现金保管员——
世俗中的表层自我，乞丐——欲望，眼球捐赠者——献身精神，它们
之间的关系是精神与肉体、崇高与卑贱、本能与超脱、美与丑等等人
性范畴中的矛盾关系。它们之间相互制约、互为存在。党魁通过现金
体现自身；乞丐与眼球捐赠者总在一起；党魁又离不了乞丐；眼球捐赠
者又要通过卑贱的乞丐来实现其高尚志向。以这四个人物展开的故事
近似于卡尔维诺说的"用空气搞设计"，这样的故事只有暗无天日的
纠缠过程，不可能有结局，卷入故事的讲述人则会变成一个纯粹的讲
述工具，再也难以介入世俗生活。医生在这个意义上感到前途黑暗，

被虚无感所击倒，而 M 律师则鼓励他继续活在自己的虚构中，因为那是他从今以后唯一的存在方式。

▶ 一个人在他的梦里听到了木屐声，这声音是
　从回廊或甬道尽头传来的。由远而近，越来
　越响。最后停在了此人的卧榻之侧，他会被
　这声音惊醒吗？(27)

　　这是作为纯精神存在的做梦者的感受。这种梦是要做到最后一刻的，对付梦中的恐惧的手段也只能是更多的梦。命运既悲惨又幸运，生活在两极的艺术家必须在这种状况里耗尽心力。

▶ 你在说法律吗？这实在是个严肃的话题。我
　为法庭当差的年月越长就越不敢提及它呢。
　好啦，我告诉你，即使你走上了法庭，你所
　能看见的也寥寥无几——几乎什么也看不
　见。特别程序的好处正在慢慢体现出来，像
　花儿绽开那样，你就会看到的……(28)

　　法就渗透在人间，但人却看不见它；人虽看不见它，却又每时每刻感到它。既然在法庭上看不见任何具体对象，用语言来辩护也无从谈起。那么法律的程序如何展开呢？法律程序其实是由医生自己"做"出来的，在各式各样的场景和周围的"人物"的暗示之下，带着抵触情绪或不带抵触情绪去做，一步步地向前走。瞧，他走过来了，他穿过了末日的风景，他来到了一个围墙缺口，他从那个缺口走出来，又回到世俗，并身不由己地关怀起世俗中的事物来。他能干什么呢？从此以后，他要面对着那巨大的骸骨雕塑，在负疚中生存。也许这一切

都不是医生表面意识到的初衷，但他的潜意识的本能那么强大，于不知不觉中将他引上了正道，他只能这样走下去了。

▶ 在我看来，这场来自法庭的骗局也许仅仅是
通向生活的入口。想想看，像我这样一个内
心怯懦、连自白这一个缓解焦虑的有效形式
都羞于运用的人，却从一开始(何时开始？)
就把命运寄托给一个貌似神圣的机构去展
开，而我自己倒成了一个附着在它上面的旁
观者。稍不注意，我还会错误地以为自己承
受了多大的苦难呢。(29)

医生从此可以生活了。或者说，因为有了另一种秘密的生活，从今以后，他在世俗中的一切都被赋予了意义——因为一切都是为了维持肉体的活力，以便更好地进行那种秘密的生活。或者说，因为有了内心的生活，他对于世俗生活的那种固有的厌倦反而消失了，因为一切都可以在审判中交叉进行，有了监督的机制，世俗生活便在某种程度上被纳入了理性的轨道。

超脱出来之后医生开始看淡自己的苦难了。他觉得他身上的法庭机构具有某种先验的性质。于是感恩战胜了自怜，对于法庭的向往更为强烈、更为坚定了。从这个意义上说，他的命运就是法的命运，他依仗法来拯救自己，法依仗他来实现自身。

注：

（1）《重现之时》张小波著，新世界出版社 2002 年版，第 46 页。
（2）同上，第 68 页。
（3）同上，第 79 页。
（4）同上，第 86 页。
（5）同上，第 71 页。
（6）同上，第 84 页。
（7）同上，第 74、75 页。
（8）同上，第 83 页。
（9）同上，第 70、71 页。
（10）同上，第 71 页。
（11）同上，第 57 页。
（12）同上，第 59 页。
（13）同上，第 107、108 页。
（14）同上，第 92 页。
（15）同上，第 45 页。
（16）同上，第 46、47 页。
（17）同上，第 70 页。
（18）同上，第 70 页。
（19）同上，第 72 页。
（20）同上，第 73 页。
（21）同上，第 84 页。
（22）同上，第 87 页。
（23）同上，第 99 页。
（24）同上，第 107 页。
（25）同上，第 113 页。
（26）同上，第 110 页。
（27）同上，第 114 页。
（28）同上，第 117 页。
（29）同上，第 122 页。

追寻那失掉的魂

——评《重现之时》

▶ 这是搅得乱心眼的一点灰尘。

从前，就在全盛时代的罗马，

在雄才盖世的恺撒遇害前不久，

坟墓都开了，陈死人裹着入殓衣，

都出来到罗马街头啾啾地乱叫；

天上星拖着火尾巴，露水带血，

太阳发黑；向来是控制大海、

支配潮汐的月亮，病容满面，

昏沉得好像已经到世界末日。

劫数临头、大难将至以前，

总会先出现种种不祥的征象。[1]

　　一位中年医生在他忙忙碌碌、随波逐流的一生中丢失了一样东西。他全然不知那是什么东西，然而他又不知不觉地一直在为之痛惜。那东西说不出、道不明，正如同他同知心好友的友谊一样，"已经没有任何理由认为它们还会出现在未来的生活里了"。除非出现奇迹。

　　然而奇迹真的出现了。已被他打入地狱多年的鬼魂起义，一个讨伐的阴谋布置就绪。那催命的电话铃声便是地狱之门洞开的怒叫，它将 X 医生脑袋里的锈垢纷纷震落。他怀着半明半暗的思绪，踏上了求知的旅途。他分明感到了此行一去不复返，也许有过短暂的畏缩，但终究别无选择。因为这不是一时的心血来潮，而是多年在梦魇中"等待指令"获得的结果。这个结果就是他必须亲自进入阴谋，倾听那冥冥之中的将令，将一场目的不明，却又非进行不可的讨伐进行到底。

这位 X 医生，他的表面生活同芸芸众生并没有什么不同，他轻浮，虚荣，心怀某种阴郁的自恋情结。唯一的区别在于那种古怪的天分，一种超出常人的敏感。这种天分使他成为了那种稀有的，具有双重生活的异类。一个具有双重生活的人，一个在梦里看得见自己的魂魄的人，总有那么一天，催命的电话铃声会在他房里响起——虽然自始至终他一直处于半明半暗的暧昧氛围之中。

▶ "没有，没有任何人能遏止这一切了。" X 深
深地提了一口气，坚决地朝门走去，"那就
看看谁先趴下吧。"(2)

我们的主人公 X 医生，也许在最终的意义上是敢入虎穴的英雄。但这里的关键并不在于胆量的大小，只在于体内的那股冲动。他意识到了，他知道"没有任何人能遏止这一切"，此后他的行动便只能是顺其自然、跟着阴谋走了。这世上没有任何制裁能超越对于自我的制裁。为摆脱暗无天日的梦魇，他要知道真相，他要"看见"。然而真相是看不见的，即便如此，人还是睁着那双死不瞑目的眼睛看啊，看啊，一直坚持到最后。一双这样的临终的眼本身，便是终极之美的定格。X 医生的主动性具有浓厚的时代气息，他是一名行动者，而不是伤感软弱的白日梦者。他坦然面对分裂，跨越意识的障碍，进入不可测度的精神隧道之中去摸索前行。途中有些什么样的风景呢？让我们跟随他去领略一番吧。

女孩

没有名字，权且叫作 L 的漂亮女孩（因为是 X 欲望的对象化，所

以漂亮），以陌生而又熟悉的面貌，出现在 X 的眼前。他必须接受她的牵引，因为她既是欲望，又是制约这欲望的女神，她放荡不羁，又严格遵循神圣的原则行事。他在世俗中不可能认出她，但于冥冥之中却又有那种久违了的熟悉感——那种被他忘记了的异质的美感。

初见女孩，X 对她的印象是：她太累了。接着又推测她很可能正在睡眠中投入战斗。X 的感觉是非常准确的，一个在灵界中生存的人总是很累的，在她那人所不见的内在世界里，战争的硝烟永远弥漫着。来自冥界，又名为"泥"（代表下贱）的这个女孩，一举一动都是矛盾的、不可捉摸的。她身负重任来到世俗之中，为的是协助 X 医生改造自己，使自己的肉体幽灵化。X 虽不知她的来历，却立刻就出自本能服从她的领导了。可见 X 是一个具有艺术气质的人，他在艺术型的生活中遵循"感觉至上"的古老规则。确实，这种追寻就相当于作家的创作，在过程中，当他"感到自己智力上已经捉襟见肘"时，"他唯一能做的就是：不折不扣地按指令行动"。即，按照他所没有意识到的本能行动。然而即使是具有无比敏锐的感觉，要做到这一点仍旧是非常困难的。就为了这个，L 才从天而降，来帮助他，提醒他，让他将高度的注意力贯注到自己的本能上头。当 X 这样做时，他就会获得像闪电照亮玫瑰那样的瞬间，在这类瞬间里，他不断地尝试着让肉体幽灵化、让自我对象化。这种身份的转换既困难又恐怖，弃绝尘世的感觉就像见了鬼一样可怕。然而还不能像在世俗中那样随波逐流，每一刻都得高度警惕，高度主动。

▶ "送我去拘留所？"X 试探道。

▶ "别胡思乱想，"她说，"不是有人告诉过你吗，'传唤'仅仅体现了我们对法律的尊重。这样我们就能以法律的名义把你请出来，没有其他意思。"[3]

请注意，L 说是"请出来"，而不是关进拘留所。主动权仍然在 X 手中，他的每一步都必须是他所想要走的。如果他出自内心要退出这个游戏，也许这个恐怖的游戏就中止了。L 是多么的富有激情和耐心啊！她行事果断，身体始终散发着天国的香水味。她要 X 医生从人间"消失"。她这个提议严肃而又体贴，因为这正是 X 所欲的——尽管他是经过不断启发后才朦胧意识到的。女孩告诉 X，她将"扮演"他的"恋人"。往后我们将读到，这个奇异的恋人既不是纯精神的，也不是纯肉体的，而是不断在二者之间转化的、无法定格的一个存在。X 不知道这一点，他总是抱怨，总是从肉体的渴望出发想抓住一点东西。瞧，他又抱怨了：

▶ **"但我连你的名字还不知道呢。"**(4)

　　但 L 不需要名字。她也不想用世俗的名字来玷污她的事业。她沉着冷静地用车载着心神恍惚的 X，将他带到早已设计好的假面舞会——梅花酒吧。在这个酒吧里，姑娘拥有很高的权威，因为她是"上面"（即最黑暗、最神秘的人性的核心）来的人。

　　这里是梅花酒吧，在这个假面舞会上，人们在扮演生活的本质。在此地，一切都要"就序"，也就是说，一切行为都要听从"心"的指示而不是表面的欲求。又因为心是一个无底洞，谁能搞得清？所以 X 的一举一动都是如此的笨拙，犹豫不决，而此时 L 就成了他的主心骨。

▶ **"不，我们今晚不要酒。你如果单吃冰块是**
　　可以的……"(5)

她否决了他的肉欲，因为死神——博士快要来到化装舞会，他们必须在禁欲中静候。然后博士擦身而过。他不是真的死神，只是一名扮演者。作为措施或延缓的音乐又一次响了起来，激起人的欲望，然而 X 医生已经被这浓郁的氛围所彻底地征服了，他丧失了生命的感觉。尽管如此，L 小姐绝不放过他，她不允许他丧失感觉，她要他去广场同死神见面。启蒙总是慢慢进行的，L 小姐有良好的耐心，她正在一点点地抽空 X 的世俗根基，将他的肉体悬置起来。她说：

▶ 而且，你也不是什么 X 医生了。你暂时什
　么都不是……(6)

　　接着她还提到芒市，那里是生命的发源地，也是死神的故乡。
　　她丢下了 X，让他只身一人去完成探索。她同他吻别——仍然是排除了肉欲的假面表演。给谁看的呢？用心何等的阴险！她要他等七分钟再动身，他隐隐约约预感到：

▶ 这个短暂（也不尽然）的时间形式成了未
　经允诺的生活，也许是早已化为了灰烬的
　生活……(7)

　　啊，生活！也许是从未有过的？！X 在表演中将欲望打入地狱，却又依仗着它的蛮力勇往直前。L 要他自己去揭示自己的真相，她在暗地里窃笑。在这七分钟的"生活"里，他将要认识她——也就是他的自我的底蕴。她深知他的困难，刚毅而果决地逼他亲自体验。于是一名女侍仿佛是无意中对 X 谈起了 L，姑娘对 X 说，L，也就是泥，其实是一名妓女（一个下贱的世俗符号）。X 大为震动。他劣习不改，遵循往日的思路为 L 辩护。也许他认为 L 应该是高贵的女郎？可是在

表演本质的假面舞会里，高贵又有什么意义？

梅花酒吧里的一切都是不可理解的，在这个近乎冥冥之乡的地方，X将获悉交合的秘密。被命运选中来做实验的人，到底是高贵的人还是卑贱的人呢？什么样的背景的人才有可能担当起自我认识的大任？对于L早年背景蛛丝马迹的揭露使得X大为受益。X医生的认识大步向前，甚至达到了诗性的"澄明"，他第一次领略了这种暧昧的处境——既非囚犯又不是通常意义上的自由人。来自于卑贱的世俗却又高于世俗，这就是"澄明"的含义。认识的提高并不能解脱自己的困境，随着命运鼓点的加速，迷惑更厉害了。X在延宕中触犯了L的规定，七分钟早就过去了。但也许，姑娘当初定下这个时限就是为了让X来超越的？在抽空了色彩的、抽象的时间里，一天是不是可以等于一年？她一定深知触犯天条正是X的本性。

▶ 欢迎您光临鄙店。先生，您一件行李都没有吗？[8]

他光身一个来到此地，他并不是去猎艳，而是去赴死。当然他不知道。但谁又说得准？赴死与猎艳又怎能分开？"再见"大酒店，同失去了的幽灵重逢的地方。强烈的暗示氛围使得X同门卫谈起他们共同的故乡芒市。X一开口就发现对方同自己拥有共同的经历，或者说虚拟的共同经历，因为在世俗中，他从来不记得自己有个叫"泥"的表妹。后来女侍者来了，她也是一个熟悉X底细的人，她具有L小姐那种坚决果断的风度，她向X暗示，此地的特殊逻辑是牢不可破的，X必须就范。可就在她说过这番话一会儿，X便目睹了走廊里的放荡行为——人性古堡深处控制机制的真相。X不完全明白看到的真相，他认为自己是个门外汉。这就说明，"看"是不够的，人必须"做"，必须亲自表演才会有所获。于是——

▶ 我失去了重心，向里扑倒过去……

▶ 我顿生一种被捕鼠器夹住似的可怖念头：
完了。(9)

　　他当然没有完，只是 L 小姐收紧了绳索而已。她要他在赴死的前夕表演性爱——既投入，忠实于感官，又拉得开距离，时刻警惕的畸形表演，只有 X 这种走火入魔者才会去进行的表演。
　　X 与 L 的性爱表演便是艺术家本人在表演极限处的生存。

▶ 没有一个地方是绝对安全的。但这个据点我
们还不能放弃。第一是因为我们的土地已经
越来越少，第二我们要将计就计利用它来使
对手的判断发生错误。(10)

　　L 小姐以上的这段话便是他们行动的指南。欲望无论在何时何地都受到严酷的监视，人无处可躲。但艺术家不要躲避，他要的是刀锋上的表演，并且这种表演中的虚虚实实就如阴谋的连环套。既是存在者，又是受到绝对否定的被观察者。受得了便硬挺下去，受不了就只好彻底消失。谁是对手？当然是作为他者的自我，自我永不现身，主体则永远只能是死囚或密探。但绝不要悲观，瞧，密谋中的反叛计划又在酝酿之中了……这种特殊的死囚因为是自判死刑，所以才有如此大的反叛的力量，而反叛的结果是进一步的深入。

▶ 她的身心已经进入了一个更幽深、更不适合
语言的世界。她的听觉暂时关闭了。她根本

不知道我在絮叨什么。我们的身体靠上了栏

杆，嘴唇长久、愚蠢，而又不可遏止地燃烧

在一起……

在如此可怕的极地和刀锋之上，欲望仍要爆发，并且要占上风……L小姐将X带入陌生而永恒的体验之中，一切都是难以想象的混沌，但又沐浴着澄明的光辉。这种体验究竟是生的极乐还是死的恐怖？人永远没法撇清。

L小姐（或泥表妹）在引领X医生进入终极体验的长长的（或短短的？心灵的时间有另外的标尺）过程中，已经将自己的功能完全展示出来了。但如果一名读者不能同她一道沉入黑暗之中去辨认，就不能看清她的轨迹。读者不光要辨认，还要加入阴谋，就像那自认为老奸巨猾，其实又笨拙不堪的X一样，全身心投入地当一回密探，将死亡游戏当作新生的前提。这位表情冰冷、铁面无私的女性，不知从何而来的陌生者，其实一直住在艺术工作者的心灵深处。她是艺术工作者的良心，灵感发动者，她也是艺术逻辑的操纵者。正是依仗于她那含糊而又清晰的召唤，作者和读者才有可能进入那幽深的通道，并通过表演使自己成为灵界的一道风景。

纠缠与转化

这部小说一开篇便谈到了婚礼。X医生，这个兴致勃勃、对生活有莫大好奇心的人要去参加一个婚礼。也就是说他要又一次投入生活。然而投入生活到底意味着什么呢？意味着葬礼，也就是死。只要他还想生活，像一个人那样有理智地生活（而不是如同动物），就会有一股强力将他逼入铁的轨道，使他在这个轨道里去经历双重的激荡。

▶ X走出门，门在他身后轻轻闭上，甚至不是

> 来自他本人的意志。他听到弹簧锁咔嗒一
> 声，这更像一个叹息。无可奈何。不管怎么
> 说，他是无法再退回去了。⁽¹¹⁾

当然是"来自他本人的意志"。他不知道而已。是谁想去参加婚礼呢？想去参加婚礼的人必定会走到葬礼上去——通过黑暗中的摸索和混沌中的冲撞。这个蔑视常规的、不安分的人，终于给自己出了一道最难的难题：他要去一个从未去过的鬼魅之地，他要去弄清自己来到这个世界之前的相貌。在意识里头，他并没有打定主意不回头，他甚至"暗暗命令自己要保持清醒，至少要能记住路线"。可是他的行动并不是受意识支配的，一进入阴谋，他便身不由己。这个时候，他的良好的习惯便起了主导作用。什么是他的良好的习惯呢？一种在旅途中不时停下来，倾听脉搏的跳动的习惯。正是通过这种警惕的倾听，X才能做到一直忠实于自己的真实意志。那意志是一个矛盾，他一会儿要全力反叛，沉溺于肉欲，一会儿又要严厉制裁自己的肉欲。短短的路程因为这两股力的较量而变得十分漫长。

> ▶ 我决定鄙夷她。有身份的人在遇上类似情况
> 时往往这样做。接着，我又想起了 L 的话，
> 她要我暂时"什么都不是"，这个判决是相
> 当残酷的，一个什么也不是的人怎样面对生
> 活呢？⁽¹²⁾

刚决定投入生活，像常人一般轻浮一番，马上就看见死神在门外探头。内在的角力的机制将他的生活变成了谜中之谜，无声的发问总在响起："你到底要干什么？"出路在于冲撞与突围，被中心组织选中做实验的个体生来就是突围的好材料。突围即什么都干，需要干什么

就干什么，不顾一切，不怕事后的清算——在赴死的途中，清算只会越来越恐怖，关于这一点不要有任何幻想。什么都干的前提却又是什么都不能干，在行动之前反复掂量，将一切冲动的理由彻底否决，将自身化为"什么也不是"的一股抽象的力。这里头的纠缠是何等的难以理解——一场赴死的运动由无数"活"的冲动系列构成，每一次冲动都导致离死神更近，神经也绷得更紧。

人一旦同世俗拉开距离，潜意识就会浮出表面。这种灵魂出窍似的感觉并不好受，可又是绝对必要的。抽去了世俗中的一切，人才有可能认清自己的真实意志到底是什么。所以尽管濒临崩溃，尽管脸色铁青，X自始至终执行着L小姐的命令。他也曾有过反抗，不过那种"反抗"更像创造性的服从，是对于命令的更深刻的理解——比如对七分钟的逗留的命令的违反。X性格中有严重的歹徒倾向，中心组织的态度却是暧昧的，像是要压抑他这种倾向，又像是要助长他；像是要他禁欲，又像是鼓励他纵欲。而答案，只在X自己的心中。也就是说，这个歹徒是一个有理智的歹徒。

▶ 有一种力量把它从相当危险的境况中解救出来了（谁能告诉我究竟）。我本人的努力无济于事；或者说，我不得不遵循一个近乎邪恶的意志——像这个读本中的角色一样，他们的举动是很孩子气和过于梦幻的。[13]

在赴丧的前夕还要胡闹一场，以不可理喻的方式搞性爱活动，这个X的欲望确实邪恶。但他终将得救——因为每分每秒绝不停止的辨认，还有内心的制裁。当然，辨认和制裁也不能将他的行为拔高丝毫，歹徒倾向仍要受到唾弃，但他也确确实实看到了拯救的光——这篇文字的记录。表面看，记下的这些事毫无意义，"脆弱得几乎不存在"，记录应该当垃圾扔掉。那么，是什么使得它存在了呢？换句话说，是什么使得世俗的污浊变成了拯救的文本？是因为那近乎邪恶的意志，小人物身上的永生的意志。无论他们多么的不堪入目，只因为身上具有某种目的性，就同终极的救赎联系起来了。一个具有目的性的歹徒接近于一名诗人。诗人要去人民广场同鬼魂幽会了，不是一对一的幽会，而是一分为二、一分为三、一分为无数的幽会。当然，他参加的是自己的葬礼——一次葬礼演习。而这个葬礼又是由婚礼导致的，他的好朋友（同样是诗人）的婚礼，那充满了不祥之兆的婚礼——鲜花从芒市运来，诗人要未婚妻表演《天鹅之死》。连环套式的精致对称令人叫绝！《天鹅之死》是对着镜子的舞蹈，诗人虽看不见死神，死亡的痛苦却纤毫毕露呈现在他眼前。

葬礼是一个博尔赫斯似的迷宫，昏暗中的纠缠酝酿着最后的结局，鼓点声已经逼近了。一切尽收眼底，人的大脑和眼睛是第一性的。"我们既不能被牵着鼻子走，也不该置之不理"，"组织上希望能通过这一次扑朔迷离的行动来验证他的天分"。

▶ "你不该到这个地方来。……"
▶ "为什么？"
▶ "很简单。你没有受到邀请。这是不允许的……"(14)

参加葬礼者只能是闯入者，人永远是不该来的，而且也绝对不会有实实在在的邀请。只有那些将真实和幻想的界限模糊的、发了狂的人，才会做出这种别出心裁的举动。作为已不是医生的医生，X 来到了现场，观看了自我，也就是欲望的最后演出，以及生与死的纠缠。葬礼的最后的经典画面是那位晕过去的美女在她的拯救者的怀抱里同他偷情。扑朔迷离，不三不四，既抽空欲望又将欲望发挥到底，遵循铁的逻辑又不时露出破绽。而他本人，是这场演出里头的最大破绽。可这一切，要多别扭有多别扭的一切，只是为了拯救，为了忠于自我。也许，"上面"希望 X 通过这种演出（或演习）变得坚强灵活，希望他将死亡体验当家常便饭，无论看见多么怪异的、违反逻辑的行为都不要大惊小怪，而要细心体会，找出其深层逻辑。他合格地通过了考验，为嘉奖他，L 小姐怂恿他喝马爹利——死囚告别人世的美酒。

　　X 来到了目的地大达码头。因为已近终点，生活气息反而更为浓缩了：恐怖从四面八方聚拢来，每一步都心惊肉跳。"杀手"出现在 X 身边，为的是帮助他"执行任务"，当然也是来断他的后路的。杀手命令 X 闯进小楼。随后而来的终极体验是什么样的呢？没有真正的终极体验，只有最为接近它的瞬间。他正是由他自己那看似犹疑，实则坚定的意志带到此地来的。

▶　大脑和步伐再一次奇妙地协调起来。当他踏
　　上这幢小楼不甚坚固的楼梯时，他已经忘记
　　了使命、危险一类的词儿——毋宁说，他此
　　刻的心情如同已经跨越了千山万水、完成了
　　使命的探险家那样，正准备衣冠楚楚地去接
　　受理所当然的荣誉。[15]

　　这不同凡响的高潮就是他的结局。他也许看见了，也许没有看见，可是这又有什么要紧呢？他不是在极地实现了自己的自由意志吗？当然，假死的他将又一次醒过来，重新踏上征途。

天鹅之死

　　第五章记述的是芭蕾舞女演员（或泥，或 L）的死亡体验。天鹅就是她，她的死亡才是美的极致，她所投身的艺术必然会将她带到这

种体验之中。于是她来到了芒市——一个沸腾着原始欲望、遍地都是阴谋与暗杀的地方。演出一结束，死神便来邀请她了。冰冻三尺，非一日之寒。实际上，此前她就一直在预演死亡，她的所有演出均与这有关，只不过她还没有被启蒙而已。芒市的遭遇就是一次关于本质的启蒙。她，年轻，充满活力，美得惊人，正处事业的巅峰。这种类型理所当然地是受到邀请的对象。由慌乱、抗拒而逐渐冷静下来，恢复了一贯准确的判断力，她竟然"期待"起这种体验来了。

▶ 为了使死亡变得庄严、凛然、不可侵犯，为
了能"通过死亡去死"，临刑者有权梳妆
打扮……(16)

　　陪伴她去阴间的是和她有着同样的艺术追求的诗人，诗人还带来了将放在棺材上的玫瑰花。他是一位启蒙教师，他身上飘出天国的香水味儿，这种香味同时又令人想起发情的麝鼠。然后她就被带领着走向了终点。"终点"是一间黑洞洞的房间，某个不露面的人同她讨论死亡游戏的规则。直到最后，那个人才向她亮出谜底。谜底是她的镜像，她的亲表妹泥的一幅遗像。她通过镜像看见了自己的死。但人必须主动去死，死亡才会具有崇高的意义。在激情的推动之下，幻想冲破樊篱，推开了死亡之门。她得以进入终极体验的厅堂，在梦中举行了自杀的仪式。

　　至此我们可以断定，协助 X 医生踏上死亡之旅的就是这位女性。在她与 X 会面之前，她已在艺术的殿堂里破解了人性的奥秘，窥见了高尚与低贱之间的隐秘通道，早就将转换的工作做得驾轻就熟了。所以，她才能镇定自如地为 X 引路。

艺术的普世意义

演出已经过去了，但作者意犹未尽，他想通过他的人物将艺术人生的普遍性揭示出来。第六章和第七章就是这种尝试。文中出现的民谣歌曲《阿丽娜》则为每一个人物的艺术生涯定下了基调。《阿丽娜》叙述的是人违犯天条，因而受到永无出头之日的天罚的故事。这个故事就是 X 医生、L 小姐、诗人、博士以及侍女等人自身的故事。当艺术家建立起审视灵魂的机制之时，为得救而逼迫自身的阴暗生活就开始了。于是天真无邪的阿丽娜死而复生，化身为冷峻而充满谋略的 L 小姐，再一次向人性的极限挑战——她独自一人多次闯进死亡的厅堂。这个有点邪恶的、卑贱而顽强的 L，将婚礼当刑场，将死亡谋杀当家常便饭，永远稳得住阵脚而又随时可以转换身份的女性，不知怎么有些像"新人"，一种艺术化了的人。当然，X、诗人、博士等等也是艺术化了的人，他们在这位杰出女性的策动之下，不断演出那既像追击又像被擒获的惊险片。一旦演出告一段落，配角（目睹死亡者）就沦为漂泊于世的乞丐（或行吟诗人），主角则奇迹般地复活。

▶ "你从哪里来？"

▶ "芒市，祖国的边疆，有金银铜铁锡等无尽的宝藏。"(17)

书中的每一个人都是从芒市来的，身上带着死亡之乡的气息。

在作为结尾的最后一章里，X 企图摆脱这种激情而阴暗的生活，回到从前的相对平庸、平静的日子里去——人总有意志消沉的时候。然而他回不去了。仅仅演出过一次的他，已被"组织"选中成为了终生的演员。在他的住宅里，住着从前的 X。一旦互换了身份再来看自己的过去，他感到自己习以为常的生活既庸俗又荒诞，简直不可理喻。关键的一点是，这个从前的家已经没有他的位置了。他的位置在哪里呢？前面已经说过了，在大街上的地下通道里，因为他已沦为乞丐。精神的漂流有益于灵魂的拯救，这些来自芒市的幽灵，将会以各自的才能把《阿丽娜》的故事带到世界的每一个角落。当然，他们演出的是新版《阿丽娜》，属于他们每个人自己的《阿丽娜》。经典的生命力就在于它的版本无穷无尽。

▶ 岛上的房屋顷刻间变成一片废墟，住在岛上
的人转化成一块块石头。[18]

在张小波先生的自由演出中，由于不可抗拒的天罚而形成的一块块的人形石头活动起来，开口说话。这些死囚创造了当今世界上少有的奇迹。

注：

（1） 摘自莎士比亚戏剧集《哈姆雷特》卞之琳译，浙江文艺出版社 1991 年版。
（2）《重现之时》张小波著，新世界出版社 2002 年版，第 129 页。
（3） 同上，第 134 页。
（4） 同上，第 136 页。
（5） 同上，第 137 页。
（6） 同上，第 140 页。
（7） 同上，第 141 页。
（8） 同上，第 146 页。
（9） 同上，第 149 页。
（10） 同上，第 154 页。
（11） 同上，第 130 页。
（12） 同上，第 142 页。
（13） 同上，第 156 页。
（14） 同上，第 161 页。
（15） 同上，第 176 页。
（16） 同上，第 184 页。
（17） 同上，第 203 页。
（18） 同上，第 204 页。

杀死"旧我"的演习

——读《检查大员》

一个人，当他有一天于冥想中突然对自己已经做过和正在做的某些事生出憎恶，当他在后来的日子里又反复延续这种感觉时，对于自我的认识就开始了。那是多么黑暗无助，充满了血腥杀戮的、恐怖的过程啊。人节节抵抗又节节败退，最后一脚踏空，坠入"永劫不复"之地；人却又还希望革命越彻底越好，最好是达到"焚尸灭迹"的效果，否则他无地自容。《检查大员》就是记录这一心路历程的杰出小说文本。张小波能够具有如此清醒的、独立的自我意识，并能潇洒自如地用艺术的手法将这种意识表达出来，这一方面是由于他的艺术气质的天赋，另一方面也是由于一种长时期养成的西化的思维习惯。

这篇小说的结构就是意识层次的结构，每一个人物都是从黑暗的深渊里走出来的，一个比一个深奥，一个比一个不可捉摸。而作为背景的监狱，很有点类似《神曲》中的地狱，监狱里面那住着刽子手费的十字大楼（十字架的现代翻版）则是整个自省机制的核心。在这个人间地狱里，当下的事件正在发生，历史既像远方渐渐临近的闷雷，又像悬在头上随时要刺下来的剑。表面上看来，似乎狱政大楼里这一小群人甚至包括费都是一个不可知的命运的奴隶，但这只是表面看起来是这样。历史是什么？历史就是从绞刑架下被赦免的检查大员后来的人间历程，也是如今生活在阴暗中、以饲养天堂花朵为职业的刽子手过去的生活。当下的生活则是典狱长那既颓败又绝望的延宕和挣扎。

事件由一次"检查"构成。说穿了，所谓检查，就是对腐败的内心生活的一次制裁。刀下鬼似的检查大员在游历人间的旅途中，来到了这个急需他检查的监狱——这里，生的苟且和死的恐惧纠缠不清，人在惶惶不可终日中挨日子，人心的僵死和腐败到了令人吃惊的程度，如果不立即进行制裁的话，便永无再生的可能。检查就是这样的在暗中，其实也在每个人的心底开始了。这当中，检查大员及随从，还有刽子手费是心如明镜的，典狱长则处在半明半暗之中，要通过启蒙一步步加深认识。典狱长，这个作为灵魂表层形象进行表演的人，这个在下意识里暗暗冲动着，却又被强大的屏障遮蔽了目光的人，要到最后一刻，才会同命运晤面。而命运（杀死"旧我"）不正是他本人一直在不知不觉地追求的东西吗？这一点令人想起《审判》中的 K。是这种长征似的内心历程促使了 K 和典狱长这类个体的再生，如果人的心底没有一套制裁的机制，心的死亡是绝对无法避免的。事件的产生和发展总是符合心的逻辑的，当心不能认同肉体的活动，甚至肉体的存在时，它就会从冥冥之中的远方召来检查大员，并在他的协助下将自身从肉体的桎梏中解放出来。然而如果不是已到了病入膏肓、虽生犹死的地步，如果不是由于内力的爆发导致了疯狂，谁又有胆子来做这种可怕的实验呢？所谓纯粹艺术，其实就是在这个层面上产生的。这样的艺术具有嗜血的特征，她是破除，是杀戮；也是解放，是升华。艺术家用严酷的手术刀杀死了他心爱的婴儿（世俗欲望），将一种有尊严的"人"的生活方式昭示于众，使得人类之爱成为真正可能的追求。

旧我日日笼罩着人。它就是人的一举一动，人的每一个念头。如果人不具有一套内在的生存机制，不通过革命来制约、最后杀死它，生命就会萎缩，附丽于其上的精神就会彻底消失。艺术家作为一种特殊个体，就是一股每时每刻企图冲破它的钳制，向那自由世界突进的力。小说里记录了这股力如何样在蒙昧的氛围中聚集，密谋，最后爆发的过程，这也是人心深处艺术复仇的阴惨图景，呈现出时至今日灵魂的真实处境。

典狱长

这位臃肿而行动不便的典狱长一出场就点明了自身的处境——
"到时候就来不及了"。[1]什么事情来不及了呢？当然是生存，还有
拯救。监狱内部一片狼藉，惶惶不可终日，凡是他所眼见的，都恨不
得"喀嚓、喀嚓"将其杀死，厌世之情压得他喘不过气来。就在这个
关口，从神秘的上方有使者降临，要来检查他的生活了。作为他的心
灵的助理的秘书向他传达了那个紧急的电话，他虽隐隐约约感到杀身
之祸将至，但还是心存侥幸——这是人类与生俱来的禀性。"时……
时间，重要的是赢得时间。"[2]他这样说：

▶ 现在的问题是，一个检查大员，他显然不会
 无缘无故到我的领地来。他的行动必然具有
 一个动机。那么，弄清这个动机就成为我们
 的当务之急。[3]

然而这种动机是不可以彻底弄清的，人只能始终处于分辨、判
断、再分辨、再判断的心灵苦役之中，一直挣扎到最后，用自己的身
体来体验这个动机。在这里，典狱长遇到的谜是生存中最深奥的谜，
他必须解开它，刻不容缓，但他的身体却始终遮蔽着那个答案，于是
同台演出的两幕剧就开场了。一名艺术家的真实生活就是这种两幕
剧。在小说里，典狱长是前台演出的主角，他知道他的幕后还有一台
戏，但他看不见，只能根据蛛丝马迹去猜测。他焦虑、沮丧，找不到
行动的支撑点，只能盲目地往一个方向突进——如受到磁力的牵引一
般。他为什么一定要往死路上奔呢？难道是由于某种不可解释的宿命
吗？这种理解显然是浅薄的，表面化的。典狱长绝不会由于信奉宿命

论而下意识地寻死。弄清"上面"的动机就是弄清自身的意志，他那糊涂的外表里面有着极为清醒的自我分析的机制，只要肉体尚存，分析就不会停止。所以当结局来临时，他也像《审判》中的 K 一样，最后实现了自己的自由意志。

也可以说，在典狱长的身上有两个"我"，一个是日常表面的，这个"我"总是在抵抗那迫近的事实。虽然这个"我"什么都感到了，但又什么都不愿相信（否则人就不能以这种艺术的方式活在世上）；这个"我"一方面为"死"所深深吸引，另一方面又绝不愿意放弃生命。遮蔽下意识地延续到了最后一刻。另外的一个"我"是深层的，深层的"我"总在观照、分析表面那个"我"。

▶ 我从来没有这么近地观察过一个人的眼
　珠——一个迅速死去的年轻人的眼珠。它们
　似乎要飞出眼眶，非常可怕地暴凸出来，我
　那么清晰地从里面看见了自己的形象……[4]

一个异常醉心于死亡形式的人，往往是一个具有深层批判机制的人。他虽死死抓住生命不放，却在头脑里无数次同死亡晤面。所以典狱长在倾听大员在雪村里的死亡体验时，会有那种身临其境的内心战栗。

检查大员

检查大员是被从临刑的绞架前赦免的，他的获生就像一个传奇，于是他今后的生活便真的是传奇了。他骑着高头白马，带着贴身僮仆从古代世界里走出来，到人间来检查死刑的执行情况。死过一次的人来做死刑检查官，当然是毫不含糊的——他绝不赦免。

▶ 检查大员突然之间似乎换了一个人，他的眼
神变得既傲慢又深不可测，虽然缰绳还是随
随便便地搭在手里——这已经具有了某种纵
横自如的意味……[5]

    他通过神秘的灵魂信息找到典狱长——这个急需用死刑来拯救
的人；他闯入混沌黑暗的监狱，专横地将这里的生活挪入到由他控制
的轨道。监狱里的人们对他既害怕又渴望。最终，渴望还是超出了害
怕，就连死囚自己，也在下意识地尽力配合他。

    从更深的层次上来说，检查大员是到监狱来促使人表演死亡的。
他深知，只有这种表演是生命的极致，是阴暗颓败中开出的、具有
异质之美的花朵。他身负重任，必须促使典狱长将认识加以深化，
所以为了让典狱长全身心投入表演，他便不断鼓励他将死亡的内幕揭
示出来。

▶ 其实从本质上讲，它未尝不是一个精神的平
衡措施和制高点——难道我们的生活不是在
一次次地进入这样的仪式吗？[6]

    大员在这里说的，既是雪村那种看得见的仪式，也是监狱里这种
看不见的仪式，或者说是内心的一切与旧我告别的仪式。人只有通过
这种不断进行的冷酷仪式才能真正战胜死亡。

刽子手

    刽子手费的生命活力是同绞刑架连在一起的，只有死刑的执行能
使他的思维变得活跃，内心变得年轻。由于绞刑架的废除，他成了一
具僵尸，只能在噩梦中度过余生。就连他赖以打发日子栽种的那些花

朵，也显得那么虚幻。如今他住在绞架所在的十字大楼里，寂寞地坚守着心灵的阵地，在回忆中获取小小的快乐。绞架和空中花园构成了刽子手的心灵结构，这是制裁与升华的隐喻。费是如此害怕绞架的彻底消失，因为那便是精神的死灭。检查大员的到来刷新了他的记忆，他内心跃跃欲试。

▶ "您真让我惊愕——"他抬脚小跑到大员身边，而且毫不犹豫地跪下去；他的双手迅速地拂开大员脚旁的积尘，末了还伸长下巴吹了两下。地板露了出来。[7]

　　他是多么的热切，对于这副刑具，又是多么的珍爱啊，他恢复了活力！是的，大员将执行死刑的任务暗中交给了他，虽然不再采用过时的方法，但同样令他感到刺激。蒙灰的绞架顿时又生动起来。

女秘书

　　年轻的女秘书一直在暗暗促成典狱长的自我意识。从一开始她就是某种程度上的知情人，她的思维总是领先典狱长一步；她还身体力行地引导自己的上司进入那幽深的认识通道；她要让他彻底地唾弃自己那虽生犹死的世俗生活，自觉地走向刑场。

▶ 这下他完全明白过来，昨夜里他和秘书的追逐只是整个阴谋的一个环节，当他撅着两瓣屁股力图进入一个快乐、陌生的图景时，他根本没有意识到自身的变化。他已经不再是自己了，连最后那几下抽搐的快乐其实都是替别人准备的。[8]

在最后的紧急关头，秘书让死囚的内心产生了对自己一生的全局观照，她圆满地完成了自己的引导工作。

注：

（1）《检查大员》张小波著，江苏文艺出版社 2012 年版，第 3 页。
（2）同上，第 5 页。
（3）同上，第 6 页。
（4）同上，第 31 页。
（5）同上，第 8 页。
（6）同上，第 30 页。
（7）同上，第 36 页。
（8）同上，第 39 页。

梁小斌的诗散文

今年五月，两位年轻的诗人兼书商将梁小斌的散文集送给我。一开始，我让这两本书躺在书架上，偶尔在工作之余去翻一翻，隐隐约约地感到里头有些东西，但并未认真对待。隔了一段时间，诗人兼书商的那两位又打来电话，他们要请梁小斌来同我对谈。这下我就必须丢下手头的一切工作，集中精力来熟悉这两本散文集了。

当我排开了杂念之时，这些短小精练的篇章立刻就吸引住了我，但同时又同我拉开距离。它们如隐匿在草丛中的野物的眼睛一样，不为我所知道地凝视着我。这种熟悉的感觉也是我阅读某些经典作品时所产生过的。毫无疑问，我眼前的这些文字背后是有层次的，我感到振奋，阅读的动力顿时就加大了。随着阅读的深入，那个黑色的、以不息的"冷"的热情作绝望挣扎的身影逐渐地从深渊里升了上来。那的确是一种古怪的律奏！作者要叙述的，是一种连自己也说不清道不明的、无名的、异常强烈的情绪。那情形就如同荒漠中沉默了千年的石头突然开口说人话，给人的震惊可想而知。我一边读一边想：这就是源头的语言吗？它们是如何样穿过曲折的废墟的隙缝冒出来的呢？作者又是如何样在外界的挤压中屏气凝神，以超人的毅力向内收缩，终于缩回到灵魂所在的核心部分的呢？

在《梁小斌自述》这一篇里头，我们可以领略到作者精神世界成形的基本过程。一个生来气质内敛、向往纯粹的人，一开始反而会表现为他对于外界的无限的好奇心，甚至在早年往往会是一个追逐时尚的普通人。这一点也不奇怪，甚至是艺术性格形成的必然。大概所有真正的艺术家，都"不是从研究自我起家的"，不如说，他们都是凭其敏锐的感悟力逐渐从世俗这面镜子中"看出"自我来的。相对来说，那种一开始就"研究自我"的诗人也许反倒是心灵不够丰富、深沉，对外界感觉（同时也是自我意识）比较狭窄的类型。这里头的辩证法十分奇妙。

梁小斌是热衷于照镜子的诗人，而且他的目光很有凝聚力。即使在那精神死灭的青年时代，他身上这种顽强的"劣习"也隐蔽地保存了下来。也许这来自某种古老的、再也难以追溯的遗传，也许来自某种死里逃生导致的变异。总之，这种稀有的气质很快就使他将自己的那种内面的生活同诗歌连在了一起。

也像所有真正的诗人一样，他的路是不平坦的，每时每刻都面临围困，面临剿灭。所幸的是，诗神始终在保护着他，没有让他的精神世界在外部的凶狠挤压中溃散。于是他存在着，成了这个古老国度里的奇迹。

▶ 各种钢材明细表究竟是怎样跑来的，我要说
  我是自愿索取，而不是别人硬塞到我的口袋
  里的。关于自愿还是被迫，是衡量写作者心
  灵基本母题是否纯真的分水岭。[1]

一个体质孱弱、精神顽强的诗人，不论在什么样的社会格局之中，只要他同物质的现实发生关系，立刻会显出其古怪的、整体不协调的原形，并导致残酷的、有时是流血的情感冲突。在这种冲突中，诗人没有后退，也没有逃避，而是"自愿地"将冲突作为考验，迎着黑暗、屈辱与痛苦而上，停留在其间反复叩问，以检验内在精神的纯净度。的确，当诗人滞留在疼痛之中时，奇迹就会到来，如同农民诗人王老九家中飞来的地主的樟木箱一样。

▶ 蹲在家里不动，是写作者的思想是否能够腾
　　飞的生命线。⁽²⁾

　　这种东方式的隐忍带来了惨痛中的盈盈诗意。那被绑在树干上纹
丝不动、听凭飞虻叮咬的老长工，在被疼痛煎熬的同时，享受着常人
难以企及的最高幸福。毫无疑问，此类严酷的自审习惯，是同我们这
个种族那种悠久的传统相悖的。从投入世俗体验到摒弃世俗，坚决地
向精神皈依，这既是诗人创作的精神轨迹，也是他每天必做的操练。
正是在这种求生的操练中他窥见了传统核心中那险恶的、扼杀精神的
一面：

▶ 灵光就是羁绊，犹如背上有一个婴儿在入
　　眠，时间放长了，就变成了一块石头。所谓
　　淡泊致远的弊端，这个事实许多鲜活的人士
　　直到晚年尚未察觉。⁽³⁾

　　"崇高的人格"只能在人性的矛盾冲突中实现，诗人如果不去世
俗中卖螺纹钢，仅仅龟缩到某种虚幻的灵光之中，其空灵的内心境界
就会变成一块石头。可以说，梁小斌的文学是一种将自审的操练付诸
实践的文学，其真实过程正如他说的那个比喻：孙子不忍心爷爷再受
难，要轰走吮吸爷爷鲜血的飞虻。飞虻像黑色布幔被风掀走，然后又
一批飞虻在老长工的身上落定……在中国文学中，这种罕见的心灵自
觉的确有点天外来客的意味。他的自觉表现为让理性潜入到每一桩
"日常事件"（或曰物质生活、肉体）之中，将腐败的世俗生活赋予
意义，使其成为精神建构的材料。他的这种"绝不放过"的感知风度，
是现代艺术中精神所展现出来的显著特征。凡是体验过了的，都要毫

不留情地加以审判、拷问，直至决绝地加以否定。这种操练却又是为了下一轮更为热情的对于世俗的投入，之后又是更为严厉的审判……如此循环，无休无止。在进行这种操练之时，"全神贯注"是诗人的原则。"心灵稍有涣散，背上就是枯骨！"[4]

在我们的文学界，还没有其他作家能够像梁小斌这样，用心灵的魔术将一切混乱的、轰轰烈烈的社会生活内在化，使其变为一种心灵的倾诉。就像有魔力在驱使诗人的笔一样，他不断地将那些表层记忆作为材料，用巫术赋予它们崭新的用途，从潜意识的深渊里建造出本质的结构。

在《晨霜》这一篇里，表面的故事结构说的是红卫兵抓"坏人"。但作者要表达的根本不是对于社会的控诉，而是他内心的艺术活动。

"我"想表演抓坏人，"我"作了充分的构想，决心做一次成功的表演。但是"我"却遭到了可耻的失败，原因是"我"起晚了，校长被其他造反派抓走了。描述到此为止，"我"只是把表演看作一种外部的活动，这才是失败的真正原因。但是"我"是一个极不安分的人，所以"我"要不断地分析失败的原因、敌方的立场等等。因为"我"对事件纠缠不休，"我"很快卷入了"阴谋"。事件的发展急转直下，"我"自己成为了真正的坏人。实际上直到这个时候，生死攸关的表演才正式开始了。"我"成了造反派们追捕的对象，如要活命，"我"在思想上就不能有丝毫的懈怠。"我"必须更为紧迫、专注地反复分析"敌情"，也反复分析自身的条件，"我"还要站在"敌人"的角度来分析。于是"我"取消了睡眠，整夜躲在自家对面的楼道口里等候。这一次，"我"终于摆脱了造反派（或曰死神），成功地完成了一次表演。当"我"从黑洞洞的地方走到光天化日之下时，"我"看见了白色的晨霜——纯艺术的结晶。

> 坏人如同晨霜一样，稍微去迟一点，就会消
> 失得无影无踪。现在，我已经变成了一个坏
> 人，出现在一个晨霜凝重的早晨。⁽⁵⁾

这是同博尔赫斯异曲同工的作品，艺术家那种盲目冲动后的自我分析，那种卷入疯狂的内在纠缠之后的奋力突围、孤注一掷的形象在貌似平庸的叙述后面凸现出来。读者在这样的文字里头可以深深地感到，这是一个不惜以身试法的艺术之魂。读梁小斌的作品有一个关键词：两幕剧。这个作者不会写任何平庸的话，读者在他的作品里也找不到任何常规老套，他所建构的心灵世界是那样的透明，几乎就像虚无，难怪我们绝大多数读者都看不见那个世界，还以为他在批判控诉世俗的东西。然而他还是在小范围里存在了，不少读者虽然不能真正读懂这样的作品，却都于朦胧中有所触动，这就说明了人的心灵是有感应的。只要想一想是什么样的动力促使一个人十几年如一日地用古怪的方式讲述某种虚幻的意境，我们就会从这个事实中得到某种启发了。在当今的世界里，纯艺术只能从那些最为顽强的心灵中产生，晨霜般的艺术境界也只能在充满了阴谋的搏斗中显现。

《旗杆在握》这一篇揭示的是人生表演（或艺术表演）的真相。"我"在表演前反复地构想过那一天的辉煌场面和自己的体面与漂亮的动作，但当表演实实在在地开始之时，"我"立刻陷入了不可逆转的屈辱与羞愧的境地——"我"手中的红旗竟被同伴抢走，"我"只能心怀鬼胎地躲在旗海之中，举着一根光秃秃的旗杆游行。噩梦并没有到此结束，接下来"我"的可耻的伪装还遭到了彻底的揭露。工宣队长当着所有的人训斥"我"，指出"我"是多么的卑劣，多么的不配进行某种崇高的理想的追求。"我"脸面丧尽，恨不得地上有个洞钻进去。结局是"我"作为演员的资格被彻底否决。

艺术是什么？艺术就是既表演天堂，也表演地狱。人在现实中的屈辱、恶劣和阴暗得到再现，并通过表演来证实崇高理想的存在，达到既释放生命力，又提高人性档次的终极目标。艺术家在表演前往往并不知道其表演的深邃内涵（大多数人自发地进行了表演之后仍不清楚），表演将艺术家带入存在的真实境界，那就是所有根基全部被抽空的、极其尴尬的悬置境界——如文中手执光秃秃的旗杆的"我"。然后"我"便在不断涌来的自我意识中忏悔。实际上，在工宣队长取消"我"的资格之前，"我"自己已经彻底否定了自己的身份，他只不过是作为铁面无私的法官说出这一判决罢了。这大概就是赤身裸体面对上帝（法官）的场面吧。不剥光了衣服，是无法进行真正的灵魂表演的。艺术家用自己那充满屈辱和羞愧的演出，树立了英雄主义的形象。

《装扮成火焰的人》这一篇描绘出了一幅纯美的图画："敌人"眼中那美丽的、在灌木丛上跳跃的火焰，着火后仍然一动不动的士兵，实在是同《圣经》中先知眼里的彩虹相比毫不逊色。而这道风景，却是人用身体构成的，其氛围同但丁的《炼狱》完全一致。为达到最为纯粹的、与死亡接轨的生存形式，艺术家在烈火中展现自己那充满尊严的躯体，绝不挪动一步，这种姿态是终极之美的风景的构成，也是崇高的精神的形式，所以"士兵最终被烧死，他在临终前还要告诫：'我死后，身躯千万不要乱动'"[(6)]——形式感是精神体验中的一切。彩虹里当然有阴影与杂质，身体本身就是火焰中的阴影与杂质，但火焰已将灵性赋予了肉体，因此黑暗的肉体成了光的燃料。艺术家绝不离开画面，他要将体验进行到极致，死而后生：

▶ 士兵体验到了，任何被命名的潜伏环境里
都有一种最终导致失去知觉的强大命名推

动力，而失去知觉也是任何命名目的的最
终目的。（7）

《关于圣女》这一篇揭示的是艺术的内在矛盾规律。我们以我们世俗的标准培育了一名美丽的圣女，为的是到黄山光明顶去采集圣火。但我们用世俗爱情培育的圣女却必须远离我们的欲望——我们最终将把她奉献给太阳。而她本人，一旦成为圣女，就远远地高出于世俗中的我们，她对我们的俗念不屑一顾。这里讲述的是艺术之美与肉体之间的永恒的矛盾关系。艺术之美来自于肉欲——女孩是否合乎圣女标准要以我们是否爱她，她是否撩起我们的情欲为标准；但艺术之美又绝对排斥人的情欲——只有高高在上的圣女才配去光明顶上采集圣火，她必须不为人间的情欲所动。

梁小斌的艺术观很显然是来自西方。他在文中批判道：

▶ 她长得很美，但为什么却不理睬我？圣女如
同景色，我们融于景色的意蕴之中，景色中
的阳光和风立即围拢过来，景色对我们，厚
爱倍至。我们的风景观念混淆了人类之爱的
最初的动因。（8）

以上这段话是极其深刻的。我们民族的风景观念是实用主义的、肤浅的、永远无法抵达精神之源的。艺术家之所以爱圣女，不是为了占有她，而是为了将她奉献出去。换句话说，就是将自身的肉欲用强力转化为纯美的圣火。人的爱情之所以区别于动物，就在于它源于肉欲又高于肉欲，在于其间的精神。所以西方的艺术观是在人性的冲突中实现的：

▶ 太阳会说："以你们的人类之爱为标准，以你们舍不得奉献出去的那个生灵为我的所爱。"(9)

▶ 我为她作为我们的所有人的代表与太阳接洽，引来火种而流泪。我甚至甘愿为这位圣洁之女捧鞋，在她下山的时刻，忽然想到她该穿鞋时，又立即奉上，然后，我仍然退到一边。(10)

　　诗人的永恒的艺术情人，是不能用肉欲来亵渎的——虽然在培育圣女的过程中（即世俗生活中），充满了对于太阳的背叛与欺骗。我们创造了圣女，我们牺牲自己的肉欲交出了她，同时我们也得到了我们心底真正向往的东西。读到这里，中国古代文人士大夫对景抒情的场面便浮上脑际，梁小斌是凭着对于艺术的那种宗教般的虔诚，看透我们文化的虚伪和幼稚的。多少年来，"圣女"一直在他心中，正如《神曲》中的俾德丽采在但丁心中。这种顽强的理性精神来自于对于艺术的狂热不变的痛苦爱情。

　　《革命心灵镜框里的静物》这一篇是对创作机制的更为深入的探讨。文中提到的"革命"，就是潜意识深处所爆发的起义。这起义由人性中那个古老的、不可调和的矛盾所导致，对于人来说，这种革命是致命的。坐在围墙的玻璃尖刺上思考的诗人，就是如此看待他的写作的。他知道，同语言发生的那种交媾是一件非常可怕的事，这件事需要长期在黑暗中积蓄能量，并且那在暗中悄悄进行着的准备阶段是那样的神秘，谁也无法用肉眼看到量的变化。革命的爆发产生的成果就是用文字固定在革命心灵的镜框里的静物。被固定的静物如同被展览的鲸鱼的骨骼，要想真正弄清革命真相，就得潜入海底，与那些食人的动物为伴。但这些以文字方式出现的镜框里的静物却是真实的媒介，它们诱导我们进入那阴郁的、顽强的革命活动内部。

▶ 所以，鲁迅号召学习革命的青年人须坚韧，务必和革命在思想、立场上真正打成一片。[11]

　　写作就是灵魂深处闹革命，革命是要杀人的。所以能够发动革命的心灵，一是必须具有超人的坚韧，二是必须具有粗糙的品质——"粗碗是个活物，它的威严的光芒，必将客厅的主人从此驱逐出去。"[12]于是，当不自量力的"我"背上革命的枪，将毒蛇一样的皮带勒进肩膀时，恐惧油然而生。"我"赶紧扔掉了枪。这种要人性命的革命，当然没几个人承受得了。

　　梁小斌的这种虔诚的写作观在很多篇散文里头都表现出来，他是我们这个时代里少有的将写作当生命的诗人。他在接受采访时这样说：

▶ 我曾在《诗歌母语》中表达说："我用我们民族的母语写诗，母语中出现土地、森林和最简单的火，有些字令我感动，但我读不出声。"对于生僻字的识读是要认真加以默诵的，直到它自己发出声音为止，反之，永远都是生字。这如同斧头扔在刨花堆里，打家具的人催着我快把斧头拿来，这就是我的一桩心事，直到我像递礼品一样向他递上斧头才算完结。木匠接过斧头后，那锋利的斧锋忽然向我扫了一眼，木匠师傅慌忙用拇指挡住它细细的光芒。这一切的确很美。

▶ 但我要做一个拒绝给他拿斧头的人，斧头总

在原地，我凝视它的时候长了，它说翻脸就
要翻脸。⁽¹³⁾

锋利的斧头是用来闹革命的，斧锋冷峻的光芒非常美；被砍伐的
麻木已久的肉体会奇迹般地发声，这是他作为诗人的最深体验。千年
沉默的民族中出现了手执锋利斧头来进行创造的诗人，这是我们的大
幸事。当然这不是故弄玄虚，而是实实在在的"事件"。这些在他如炬
的目光的长久凝视之下发出声来的字，这些革命镜框里的神秘静物，
就是革命的确发生过了的最好证实。我们读者，虽然不能都达到诗人
的高度，但他所树立起来的这一种严酷的自省、自我承担的榜样已给
了我们充分的启示：用自己的两只脚从这块古老荒芜的土地上站起来，
做一个有艺术气质的"人"，世界就会向我们展开。

《关于记忆》这一篇描写的是创作中的自我意识的问题。

▶ 我出生在自己的记忆里而不是由母亲所生。⁽¹⁴⁾

诗人这样断定。最早的记忆是由缝合伤口的疼痛开始的。只有
亲自参与过的事才会成为真正的自我意识。当医生施行手术时，"我"
扯下纱布，左右晃动头部，凄厉地号啕，为的是把医生吓走。这就是
"我"的记忆（也是"我"的自我意识）的开端。其他的事物，包括
看到、读到的很多事，并不与自我发生关系。就是说，一个人的自我
意识与精神趋向是有选择的。所谓记忆，就是每个个体的特殊选择。
通常，直接的疼痛（肉体的或情感的）促成了这种选择。

这就是为什么要强调"直觉"在作品中的支配地位的理由。一种
描绘是否成功要看它是否来自真实的记忆。而真实的记忆的保存是需
要才能的，对于这个记忆的开掘则是一种创造。作者写到这里似乎并

不满足，因为他还未涉及深层记忆。接下去他继续提出了问题：

▶ 那么一个"听说"与自己有关的记忆和自己
　印在脑海里的自己的故事到底有没有区别，
　历史故事和人物故事到底有没有区别？ （15）

▶ 在我的记忆无法涉及的地方，在我这个有形
　人之外的茫茫空间，那里又有什么？ （16）

　　所谓创作，其实就是从他提出的问题这里开始的。记忆不仅仅是存在于人的表面皮肤感觉、神经感觉，以及视觉嗅觉之内，而是要深得多、复杂得多，也广泛得多。就个人来说，它具有可以无止境向内开掘的层次（如《浮士德》中描绘的地底的金矿）；就人类来说，它是一条黑暗中的地下河流（如《神曲》中描绘的里西河与攸诺河）。世界上最最神秘的事物，就是这种精神的记忆，而文学艺术的工作，就是再现这种记忆。艺术家呈现的画面越有立体感、层次感和深度，作品就越成功。遗传也是记忆中的一个关键的环节，这种特殊的遗传和通常意义上的遗传是完全不同的，其规律只能通过艺术作品来揭示。

　　诗人在这篇文章里谈到了以老子为代表的中国人的记忆观。他指出老子将视觉穷尽之处看作万物的源头，这实际上是一种思维的惰性。

▶ 他在得出了一个世界和人从何处而来的终极
　结论之后，从此不再思维。从根本上讲，老
　子思维的原动力是思维赶快结束后休息，他
　持的是一种终止思考的哲学。 （17）

老子以及全部中国文化的思维方式在当今显然是阻碍作品的艺术性深入发展的，作为这个时代最为敏锐的诗人，梁小斌早就感到了这一点，在这一篇里，他虽然没有深究精神遗传的本质，但已向自己的传统提出了挑战。他指出中国式的思维不是自强不息的、从人性矛盾出发运动不止的，而是退缩的、虚无主义的，这样的思维不可能产生真正的自我意识，也不能抵达记忆的源头。

　　当一种思维定式处于穷途末路，当精神于恐怖的虚无之中奋力挣扎之际，奇迹就会意外地发生。梁小斌的诗散文，就是我们这个文化大闷罐中的一个奇迹，他成功地突围了。这个过程充满了常人难以想象的屈辱、疼痛，甚至恐怖。正因为如此，作为读者的我们，也不可能从这样的作品中找到精神上的抚慰。毋宁说，这些作品带给读者的是不安，是动摇我们生存根基的怀疑，还有灵魂流血的震惊。这是一种中国历史上从未产生过的新型文学，它用顽固的叩问鞭策着读者，逼迫着读者用自己的肢体进行自由表演；它的艺术既是有吸引力的又是强制性的，作为它的读者必须依仗作品来提升自己，用审视的目光来否定自己，从而获得自由人的素质；它的纯精神的特征对于一般读者来说也许过于窒息人，但正是这种窒息的训练能让人从腐败中剥离，以贴近那种纯净的境界；它的崭新的方法超出了绝大多数读者的阅读期待，令读者在字句间长久地徘徊不前。但只要相信自己的朦胧感觉，不轻易地放弃对它的探究，一部分具备条件的读者就有可能进入这个文学世界。也许读这样的作品在开始时是种折磨，但我相信对于一个不甘心在精神上颓废的、想要具备现代人素质的读者来说，这种精神操练中的折磨是十分有益的，它将激活我们那在积习中麻木已久的躯体，使之恢复那种应有的律动。

　　这样的文学向当代中国人提出了最为迫切的精神生存的问题，并揭示了我们的古老文化践踏人性的内幕。它的锋芒直刺人心，习惯了

"瞒"和"骗"的民族理所当然地会将它看作异类。倘若在以往的时代里，被排斥、被遗忘是它的命运。但任何事物都会发生变化，都有转折点。在新世纪到来之际，我们听到了远方有模糊的钟声传来，那既像是宣告某种庞然大物的崩溃临近，又像是预示一种从未有过的事物的诞生。让我用梁小斌的话来结束这篇文章：

▶ 但这块冰只能变黑，变得坚硬。这块冰在变
　小，它应该融化在水天一色的俗套诗意中。
　但是，偏不！原来，这块冰的内核是一块
　黑色石头。

▶ 上面刻着几个字：融化到此为止。⁽¹⁸⁾

注：

（1）《融化到此为止》梁小斌著，海峡文艺出版社2004年版，第2页。
（2）同上，第2页。
（3）同上，第2页。
（4）同上，第136页。
（5）同上，第3页。
（6）同上，第44页。
（7）同上，第44页。
（8）同上，第82页。
（9）同上，第83页。
（10）同上，第83页。
（11）同上，第64页。
（12）同上，第64页。
（13）同上，第136页。
（14）同上，第32页。
（15）同上，第33页。
（16）同上，第33页。
（17）同上，第33页。
（18）同上，第54页。

附录

阳刚之气与文学评论的好时光

——在长篇小说《突围表演》讨论会上的发言

    同志们，今天，上海文艺出版社的战友们邀请我来同大家一起聚会，畅谈我们五香街白云蓝天、莺歌燕舞的大好形势。对于这一天，我已经暗暗地在心底盼望好久了。想到这个好时光即将到来，我真是又激动，又紧张，又高兴。我在家里拟了几十个发言稿，反复地斟酌，最后，在出发的前一天，我才选定了发言稿的题目——《阳刚之气与文学评论的好时光》。我一旦选定了这个题目，马上感到了一种超脱感，通身说不出的痛快，脸上变得表情严肃，目光深邃，内心的激情热烈地沸腾。在飞机上，我已经忍不住把这个发言演讲了好几遍。每讲一遍，自己都有一些新收获，都要增加几分崇高感。于不知不觉中，我竟然板起脸来了。这个板脸，虽则与我平时的表情也无多大的区别，可在时间上是大大延长了。从飞机起飞一直到降落，我整整板了两个小时的脸。到下飞机的时候，我已经是容光焕发、行走如飞了。今天这个会，聚集了我们五香街的全体精英，有我的导师这样的理论权威，也有来自四面八方的艺术家们，大家都有很高的哲学修养和艺术修养。本来，我是没有资格参加这种高层次的会议的，可是不久前，一位热心的记者同志躲在我家门后，趁我早晨对着镜子练习板脸的时刻，为我拍了一张照片，并将这张照片刊登在五香街的黑板报上面。这件事就改变了我整个命运！同志们，像我这样一个小人物，今天能够进入精英阶层的行列，这可不是一件简单的事。在这件事上起决定作用的是那位记者。他今天已经成了我的好战友。他告诉我，他是偶然注意到我的板脸艺术的，当时他马上由这件事情引起了一系列创造性的联想。他认为我这种表情，值得在五香街大大推广。他还说，如果所有的人都板起脸来，X女士这个人物就会于无形之中瓦解消融，社会风尚就会大大地净化，精英阶层就会顺利地解决意识形态方面存在的一些问题。古往今来，这些问题一直严重地阻碍着社会的发展。由板脸艺术的分析，他又想起了一位令人肃然起敬的理论家。他告诉我那位理论家在国内是专攻板脸艺术的，从肌肉的控制，到时间持续的长度，再到种类的分辨，他全都有很深的研究。他生平最恨的，就是形式的重复，还有就是失去理性控制、一板到底的表现。这位理论家非常寂寞，并处处受到旁人的攻击，曾经在黑板报上与人多次进行过大论战。一开始，群众都不能理解他的创新观点。所以他长时间处在平民百姓的地位。后来，靠着自身的坚忍不拔和探索精神，终于挤进了精英阶层的队伍，使自己的天才得以展开，在理论界占据了重要的位置。记者说，他从旁窥看了我的艺术表演，认定我是一个很好的本色演员，但是他也看出了很多破绽，比如不该板的时候板了，该板的时候又没板，重复和拖沓的现象也很严重。由于这些原因，他认为我非常有必要去结识那位理论家，在他的指导下有意识地对脸部肌肉加以训练，做到既要在时间上把握自己又要在形式上加以创新，这样下去就会提高自己的演技，成为一个前程无量的优秀演员。说到这里，记者朋友又给我举了一个例子。他说最近，那位理论家又搞出了一种新学说，其中提到板脸艺术不应当只限于脸部肌肉的牵动，还应当有一种深层结构的运动，这种结构到底是什么，不是一两句话讲得清的，要写一本很厚的书来论述。同志们，今天我到这里来参加会议，其中最大的目的就是与我的导师、那位理论家见面，在表演上得到他的指导，突破自己，努力实现深层结构的运动。下面我想讲一讲我是怎样板起脸来的。说起我板脸的历史，其实并不长，大约只有三四年的时间。在这以前，板脸也是我比较经常的一种表情，不过那时我还没有将它当作表演来操练，直到X女士一家搬进五香街，成为一个令人头痛的问题，引起了我的神经衰弱，我才于实践中偶然发现，这板脸艺术是治疗神经性疾病的最好药方。关于X女士的所作所为，我们最好是连想都不要去想，一旦我们提出问题，便是中了圈套。于是这里就出现了一个面部表情的问题：当X女士胡作非为，搞得鸡飞狗窜时，我们是应该装作没看见好呢，还是紧盯她的一举一动为妙呢？似乎二者都成问题。如果我们装作没看见，她就会变本加厉，气焰嚣张，搞不好还要引诱我们的子女堕落。而如果我们紧盯的话，那就更麻烦了，紧盯就等于承认了她和她的活动，也等于是变相的认输。我们越紧盯，她越起劲。我就是在这种情况下采取板脸这个表情的，这点与我的导师不谋而合。我们一旦固定了这个表情，就处在看与不看之间，盯与不盯之间，高深莫测，得到了极大的自由。我相信，只要我们表演到底，别说一个小小的X女士，就是再来它几百个妖怪，也会在我们这种硬功夫面前烟消云散。同志们，我好像已经扯到题外去了，我今天要谈的题目是《阳刚之气与文学评论的好时光》。我是出于一种什么理由选定这个题目的呢？这完全是由一件偶然的事情决定的。出发的前一天，我吃过早饭，坐在茶几边上一边喝茶一边写稿，我的一个战友进来了，他在我旁边的破藤椅子上坐下，脸色阴沉地问我："你要去开会？"我说我正在准备发言稿。我的话还没有说完，他就一拳打在我们家的茶几上，把茶几的三夹板面子打开了一条裂缝。"你有什么资格去开这种会？"他嚷嚷起来，"我认为，这X女士的问题，完全是一个文学评论范畴里的问题，根本用不着你这种人去凑热闹。谁都知道，当那两人脱光了衣服，面对面站在墨黑的谷仓里的时候，正是文学批评的好时光，也是我们五香街男性们的阳刚之气得以昭彰的最佳时机。你怎么就认定别人不能从事这方面的研究工作呢？你这个人，到底是怎么回事？莫非是想浑水摸鱼吧？我跟你说，你既然要去开会，你便只能就我刚才说的这两个问题发表议论，我连题目都为你选定了，你抄下来：《阳刚之气与文学评论的好时光》。这个题目已经在我的脑海中盘旋了好几年，从 X 女士到来的那一天起，我所面临的就是这样一个问题，但我一直没有机会公开发表自己的意见。现在，既然他们叫你去开会，你又想不出什么精彩的发言，你就干脆把这个任务交给我算了，我这就给你讲发言的要点……"当我洗耳恭听之时，我的战友突然不说话了，十分钟过去了，他仍旧不说话，脸上还显出鄙夷的表情。我的心怦怦地跳起来，连忙将那张裂了一条缝的茶几拖开，我想万一他的阳刚之气发作起来，这茶几可就完蛋了。战友冷笑一声，又沉默了十分钟，冷不防问道："你对我怎样看？你以为我没有文化，算不得高层次吧？我跟你说，我的层次比你高几倍！即使你抬头仰望，也只能看到我的脚板心，并且能不能看到也还是个问题。我还要跟你说，我并不因为自己的层次高、功底深，就丧失了那种原始的、野性的力量。我这个人，什么都干得出，从不将传统的道德观放在眼里。比如我看见街上走过一个年轻女人，我马上就能在想象中剥光了她的衣服，与她搞业余文化生活。我之所以并没出这种事，根本不是因为我害怕什么东西，只是因为这世上有魅力的女人太少，她们都不值得我为之身败名裂。我跟你说，我还偷过百货店的一只手表呢！这下你要对我刮目相看了吧？请问在精英阶层里，有多少人敢于做出我这种叛逆的举动？又有多少人敢于在观念上进行我这种突破？不过我跟你说这些又有什么用呢？你又怎能传达好我的观点呢？呸！我看上海方面这些人真没眼光，怎么会把你叫去开会？一个女人，能讲得出什么名堂来？这种问题要靠男人来解答，而且非得是那种哲学功底好，又保持了阳刚之气的高层次的人，二者缺一不可。我也听说了开会的事，本来以为他们会把我邀去，我都做好准备了，谁知道他们张冠李戴，乱搞一气，真是瞎了眼了！"战友一生气就飞起一脚，将我家的茶几踢垮，还在那上面踩了几下，弄得那茶几成了几块木头和三夹板，然后得意地看了我一眼，扬长而去。同志们，我要说，他这一脚踢得好，踢得痛快。

在我们这个受了几千年封建统治的古国里，他这一脚，毫无疑问，正是人性的苏醒，是新人诞生的前奏。像他这种人，如今在我们五香街上是越来越稀少了。在我的记忆里，只有我外婆外公他们那一代人中才有这一类的英雄豪杰。我们在丧失五香街优良传统的同时，也正在逐渐发生种族方面的退化，一代不如一代。似乎要出问题了似的。我的这位战友并不是本地人，他的老家在乡下，祖祖辈辈都是土匪，他那个村子里养着许多狗，见人就咬，所以外人根本无法进村。谁进村谁丧命。那是一个特殊的村庄，处在山顶上，终年被云雾笼罩，村民是八百壮汉和一些妖媚的小脚女子，每一名壮汉都配以一名美女。女人们本来是山脚下的良家妇女，后来被他们抢上山去，成了压寨夫人。每当黄昏日落，粗犷的、性感的山歌此起彼落，把群山都震得颤动起来。战友在那山顶的村庄上长到了三十岁，生活得好不自在。他也曾跟随众人下山打家劫舍。当他骑马飞驰的时候，也有一名美女坐在马上与他同行。忽然有一天，村长命令他下山去当艺术家。村长语重心长地叫他努力学习，将他们这个村庄里的故事写一部小说，使之流芳百世。担负着这样重大的历史使命，我的战友来到了五香街。到现在为止，他已经潜心钻研了好多年头，写出了许多引人注目、轰动一时的新小说，并得到了我那位导师的充分肯定。真的，上海方面今天开会怎么会没有邀请他呢？是不是写错了名字？要知道没有他，这个会简直就等于白开了！不过既然他没有来，我就只好在这里传达他的意见了，因为他的意见就等于我的意见。我早就对他崇拜得不得了。不瞒你们大家说，我有时甚至想剽窃他的成果，将其据为己有，来提高自己的社会地位和知名度。还有的时候，我打算抛弃尘世的生活，去寻找那个处在山顶的神奇的村庄，找到之后，哪怕冒着被狗咬死的危险，我也要闯进去体验一下，压寨夫人是当不了的，当个速记员或者会计总是可以的吧，这对于他们在钱财方面的分配是很有好处的。理论家同志们，X女士的问题，早就在我这位战友的小说中得到了彻底的解决，只是由于读者的水平还不够高，不善于联想，所以这个问题仍然存在，所以我和我的导师仍然要用板脸来解决这个问题。试想假如我们不板脸，群众将面临着怎样的困境呢？我们的学术研究怎么能进行得下去呢？虽然我的战友已经解决了这个问题，但那毕竟是书面的东西。在我们的日常生活中起决定作用的依然是面部的表情，我的导师的研究仍然具有划时代的意义，我的大方向在最近的将来也不打算改变了。好，我就这样选定了我今天发言的题目。这题目正是《阳刚之气与文学评论的好时光》。这题目使我超脱、升华、痛快、幽美、空灵、飘飘欲仙、腾云驾雾、餐风饮露。下一步，便是要选定典型环境中的典型性格了。为了理论不脱离实际，我必须在五香街来选择，这是我的不幸，也是文学评论的不幸。要是我到我的好战友的山寨里去找典型，那是不费吹灰之力的事，八百壮汉由你选，个个合格，选都不用选。可在我们五香街，阳刚之气还处在一个提倡和重振的阶段，即便我们快马加鞭、迎头赶上，也不能马上达到生活在原始山林中的壮汉的水平。这种事，只能慢慢来。"水到渠成"，"性急吃不了热包子"。在战友的暗示下，我的念头一转就转到了药房八十岁的老懵同志身上。老懵同志是属于我外婆外公那一代英雄豪杰中的幸存者。他曾经有过一段轰轰烈烈的好时光，数不清的小脚的、大脚的女人都想与他搞业余文化生活。到今天，他虽然已经八十岁了，用他自己的话来说，他的业余文化生活"反而随年事的增高而上升"。他坐在药房阁楼的太师椅子上，红光满面，正是我们大家要追溯的古老文化的代表。几十年来，由于他那种超乎寻常的顽强和执着，由于他对古文化的精通，他体内那种蓬蓬勃勃的活力并没有随时光的流逝而丧失点滴，反而更显出真金不怕火炼。他老人家已经在阁楼上坐了几十年了，他坚信我们大家总有一天会返璞归真，投奔到他的楼上，与他同心协力，将古文化的精髓发扬光大，开出灿烂的花朵。长期以来，我们这位老前辈的才能和渊博的知识，一直没有得到应有的重视。现在一些青年喜欢赶时髦，标新立异，有个别人甚至提出要将老懵从那阁楼上赶下来，他们自己好去坐那把太师椅子，还说阁楼上的那个位置特别有利于观察全局，为夜间的业余文化生活物色对象，现在的青年真不像话！试问即使他们坐了那把椅子，凭他们那副先天不足和营养不良的尊容，能够打动我们五香街女性的芳心吗？我们会抛掉真金，来捡起这一堆破铜烂铁吗？时至今日，我们五香街的女性，只要一想到老懵那种超凡脱俗的眼光和浑身上下透出来的仙风道骨，永不衰竭的性能力，谁个又不是心旌摇摇，巴不得和他立刻上床？不，他绝不能让出太师椅。那将是古文化的没落，我们五香街女性的大悲哀，其结果便是种族的退化和消亡，X女士之流的阴谋得逞。记者同志告诉我，关于老懵，我的导师也写了一本著作专门来论述他的历史功绩。导师认为，古文化和板脸艺术，正是同一条战壕里的两个战友，同一件事的两个方面。他对这个统一体取了一个非常富有诗意的名字，叫作"特殊地域的神话艺术"，那本著作发表后，引起了极大的反响，成了知识界理论探讨的指南。同志们，我也许又扯到题外去了，不知怎么的，我总认为，要论阳刚之气就必然要提到老懵，二者之间有不可分割的血缘联系，从现实的表现也可以看出这一点。有多少次，那几个青年歹徒一直企图将老懵赶下阁楼，可他们成功没有呢？每当他们纠集一起走到马路边上，朝那阁楼的所在望过去，立刻吓得四处逃窜。他们看见什么东西了？在老懵八十岁的老眼里，向外发射出一种正义的、超脱的、雄性的光芒，一切牛鬼蛇神全在这光芒里簌簌发抖、原形毕露。他们根本就别想上楼，更谈不上争夺太师椅子的事了。所以那把椅子，老懵是坐定了。这就是人格的力量！一场交战，并不是靠武器的优良，也不是靠人数的众多，更不是靠小聪明来取胜的，靠的就是人格的力量，这力量也不是一朝一夕就可以获得的，要经过长时期的修炼，才能逐渐"得道"。我们有个别青年，根本不注意人格的修炼，一心只想走捷径，沽名钓誉，将老懵视为眼中钉，以为只要将老人从太师椅子上推下来，让他跌出个高血压中风，他们就可以为所欲为了。岂知老懵的功夫比他们不知高多少倍，轻功硬功全来得，血压也很正常，就是真打架，他们也不是他的对手。现在单靠眼中的光芒，他就把他们镇住了，弄个全体溃丧。什么叫阳刚之气呢？这不就是阳刚之气吗？我们所要寻找的一切，不都在他老人家身上得到了充分的体现吗？我们现在的首要问题，就是要抢救我们濒临灭亡的古文化，就是要使老懵这位阳刚老人后继有人。而我，以自己能够从事板脸艺术、投身这一意识形态领域里的大革命而感到自豪。每当我对前途感到悲观松懈了面部肌肉的训练时，这位阳刚老人的形象就激励着我重新奋起，脚踏实地地干工作，努力成为他老人家的接班人。同志们，我还要对一件事发表一点意见。我听人议论说，今天这个会议，将要涉及 X 女士的某种观点。我得到这个消息之后就不由得产生了深深的忧虑。人生在世最大的两件事，一是吃饭，一是业余文化生活。我们谁都不想在这上头花费过多的心思，更不想要别人在这上头对自己设障碍，搞得自己进退两难。我们在座的，都是五香街的精英，有抱负，有能耐，层次又很高。我们走起路来，昂头挺胸，一举一动都显出我们的身份。更重要的一点是，我们都是学过理论的人，对于种种事情，我们都能作出合乎逻辑的解释，那解释就如韭菜拌豆腐，一清二白。正因为这个，我才产生这种忧虑。我想提醒大家，X 女士的任何观点，都根本不是什么观点。她虽然活了三十多岁，可那三十多年，全是发昏，不但自己发昏，还想把别人的脑壳也搅昏，我们大家所学过的理论，用来对付她那些昏话毫无用处，反正她就是横了心要与我们作对。如果我们今天请她来开会，她就会破坏会场的秩序，发出些哇啦哇啦的怪叫，那像是鸡叫，又像是狗叫，有高血压的会被她叫得中风倒地。说到底，我们大家认为她有什么观点，那都是种极大的误会。她哪有什么观点呢？她只有歹徒行径。举个例子吧，每当夏天傍晚，我们大家在马路边乘凉，探讨一些严肃的人生问题时，往往会突然听见一声怪叫，于是说话的人突然停了下来，很不自在，大家面面相觑，谁都明白这怪声来自何处，其用心是何等的卑劣。有个别人曾试图对这种声音加以分析，其结果是他的脑袋变成了一些解不开的连环套，从而间接地影响了他本人的业余文化生活。一个男人，在业余文化生活上面不能得心应手，他还有什么存在的价值呢？X女士掌握了这个诀窍，自幼培养的那种谋杀心理充分膨胀起来，她开始针对我们男人来捣鬼了。当街发表关于男性生殖器的讲演不算，还用怪叫来扰乱人心，搞得别人毛骨悚然。如果这也叫观点的话，这就是X女士的观点。不错，我们中间有很多神经坚强的理论家，有的还达到了攻无不克、战无不胜的水平。他们不怕X女士的花招，既不会中风倒地，业余文化生活也不会受其影响。可是X女士叫了又叫，总是那同一种声音，尖厉得要划破耳膜，单调得让人暴跳。这就使得他们不得不想到，X女士的观点，实在不能算一种观点了，只能说是耍无赖，这无赖还耍得十分拙劣。X女士一定是这样打的如意算盘：她这一叫，我们就纷纷中风倒地，落个半身麻痹，神经痴呆，再也搞不了理论，于是她就完成了她蓄谋已久的谋杀。同志们，战友们，提高警惕，防止上当。我建议，在我们的言谈涉及X女士的时候，每个人都准备好一团棉花，将自己的耳朵死死地塞上，因为那不知所在的声音会出其不意地响起来，防也防不着。而只要我们塞紧了耳朵，然后在我们导师的指导下，人人板紧面孔，端正面部的肌肉（最好还要使肌肉的深层结构一分钟发生一次变化，不要重复，也不要拖沓），那声音就会自行消失得无影无踪。于是乎金色的朝霞升起，春回大地，桃花李花，我们大家越来越自信，越来越阳刚。我们的老前辈老懵同志，再也不愁后继无人。我们的跛足女郎，从此就能够找到如意郎君，这郎君不是拄着双拐，而简直就是双腿修长的长跑冠军了。我这样说，大家一定要认为我是将X女士的叫声估计过高了，谁愿意在耳朵里塞棉花呢？世上的声音，只要是人发出来的，都没有什么可怕，总可以想出办法来对付的。这话也有道理。我所说的那些需要塞棉花的耳朵，是指一般的耳朵。至于像我的导师、我的那位战友、老前辈老懂的耳朵，当然是绝对不需要塞棉花的了。他们都是久经沙场的老将，早就锻炼得无比坚强，什么鬼声音全领教过了，什么声音全击不倒他们。他们的耳朵里装着一个过滤器。经它一过滤，X女士发出的声音就变成了虫子的低吟，只能催人入睡了。所以不管X女士怎么叫，在他们的耳朵里听起来总是一式的虫鸣，他们不会对这虫鸣感到一丝一毫的惊奇。X女士的力气使错了地方。当她怪叫的时分，我们这三位精英面带神秘，心领神会地相视一笑，异口同声地说道："这不正是文学评论的好时光吗？还有什么比这更能说明我们的层次之高呢？"刚才我已经向大家提出了建议，这就是不要把X女士作为一个问题去想，想都不要想，具体的措施便是塞棉花和板脸。这一来，这个问题就已经"解决了"。只要我们坚持不懈，同仇敌忾，那就什么麻烦也没有了。下面我向大家转达我那位亲密战友的另一个意见，那就是怎样抓住有利的好时光来进行文学评论的问题。按照他的意见，要搞评论，就要抓住时光，有的放矢。什么时候是文学评论的好时光呢？我的那位战友一开始就为我们指明了大方向：文学评论的好时光，就是当X女士与Q男士脱光了衣服，面对面站在墨黑的谷仓里的时分。我们为什么不迟不早，偏偏要选定了这个时候来作为文学批评的好时光呢？难道我们就不能，比如说，当我们在马路边乘凉的时候来搞文学批评吗？战友告诉我们，选择这个时候来搞文学批评对于我们十分有利，可以说是"切中要害"。当然包括我的导师在内的三位精英的意见也是很英明的，他们提出在X女士怪叫的当儿来搞评论。我认为他们四位的高见各有千秋。我想说说在脱衣的当儿搞评论的好处。我们评论或理论的实质，就是要剥掉日常生活中那层伪装的外衣，达到事物的本质，将其真相赤裸裸地揭示出来，提高人民大众的认识水平。所有的人，平日里衣冠楚楚，谈吐举动都很合规矩，可只要一脱衣服，一上床，就会千姿百态地表演起来。对这表演的评价，正是我们理论家的任务。可惜一般人的表演，全是关紧了房门进行的，别说我们理论家，真是连个苍蝇也飞不进去。这就使我们无从着手了。而现在，X与Q这两个人，竟在光天化日之下开了端，然后又在夜间入了谷仓，连门也不关就开始表演了，这真是千载难逢的好时光！耳朵里塞棉花和板脸的预备阶段过去了，现在我们要松弛我们的面部肌肉，在想象的领域里自由驰骋，痛快淋漓地发挥一番了。我们的才能，我们的深厚功底，都将在评论中得到充分的表现。我们的笔锋透着阳刚之气，呼吸变得又粗又重。这个时光，不仅是评价X与Q的好时光，也是检验我们自身性功能的好时光，一切事情的焦点都集中在这里，在此种心态下写出的评论必定是充满了灵感而又咄咄逼人的。也许我们的理论家在日常生活中并没有什么突出的地方，有的人甚至给人一种阳痿的假象，可那又有什么要紧呢？只有评论，方能显出一个人的英雄气概。从我们能够做到在那两个怪物赤身裸体地表演时，冷静地待在一个角落，对他们的表演进行分析这点来看，我们的功能是完全没有问题的。有问题的是那两个人。这一点，我们当然要写到评论里面去，我们要本着严格的科学精神来进行一次深刻的剖析。我来开会之前，我的战友已经写出了一篇对那两人的性功能质疑的文章，这篇文章即将发表，不久我们大家都可以大饱眼福。请大家想一想，一个人，如果各方面都很正常，他怎么会旁若无人地进行那种表演呢？这究竟是否妥当呢？这种大肆的张扬，可能正好是为了掩盖某种生理上的缺陷吧？不管他出于什么目的，我们对这种行为并不欣赏，他也绝不可能通过这拙劣的表演捞到什么。在我们那冷静的、有穿透力的目光里，他们两个都将无所适从，彻底认输。同志们，我们评价了X的表演之后，事情还远远没有完，我们还有一个重大的任务，这就是树立典型环境中的典型性格。刚才已经说过，老憎算是一个典型，可是老憎同志已经八十多岁了，连他自己也在为接班人的问题感到苦恼。谁来充当我们未来的典型和标兵呢？这个典型，必定要是阳刚之中的阳刚，血管里热血沸腾，当他在山坡上吊嗓子的时候，他要压倒所有的人；这个典型，他的业余文化生活必定要是崇高而悲壮的，他从来也不在床上搞表演，而是每次都要跑到包谷或小麦地里去；他的对象，也不是寻常的良家女子，他对小脚妇人有一种偏爱，因为她们走路的姿势就如杨柳扶风，越看越有意味；这个典型，必定要对理论无比精通，他有一种寓言般的判断力，只要对人闪电般地瞟一眼，就能说出他今后的发展方向，有无出路，然后加以引导，指出大方向，必要时还大喝一声，使每个迷路的人返回自我；这个典型，必定要具有最新的审美意识，崇尚原始、粗犷的风格，到人烟稀少的少数民族地区吃过生羊肉、生牛肉，一年四季不穿衣服，就披一张羊皮，到了大热天，干脆羊皮也不披，就光着身子；最后，这个典型，他必定要具有完美的人格，他要坐在茅屋顶上长期修炼，冥思苦想，不怕风吹雨打，连饭也忘了吃，就胡乱吃些茅草，一直修炼到我们的上级领导开着小车来接他出国，他还舍不得从屋顶上下来。从国外回来的第二天，他立刻又上了茅屋顶，用竹竿去打也打不下来。这个典型的问题我和我的战友已经考虑很久了。我们将五香街的精英们一个一个地分析了一遍，发现他们几乎都有资格充当典型，但又都差了那么一点儿。大多数，他们的差距都在学识方面。在这方面，他们中间没有一个人能与老懵相比，但是他们都还很年轻，很有潜力，所以老懵同志断言：五十年后，在五香街必将出现伟大的天才。老懵同志又指出，像我那位战友，我的导师，还有一位知识全面的中年男性，这都是很有希望的苗子，只要加以好好的培养，他们又能活到足够的岁数，奇迹就会产生。这些苗子长成天才之后，一定要好好地尊重老前辈，认真地学习，虚心地请教，才有发展前途，不然的话，即使不夭折，也会后劲不足，不能像他那样"不停地干"。同志们，到这里，我那位战友已经给我们解决了搞评论的最佳时机与怎样找典型的问题。接下来又出现了一个问题：我们怎样将理论联系实际，在生活中推广和发扬我们已有的阳刚之气？打个比方，假若对面走来一个妖娆的小脚女子，我们是立刻扑上前去将她抢走，然后躲进包谷地或小麦地，还是如闪电般地意识到自己的所作所为，马上在头脑中树立正确的理论指导，然后开始有计划地行动（这个行动必定是打破传统惯例的）？可以说，这两种行为正是判断一个人有无高度自我意识的标志。偶然的过激行为（例如偷东西、乱搞女人）算不得阳刚之气，而且于我们的社会也十分有害，只有将阳刚的理论融会贯通，深思熟虑，然后一举惊人，并在事后，又能很好地总结经验，有高度自觉性和主动性的个人，才是真正的英雄。这样的个人在我们这里并不缺少，只是他们并不急于表现自己罢了。关键的关键，不是做不做得出，而是有没有自我意识。没有自我意识做了也等于白做，算不得数的。我们要推广阳刚之气的话，首先就要加强自我意识的训练，多读书，最好学一点哲学。有了自我意识之后，我们的举止就会自信、稳重起来。我们不会用偷东西和乱搞女人的行径来显示自己的力量，而是沉着、镇静，在千钧一发的时刻表现出超人的胆略和英勇精神。对于传统，我们不是简单地抛弃，而是"扬弃"，这种扬弃的结果是达到发扬光大的最终目的。在我们的传统里，阳刚之气也是一个重要的特征。我们的人民都是一些善于反省、极有自我意识的人民，他们具有的阳刚是真正的阳刚，如果我们抛弃了这个传统，阳刚又从何谈起？莫非为所欲为，群魔乱舞也算得阳刚之气吗？很明显，要发扬阳刚之气，就要学哲学，"扬弃"传统，达到将传统发扬光大的最终目的。这件事，我们最好在黑板报上天天讲，使之家喻户晓、人人皆知。这一来，歹徒的行径就会大大减少，甚至杜绝。我们每天闭门坐在家中，体内洋溢着饱满的阳刚之气，不到生死关头绝不随便动用，即使钢刀架在脖子上，我们连眼都不眨一眨。即使十几个女人一齐来，我们也能坐怀不乱。学完哲学，武装了自己的头脑，我们开始反省了。这个反省，要从我们孩童时代开始。我们要把我们做过的每一件见不得人的丑事全讲出来，见人就讲，听的人越多我们越有希望。而且要不停地讲，哪怕夸张，也比隐瞒要好。这样做是需要充足的勇气的，要是不学哲学，我们就不可能具备这种勇气。讲完以后，将这些素材上升到哲学的高度加以分析，每一点分析都要触着自己的痛处，毫不含糊。这样做的目的是增强自信心，向着明天，向着美好的未来迈步前进。或许有人又要提出疑问了：山寨里的八百壮汉算不算英雄好汉？他们搞不搞学习？当然算。讲到他们搞不搞学习，这问问我那位战友就清楚了。事情是很明显的，如果他们从来不搞学习，也不知学习哲学的重要性，他们怎么会想起要派我的战友下山来当艺术家呢？他们的历史感和使命感，还有民族气节又是从何而来呢？可以肯定，这些粗犷的男子汉，每天夜里都点着松明学哲学，如果时间紧，就在马背上捧一本书，边走边看，口中念念有词。通过刻苦的学习，他们不仅阳刚之气大增，审美情趣也迅速提高。这提高的结果便是对于小脚的鉴赏力大大增强，发展到不仅仅是看脚，还要由脚联系到走路的姿势，最后联系到业余文化生活上面来，使自己的精神境界丰富多彩、其乐无穷。外乡的妙龄女郎见了他们都由衷地赞叹：他们真是高贵，有风度，一点也不粗野而又热情洋溢，嫁个这样的男人，一辈子活得痛快！据说有几个黄头发的少女一人背一袋干粮，跋山涉水，去寻找那个处在迷雾中的山寨去了。因为她们那里的男人都不搞学习，一味地享乐，业余文化生活也过于直露，从来也不到包谷小麦地里去，她们对于那种男人已经厌烦了。她们不愿意再委身于这种粗人，而要去寻找精神上的寄托，寻找那种在学习上拔尖、在业余文化生活方面含蓄而热烈的真正的男子汉，找到之后，她们打算好了要与她们的郎君同甘共苦，白头到老，永不反悔。她们有一个最大的障碍存在，这就是她们的脚。要知道山寨里的八百好汉只爱小脚女人，这是传统审美情趣中的精华，永远不可变更的，这脚的大小关系到走路的姿势，也关系到业余文化生活本身，要是因为这事倒了胃口，他们就会变得冷酷无情。这几个傻姑娘，抱着一腔献身的热情，根本没有想到脚的问题上面去。我倒希望她们永远找不到那个山寨，或者走到半途就把干粮吃完了才好，不然的话，岂不是白跑一趟？讲到学习的形式，我们可以自学成才，也可以向老憬同志请教。我的战友主张采取后一种形式，因为现在条件已经大大改善了，前人的经验为我们铺平了道路，我们只要好好吸取，就可以达到"立竿见影"的效果，这比自己去瞎碰瞎撞实在要好得多。老憬同志说过，我们要学的东西他几乎全都集于一身，我们有这种坐享其成的好机会当然不应该错过。至今为止，我们当中还没有任何人达到和超过老憬的水平。五十年以后能不能出现这样的天才，还要看我们各位努力的程度。同志们，当一切准备工作都做得差不多了的时候，我们就要来搞文学批评了。当我们正要执笔撰文的时候，也许又有一些不怀好意的家伙冲进来，用一种横蛮的"推理"来质问我们：一个人，经过了成年累月的学习和提高，"得道"之后，目光越来越明亮，阳刚之气越来越饱满，女人见了个个魂不附体，到了这个时候，他的业余文化生活应该采取一种什么样的形式呢？是一夫一妻的形式，还是一夫多妻的形式，甚至是见女人就搞的形式？如果是一夫一妻的形式，我们的传统习惯是要白头到老。碰得好，我们的老婆也是个精力十足，对业余文化生活兴头很大的人倒也罢了，旗鼓相当，阳刚之气得以适当的昭彰。碰得不好，我们的老婆对业余文化生活毫无兴趣，或者是只母老虎，我们的阳刚之气又从何体现？那就搞一夫多妻吧，一个男人占几个女人，又英雄又稳当。可这样一搞，人口比例又失调了，于后代也不利。讲到见女人就搞的形式，那就更可笑了，不但于健康有害，社会秩序也受到威胁，而且成日里色眯眯的，学习也松懈了，身上储备的那些阳刚之气早跑得一干二净，长此下去还有可能变成阳痿患者。看来这三种形式都不好，都有缺点。那么怎么办？我们这满身的阳刚之气就没有出路了吗？我们的英雄气概就只能存在于幻觉里头了吗？对于这些人的蛮横推理，我的那位战友早有准备。他举出了一个最典型的例子来作为回答。这个例子就是我们的老前辈老懵。对于我们老懵同志的阳刚风度，我们五香街的女性早就个个领略、个个神魂颠倒了，这样一说，有些人就马上产生一种错觉：似乎这老懵同志，除了家里的老婆之外，和我们五香街所有的女性全有一手。其实呢，我们的老懵同志是坚定的一夫一妻制。但又不光这些，这一点远不足以说明他怎么会具有那种销魂的魅力。老懵的精力前面已经说过，是无人可以与之匹敌的，他那七十五岁的老婆还不能满足他的千分之一，他要是换一个人，早就堕入了罪恶的深渊。我们的老懵同志就是在这种险恶的环境中学起哲学来，变得崇高、超脱、空灵，再也感觉不到体内原始欲望的骚扰的，或者说他的欲望找到了最好的出路。我们已经看到，他并不因此失去性的魅力，而是相反。我的战友举了这个例子以后，就不打算回答那些搞横蛮推理的人的意见了，他宁愿保持一种高傲的沉默，也不愿用乱七八糟的争论来贬低自己的高尚情操。顺便告诉大家一句：他自始至终忠于他那山寨里的唯一的原配夫人，而且每天搞学习搞到午夜。就因为这个，我们五香街的女性对他朝思暮想，情意绵绵，又不敢有丝毫的表现。有的人曾经想要寻死，还有的人化悲痛为力量，在自己的岗位上干出了卓越的成绩。如今，他在我们女性眼中的地位仅仅次于老懵同志，至于五十年以后，那就很难说了，"青出于蓝胜于蓝"。就是出现历史上从未有过的天才也是在预料中的。我的战友根本不想开出拯救社会和个人的万应药方。他只是以身作则，用严肃的人生观来看待这些问题。而经他这么一看，问题也就不成其为问题了，提问题和搞横蛮推理的人满面羞愧，可耻地打了退堂鼓。好了，同志们，最后一道障碍已经破除了，现在窗外已经是黎明，布谷鸟也叫起来了，我们的理论家同志与那位速记员同志一道，在桌子上摆好了雪白的纸张，把手洗得干干净净，用一支金笔流利地写下了批评的好题目:《阳刚之气与文学批评的好时光》。我们写完这个题目之后，就在室内张望一阵，将门闩好，把窗子关上，连窗帘也拉上。我们要吸取速记员同志的教训，免得五香街的女性们产生那种自发的冲动，闯了进来干扰我们的工作。当然我们清楚，她们都是好意，可她们的学习抓得不是很紧，在理论上还欠缺那么一点点。我们要做她们的兄长和引路人，绝不能像那位速记员同志，被她们牵着鼻子跑。不如说应该反过来，一旦我们发动了阳刚之气，就要牵着她们的鼻子朝正路上飞奔，使她们从此对学习产生浓厚的兴趣，从此忠于自己家里的丈夫，而把对我们的迷恋之情，转化为一种纯粹的精神上的寄托。这里面并不排除性的因素，只是表现的形式大大不同了，这种形式是我们五香街的独创，一种高级奥妙的形式，只可意会不可言传。当我们的寡妇在被窝里用两腿夹紧速记员，进行那一番开导工作的时候，采取的就是这种形式。寡妇是我们五香街女性中的学习标兵，她已经将这种形式表现得完美无缺。假如人人都如寡妇这样深刻，我们在搞文学批评的时候就不用闩门，更不用关窗了，要是我们有兴致，甚至可以将桌子搬到马路上去写文章。在宁静的心境中，我们文思泉涌，下笔如飞，写了又写，简直不能收场了。五香街的女性们用爱恋的目光远远地打量我们的工作，踮起脚轻轻地走路。还在适当的时候，当我们工作劳累时，送上一碗鸡汤或者人参汤，使我们的阳刚之气又一次大振。同志们，讲到这里，我要讲的基本上讲完了，最后我想讲一件与题目有关的事。我在家里的时候，曾经风闻，我的那位导师与某些妙龄女郎有一点扯不清的关系。记者同志就担心了：这会不会影响我对他的崇拜呢？我可以说，这位记者同志的担心是多余的。第一，他并未抛弃过去一直与他同甘共苦的原配夫人，根本没有闻及他去法院办手续的事情，他仍然坚定地遵循一夫一妻制；第二，一个浑身透出阳刚之美的男子，当然受到广大妇女的注目，假如家里的老婆不能使他这种阳刚得到完全的体现，那么除了搞学习之外，假如他还有剩余的精力，和那些纯情的少女、他的崇拜者小小地胡来一下，也是完全没什么可指责的。何况一切全在背地里进行，他又没伤害他老婆，说不定还因此精神焕发，他老婆反而对他加倍地疼爱呢！还说不定与他搞关系的纯情少女因此变得成熟动人，干出了更大的成绩呢！第三，我的导师还没有达到老懵同志的年龄，在他前进的路上布满了荆棘，还有无数的考验等待着他，至少他还要经过五十年的修炼，才能成为天才。我们怎能对他过分苛求？要知道他是一代新人，在表现形式上与老懵肯定会有所不同。我们已经习惯了老懵，但还未完全习惯他，这是需要时间的。总而言之，只要不破坏一夫一妻制，偶尔搞一搞风流韵事，又不伤害别人，这根本不会损害我导师的光辉形象，这和X女士搞人命案子的做法完全是两码事。要说的都说完了。

最后，我感谢上海文艺出版社的丁元昌同志为修改和出版我的作品所做出的艰苦的努力，感谢社领导对我的支持。

关于残雪

▲ 20 世纪 80 年代，残雪被认为是中国"先锋小说"的开创者之一。

▲ 20 世纪 90 年代后，当先锋作家们纷纷"转向"或者放弃，或者停止"先锋"探索的时候，残雪则独守"先锋"，高扬"先锋"旗帜前行。

▲ 在当代中国作家中，残雪的作品被翻译、出版最多；作品入选外国高校教材最多；在国外，有为数众多的专门研究残雪的机构。

▲ 残雪的作品曾被日本、美国、意大利、法国、德国等十余家知名出版社翻译出版过。日、美两国文学界称残雪为"作家和文学批评家"。

▲ 残雪的小说早已收入美国哈佛、康奈尔、哥伦比亚等大学及日本东京中央大学、日本大学、日本国学院的文学教材，残雪是为数不多的入选的中国作家之一。

▲ 许多国家成立了专门研究残雪的机构，如日本的"残雪研究会"，在 2009 年就出版了《残雪研究》杂志。

▲ 残雪是中国唯一有作品入选享有盛誉的日本河出书房新社《世界文学全集》的作家，其作品被美国和日本等国多次收入世界优秀小说选集。她的三个中篇（《暗夜》《痕》等）四个短篇（《归途》《世外桃源》等）被收入《世界文学全集》。同时入选的作家还有卡夫卡（奥地利）、卡尔维诺（意大利）、福克纳（美国）、米兰·昆德拉（捷克）、玛格丽特·杜拉斯（法国）、布尔加科夫（俄罗斯）、克里斯塔·沃尔夫（德国）、杰克·凯鲁亚克（美国）、包宁（越南）、阿尔伯特·莫拉维

亚（意大利）、伊萨克·迪内森（丹麦）等人。

▲2008年日本《读卖新闻》推介残雪的书，把她的头像与米兰·昆德拉（捷克）、略萨（秘鲁）并置同框。

▲西方学者评价残雪时说："毫无疑问，就中国文学水平来看，残雪是一种革命；就任何文学水平来看，她是多年来出现在西方读者面前的最有趣、最有创造性的中国作家之一。"

▲美国家喻户晓的明星作家苏珊·桑塔格非常欣赏残雪，她说："毫无疑问，残雪是中国最优秀的小说家。"

▲残雪的长篇小说《最后的情人》获2015年美国最佳翻译图书奖。此前，残雪还获得了英国《独立报》外国小说奖的提名。历来没有哪位作家在同一年度同时获得这两个文学大奖的提名，残雪是唯一同时得到这两个奖入围提名的作家。

▲残雪入围美国2016年纽斯塔特国际文学奖。作为一个文学终身成就奖，它提名的唯一标准是"杰出与持续的文学成就"。至今已有二十七位得主、候选人和评委获得了诺贝尔文学奖，因此纽斯塔特国际文学奖被视为诺贝尔文学奖的摇篮。

图书在版编目（CIP）数据

沙漏与青铜——残雪评论汇集 / 残雪 著. -- 北京：
作家出版社，2019.1

（大家读经典文丛）

ISBN 978-7-5063-9623-3

Ⅰ. ①沙… Ⅱ. ①残… Ⅲ. ①文学评论 - 文集
Ⅳ. ①I06-53

中国版本图书馆CIP数据核字（2017）第188262号

沙漏与青铜——残雪评论汇集

作　　者：残　雪

统筹、策划编辑：汉　睿

特约策划：朱　燕

责任编辑：翟婧婧

装帧设计：合和工作室·蒋艳

出版发行：作家出版社

社　　址：北京农展馆南里10号　　邮　　编：100125

电话传真：86-10-65067186（发行中心及邮购部）
　　　　　　86-10-65004079（总编室）

E-mail:zuojia@zuojia.net.cn

http://www.haozuojia.com（作家在线）

印　　刷：北京尚唐印刷包装有限公司

成品尺寸：142×210

字　　数：230千

印　　张：8.5

版　　次：2019年1月第1版

印　　次：2019年1月第1次印刷

ISBN　978-7-5063-9623-3

定　　价：58.00元

大家读经典文丛

（残雪六卷读书笔记）

灵魂的城堡——理解卡夫卡

建构新型宇宙——博尔赫斯短篇解析

辉煌的裂变——卡尔维诺的艺术生存

地狱中的独行者——解析莎士比亚悲剧与歌德的《浮士德》

永生的操练——但丁《神曲》解析

沙漏与青铜——残雪评论汇集